Familia de estrellas

Danielle STEEL

Familia de estrellas

Traducción de
José Serra

PLAZA  JANÉS

Papel certificado por el Forest Stewardship Council®

Título original: *The Cast*
Primera edición: febrero de 2020

© 2018, Danielle Steel
© 2020, Penguin Random House Grupo Editorial, S. A. U.
Travessera de Gràcia, 47-49. 08021 Barcelona
© 2020, José Serra Marín, por la traducción

Printed in Spain – Impreso en España

ISBN: 978-84-01-02379-8
Depósito legal: B-27.530-2019

Compuesto en Comptex & Ass., S. L.

Impreso en Rodesa
Villatuerta (Navarra)

L023798

Penguin
Random House
Grupo Editorial

Para mis muy queridos y maravillosos hijos,
Beatie, Trevor, Todd, Nick, Samantha,
Victoria, Vanessa, Maxx y Zara.
Que vuestras vidas estén llenas de nuevas aventuras,
nuevos capítulos, nuevos inicios,
y que cada capítulo sea mejor que el anterior.
Daos fuerza los unos a los otros,
recordad los buenos tiempos,
¡y abrazad la vida!
Os quiero con todo mi corazón
y con toda mi alma,

MAMÁ/D. S.

1

El barullo de la fiesta de Navidad de la oficina se colaba por la puerta entreabierta del despacho de Kait Whittier. Ella apenas le prestaba atención; inclinada sobre su ordenador, trataba de acabar el trabajo antes de que dieran comienzo las vacaciones navideñas. Era viernes por la tarde, el día de Navidad caía en lunes, y las oficinas de *Woman's Life* permanecerían cerradas hasta después de Año Nuevo. Kait quería terminar su columna antes de marcharse. Tenía montones de cosas que hacer, ya que dos de sus hijos llegarían el domingo por la mañana para pasar con ella la Nochebuena y el día de Navidad.

Sin embargo, en ese momento se hallaba totalmente concentrada en lo que estaba escribiendo. Era para el número de marzo, pero la época del año no importaba. En su columna trataba temas de interés general para las mujeres; abordaba las cuestiones más delicadas con las que tenían que lidiar a diario, ya fuera en casa, en sus relaciones de pareja o conyugales, con sus hijos o en el lugar de trabajo. La columna se llamaba «Cuéntaselo a Kait», y a veces le costaba creer que llevara ya diecinueve años escribiéndola. Respondía en privado las consultas sobre temas especialmente delicados, y las de carácter más general salían publicadas en la revista.

Con frecuencia se hablaba de ella como una experta en asuntos relacionados con la mujer, y la invitaban a participar en debates o en programas de televisión de las grandes cadenas. Se licenció en periodismo por la Universidad de Columbia, donde también cursó un máster en la misma especialidad. Y unos años después de empezar a escribir su columna, a fin de obtener una percepción más amplia y mayor credibilidad, se sacó un posgrado en psicología por la Universidad de Nueva York que le había sido de mucha ayuda. En la actualidad la columna aparecía como reclamo en la portada de la revista, y mucha gente compraba *Woman's Life* solo para leerla. Lo que en sus inicios era considerado el «consultorio sentimental» de la revista en las reuniones del consejo de redacción, se había convertido en un enorme éxito y acabó siendo tratado con la dignidad y seriedad que merecían tanto Kait como su trabajo. Y lo mejor de todo era que ella amaba lo que hacía y lo encontraba enormemente gratificante.

En los últimos años, había ampliado su abanico con la publicación de un blog en el que incluía también fragmentos de la columna. Tenía miles de seguidores en Twitter y Facebook, y había contemplado la idea de escribir un libro de consejos para la mujer, aunque todavía no se había atrevido a dar el paso. Era muy consciente de estar caminando sobre una fina línea que le impedía ofrecer asesoramiento sobre temas delicados que podrían desembocar en demandas contra la revista o contra ella misma, acusada de ejercer la medicina sin estar autorizada. Sus respuestas eran sensatas, cuidadosamente meditadas, sabias y llenas de sentido común. Daba el tipo de consejos que cualquiera esperaría recibir de una madre inteligente y responsable, una actitud maternal que Kait ejercía en su vida privada con sus tres hijos, ahora ya adultos. Los chicos eran muy pequeños cuando ella empezó a escribir en *Women's Life*, como un primer paso para introducirse en el universo de las revistas femeninas.

En un principio aspiraba a trabajar en *Harper's Bazaar* o *Vogue*, y aceptó escribir la columna de consejos para la mujer como algo temporal mientras esperaba a dar el salto a un puesto más glamuroso en otra publicación. Sin embargo, con el tiempo había descubierto cuál era su lugar y cuáles sus puntos fuertes, y había acabado enamorándose de lo que hacía. Era el trabajo perfecto porque si quería podía realizarlo desde casa, y solo tenía que acudir a la redacción para asistir a las reuniones del consejo de redacción y para entregar las columnas ya listas para su publicación. Cuando sus hijos eran pequeños, ese horario laboral tan flexible le permitió pasar mucho tiempo con ellos. Ahora tenía más libertad para permanecer más tiempo en la oficina; aun así, enviaba la mayor parte de su trabajo por correo electrónico. Había cosechado una auténtica legión de fans, y la revista pronto se dio cuenta de que tenía una mina de oro en sus manos. Kait tenía carta blanca para hacer todo cuanto considerara oportuno en *Woman's Life*. Sus superiores confiaban ciegamente en su instinto y su criterio, que hasta el momento habían demostrado ser infalibles.

Kaitlin Whittier procedía de una familia aristocrática de la vieja guardia neoyorquina, aunque siempre se había mostrado muy discreta y no se había aprovechado de sus nobles orígenes. Su infancia poco común le había aportado una singular e interesante perspectiva de la vida desde muy temprana edad. No era ajena a los problemas familiares ni a las veleidades de la naturaleza humana, ni tampoco a las decepciones y los peligros de los que ni siquiera la sangre azul puede protegerse. A sus cincuenta y cuatro años seguía teniendo un físico llamativo. Era pelirroja con los ojos verdes y vestía de forma sencilla, pero con un estilo muy personal. No tenía miedo a expresar sus opiniones, por impopulares que fueran, y estaba siempre dispuesta a luchar por lo que creía. Aunaba coraje y serenidad, era una mujer entregada a su carrera y a la vez consagrada a sus hijos, humilde pero fuerte.

A lo largo de diecinueve años había logrado sobrevivir a

diversos cambios en la cúpula de la revista. Había permanecido centrada en su trabajo y nunca había mostrado interés por los entresijos internos, una actitud que siempre le había valido el respeto de la dirección. Kait era única y también lo era su columna. Incluso a sus colegas y competidores les encantaba leerla, les sorprendía descubrir que muchos de los problemas emocionales que ella abordaba les concernían. Había una cualidad universal en lo que escribía. A Kait le fascinaban las personas y las relaciones humanas, y hablaba de ellas de forma elocuente y expresiva, con algún que otro toque de humor pero sin ofender nunca a los lectores.

—¿Todavía trabajando? —preguntó Carmen Smith, asomando la cabeza por la puerta.

Carmen era una hispana nativa de Nueva York, que hacía más de una década había sido una modelo de éxito. Estaba casada con un fotógrafo británico del que se había enamorado mientras posaba para él, pero el suyo era un matrimonio turbulento y se habían separado varias veces. Ahora ocupaba el puesto de redactora de la sección de belleza de la revista. Era unos años más joven que Kait y, aunque tenían una relación muy estrecha en el trabajo, apenas se veían fuera de él, ya que sus vidas eran muy distintas. Carmen acostumbraba a salir con un grupo de gente un tanto alocada y bohemia.

—¿Por qué no me sorprende? —prosiguió—. Como no te he visto con los demás, abalanzándote sobre el ponche de huevo o el de ron, me he imaginado que te encontraría aquí.

—No puedo permitirme beber —respondió Kait sin levantar la vista del ordenador.

Estaba revisando la puntuación de la respuesta que acababa de escribir para una mujer de Iowa maltratada psicológicamente por su marido. Kait también le había enviado un mensaje de forma privada, ya que no quería que la pobre mujer tuviera que esperar tres meses a ver su respuesta publicada en la columna de la revista. Le había aconsejado que consultara con un abogado y con su médico, y que fuera sincera con sus hijos adultos acerca de lo que le estaba haciendo su marido. El maltrato siempre había sido un tema muy importante para Kait y siempre lo abordaba con la máxima seriedad, y en este caso no había sido distinto.

—Desde que me hiciste probar aquel tratamiento facial eléctrico —prosiguió Kait—, creo que he perdido neuronas, y he tenido que renunciar a la bebida para compensarlo.

Carmen se rio y la miró como disculpándose.

—Sí, lo sé, a mí también me provocó dolor de cabeza. El mes pasado lo retiraron del mercado, pero valió la pena intentarlo.

Hacía unos diez años, cuando Carmen cumplió los cuarenta, las dos mujeres habían hecho el pacto de no recurrir nunca a la cirugía estética, y hasta el momento lo habían cumplido, aunque Kait acusaba a la exmodelo de hacer trampas porque se había puesto inyecciones de bótox.

—Además —continuó Carmen—, a ti no te hace falta. Si no fuéramos amigas, te odiaría por ello. Se supone que soy yo la que no necesita ninguna ayuda, con esta piel aceitunada que tengo, y en cambio empiezo a parecerme a mi abuelo, que tiene ya noventa y siete años. Tú eres la única pelirroja que conozco con la piel clara y sin arrugas, y ni siquiera usas crema hidratante. Eres detestable. ¿Por qué no vienes y te unes a los demás, que están ahí emborrachándose alrededor de las poncheras? Ya acabarás la columna más tarde.

—Ya he terminado —dijo Kait, dándole a una tecla para enviar el texto a la redactora jefa. Luego se dio la vuelta en la silla para mirar directamente a su amiga—. Tengo que comprar un árbol de Navidad esta noche, no me dio tiempo a hacerlo el pasado fin de semana. Tengo que ponerlo y decorarlo porque los chicos llegan el domingo. Y solo me queda esta noche y mañana para sacar los adornos y envolver los regalos, así que no puedo perder tiempo bebiendo ponche.

—¿Quién viene?

—Tom y Steph —respondió Kait.

Carmen no tenía hijos y nunca había querido tener. Decía que su marido se comportaba como un niño y que con uno ya era suficiente. Por el contrario, para Kait sus hijos siempre habían sido lo más importante, cuando eran pequeños eran el centro de su vida.

Tom, el mayor, era más tradicional que sus dos hermanas, y desde muy pronto su objetivo fue hacer carrera en los negocios. Conoció a Maribeth, su esposa, cuando ambos cursaban Administración de empresas en Wharton, y se casaron muy jóvenes. Ella era hija de un magnate de la comida rápida en Texas, un genio de las finanzas con una fortuna valorada en miles de millones de dólares, que poseía la mayor cadena de restaurantes del sur y el sudoeste del país. Maribeth era hija única, y como su padre siempre había deseado tener un hijo, recibió a Tommy con los brazos abiertos y lo acogió bajo su tutela. Lo introdujo en el negocio cuando la pareja acabó el posgrado y contrajo matrimonio. Ella era brillante y avispada, y trabajaba en el área de marketing en el imperio de su padre. Tom y Maribeth tenían dos hijas, de seis y cuatro años, y de aspecto realmente angelical. La menor, pelirroja como su padre y su abuela, era la más vivaracha de las dos. La mayor se parecía a su madre, una rubita preciosa. Por desgracia, Kait las veía muy poco.

Tom y Maribeth estaban tan implicados en la vida familiar y empresarial del padre de ella que Kait apenas veía a su hijo para comer o cenar cuando él iba a Nueva York por negocios, o en las fiestas señaladas. Ahora él formaba parte del mundo de su esposa, más que del de su madre. Pero se le veía feliz, y había conseguido labrarse una fortuna propia gracias a las oportunidades que le había brindado su suegro. Resultaba difícil competir con eso, o incluso encontrar cierto espacio para ella en la vida de su hijo. Kait lo aceptaba de buen grado y se alegraba mucho por él, aunque obviamente lo echaba mucho de menos. Había ido varias veces a visitarlos a Dallas, pero siempre se sentía como una intrusa en medio de su ajetreada vida. Aparte de su trabajo en el imperio de comida rápida del padre de Maribeth, la pareja estaba involucrada en actividades filantrópicas, ocupada en el cuidado de sus dos hijas e implicada en la vida de la comunidad. Además, Tom viajaba mucho por cuestiones de trabajo. Quería a su madre, pero disponía de muy poco tiempo para verla. Estaba en la senda de conseguir el éxito empresarial por méritos propios, y Kait se sentía muy orgullosa de él.

Su hija mayor, Candace, tenía veintinueve años y había elegido un camino totalmente distinto. Quizá por ser la mediana, siempre había intentado llamar la atención y se había sentido atraída por todo tipo de actividades arriesgadas y peligrosas. Cursó el penúltimo año de carrera en una universidad de Londres y se quedó a vivir allí. Consiguió un empleo en la BBC, donde fue abriéndose camino hasta convertirse en reportera documentalista para la cadena pública. Compartía con su madre la pasión por defender a las mujeres que luchaban contra cualquier forma de abuso y maltrato en las distintas culturas. Había filmado varios documentales en Oriente Próximo y en algunos países africanos, y durante los rodajes había contraído diversas enfermedades, aunque en su opinión los riesgos de su trabajo bien merecían la pena. Viajaba con frecuencia a zonas devastadas por la guerra, ya que consideraba esencial llamar la atención sobre la situación de las mujeres en esos países, y para ello estaba dispuesta a arriesgar su propia vida. Había sobrevivido al bombardeo de un hotel y a un accidente aéreo en África, pero siempre volvía a por más. Decía que le aburriría soberanamente trabajar tras una mesa o vivir en Nueva York. Su objetivo era llegar a convertirse algún día en una documentalista independiente. Mientras tanto, sentía que estaba haciendo un trabajo importante y significativo, y Kait estaba también muy orgullosa de ella.

De sus tres hijos, Candace era a la que se sentía más unida y con la que tenía más cosas en común, pero apenas la veía. Y, como de costumbre, no iba a ir por Navidad, ya que estaba acabando un reportaje en África. Hacía años que no celebraba las fiestas con ella y siempre la echaban mucho de menos. Por el momento, no había ningún hombre importante en su vida. Decía que no tenía tiempo para ello, y al parecer era cierto. Kait confiaba en que tarde o temprano acabaría encontrando a su hombre, pero Candace aún era muy joven, no había ninguna prisa. Lo que de verdad le preocupaba eran los lugares a los que viajaba, hostiles y muy peligrosos. Pero por lo visto no había nada que asustara a Candace.

Y por último estaba Stephanie, el genio informático de la familia. Había ido al MIT, obtenido un máster en ciencias de la computación por Stanford, y había acabado enamorándose de la ciudad de San Francisco. Nada más terminar el posgrado entró a trabajar en Google, donde conoció a su novio. A sus veintiséis años, Stephanie se sentía feliz en el paraíso tecnológico de Google y adoraba su vida en California. Sus hermanos se burlaban de ella llamándola «empollona» y «friki de la informática», pero lo cierto era que Kait nunca había conocido a dos personas que encajaran mejor que Stephanie y su novio, Frank. Vivían en una casita destartalada en Mill Valley, en el condado de Marin, un lugar que les encantaba a pesar del largo trayecto diario hasta las oficinas de Google. Estaban locos el uno por el otro, y a ambos les fascinaba su trabajo en el gigante tecnológico. Stephanie pasaría la Navidad con su madre y al cabo de dos días se marcharía para encontrarse con Frank y su familia en Montana, donde pasaría una semana con ellos. Kait tampoco podía quejarse de la menor de sus hijas. Estaba claro que era muy feliz y eso era lo que quería para ella, además le iba estupendamente en el trabajo. Así que tampoco volvería nunca a Nueva York. ¿Por qué iba a regresar? En San Francisco tenía todo lo que había querido y soñado hacer en su vida.

Kait siempre había animado a sus hijos a perseguir sus sueños. Sin embargo, nunca había esperado que lo lograran tan pronto y tan lejos del lugar donde habían crecido, y tampoco que echaran raíces tan profundas en otras ciudades y llevaran unas vidas tan distintas. Jamás se lo había reprochado, pero aun así añoraba tenerlos cerca. En el mundo actual la gente tenía más movilidad, no se arraigaba tanto a su lugar de origen, y eran muchos los que se mudaban lejos de sus familias para asentarse y prosperar profesionalmente. Kait respetaba a sus hijos por haberlo hecho, y para evitar pensar demasiado en su ausencia se había volcado en su faceta profesional. Procuraba mantenerse siempre ocupada y su columna cobró aún más importancia para ella. Llenaba sus días con el trabajo, al que se entregaba con diligencia y una gran pasión. Kait era feliz con su vida y le satisfacía saber que había criado a unos hijos que trabajaban muy duro para alcanzar sus metas. Los tres se ganaban muy bien la vida y dos de ellos habían encontrado unas parejas a las que amaban, y que no solo eran buenas personas sino también su complemento perfecto.

La propia Kait se había casado dos veces. La primera fue justo después de acabar la universidad, y lo hizo con el que sería el padre de sus hijos. Scott Lindsay era un joven apuesto y encantador al que le gustaba disfrutar de la vida. Pasaron una época muy feliz, y les llevó seis años y tres hijos descubrir que no compartían los mismos valores y que tenían muy poco en común, aparte de proceder ambos de viejas y distinguidas familias de la sociedad neoyorquina. Scott contaba con un sustancioso fondo fiduciario, y Kait comprendió finalmente que su marido no tenía ninguna intención de trabajar y que solo quería divertirse. Ella estaba firmemente convencida de que todo el mundo debía trabajar, fueran cuales fuesen sus circunstancias. Era una lección que había aprendido de su intrépida y valerosa abuela.

Kait y Scott se separaron justo después de que naciera Stephanie, cuando él anunció que quería disfrutar de la experiencia espiritual de pasar un año con los monjes budistas en Nepal y después unirse a una expedición para escalar el Everest. Asimismo le dijo a su mujer que, tras vivir esas aventuras, consideraba que India, con toda su belleza mística, sería un lugar ideal para criar a sus tres hijos. Scott llevaba un año fuera cuando finalmente se divorciaron, de forma amistosa y sin acritud. Él también se mostró de acuerdo en que sería lo mejor para todos. Se pasó cuatro años lejos de casa y cuando regresó era un completo extraño para sus hijos. Se marchó de nuevo, esta vez a las islas del Pacífico Sur, donde volvió a casarse con una hermosa tahitiana con la que tuvo tres hijos más. Murió tras una corta enfermedad tropical, doce años después de haberse divorciado de Kait.

Ella había enviado a los niños a Tahití para que visitaran a su padre, pero él apenas mostraba interés por sus hijos, y tras ir algunas veces más, ya no quisieron volver. Scott simplemente había pasado página, había sido una pésima elección como marido para Kait. Todo lo que en la universidad había sido en él encantador y fascinante, más adelante se desmoronó, cuando ella se convirtió en una adulta y él no. Scott nunca había madurado y tampoco quería hacerlo. Tras su muerte, Kait lo sintió más por sus hijos de lo que estos lo hicieron. Después de todo, se habían relacionado muy poco con su padre. Los padres de Scott también habían muerto jóvenes y en vida apenas habían tenido contacto con sus nietos. Así pues, Kait había sido el centro y único referente emocional y afectivo de sus hijos, ella les había transmitido sus valores, y sus hijos la admiraban por ser una mujer tan trabajadora y tener siempre tiempo para ellos, incluso ahora, cuando ya eran mayores. Ninguno de ellos había necesitado una dedicación especial, ya que los tres habían tenido muy claro el camino que querían seguir en la vida. Aun así, sabían que su madre estaría allí para ellos siempre que la necesitaran. Kait era así: sus hijos habían sido su principal prioridad desde el mismo momento en que nacieron.

La segunda incursión de Kait en el matrimonio había sido completamente diferente pero igualmente fallida. Esperó a los cuarenta años para volver a casarse. Entonces Tom ya se había marchado a la universidad y sus dos hijas eran adolescentes. Conoció a Adrian justo al empezar el máster en psicología en la Universidad de Nueva York. Él era diez años mayor, estaba terminando el doctorado en historia del arte y había sido conservador en un pequeño pero muy respetado museo europeo. Hombre erudito, cultivado, fascinante e ingenioso, Adrian le abrió nuevos mundos de conocimiento y viajaron juntos a muchas ciudades para visitar museos: Amsterdam, Florencia, París, Berlín, Madrid, Londres, La Habana.

Al echar la vista atrás, se daba cuenta de que se había casado de forma precipitada. En aquella época estaba preocupada porque al cabo de unos años se enfrentaría al síndrome del nido vacío, y se sentía ansiosa por emprender su propia vida. Adrian tenía innumerables planes que quería compartir con ella, nunca se había casado y tampoco tenía hijos. Congeniaban a la perfección, resultaba emocionante estar con alguien que poseía tan vastos conocimientos y una vida cultural tan rica. Era muy reservado, pero amable y cariñoso con ella. Hasta que, un año después de la boda, Adrian le confesó que su deseo de contraer matrimonio con ella había sido motivado por un intento de luchar contra su naturaleza y que, a pesar de sus buenas intenciones, se había enamorado de un hombre más joven. Se disculpó con Kait de forma profunda y sincera y se marchó con su amante a Venecia, donde vivían felizmente desde hacía trece años. Obviamente, su matrimonio acabó también en divorcio.

A partir de entonces Kait se mostró muy reacia a mantener una relación sentimental seria, desconfiaba de su propio criterio y de las decisiones que había tomado. Llevaba una vida feliz y satisfactoria. Veía a sus hijos siempre que era posible, cuando estos disponían de tiempo para ella. Tenía amigos y un trabajo gratificante. Cuando cumplió los cincuenta, hacía cuatro años, se convenció de que no necesitaba a un hombre en su vida, y desde entonces no había tenido ninguna cita. Tan sencillo como eso. Y no se arrepentía de lo que pudiera estar perdiéndose. Lo de Adrian fue un auténtico jarro de agua fría; nada en su comportamiento con ella le había hecho sospechar que pudiera ser gay. No quería volver a caer en la trampa de nadie, ni tampoco cometer un nuevo error. No quería volver a sufrir una decepción, o quizá encontrarse con algo peor. Y aunque en su columna se mostraba como una gran defensora de las relaciones, habían empezado a parecerle demasiado complicadas para ella misma. Siempre insistía en que era feliz sola, pese a que amigas como Carmen trataban de convencerla de que volviera a intentarlo; a los cincuenta y cuatro años era demasiado joven para renunciar al amor, le decían. A Kait nunca dejaba de sorprenderle su propia edad. No aparentaba cincuenta y cuatro años en absoluto, ni se sentía tan mayor; al contrario, tenía más energía que nunca. El tiempo había pasado volando, pero seguía emprendiendo nuevas iniciativas y le fascinaba la gente que conocía, y sobre todo sus hijos.

—¿Así que no vienes a emborracharte con nosotros? —le preguntó Carmen desde el umbral con gesto exasperado—. ¿Sabes? Nos dejas en muy mal lugar a los demás, ahí sin parar de trabajar. ¡Es Navidad, Kait!

Kait echó un vistazo al reloj. Aún tenía que comprar el árbol, pero disponía de media hora para alternar con sus compañeros y compartir una copa.

Siguió a Carmen al lugar donde habían dispuesto las poncheras y, tras servirse un vaso de ponche de huevo, tomó un sorbo. Estaba sorprendentemente fuerte. A quien lo hubiera preparado se le había ido un poco la mano. Carmen ya iba por su segunda copa cuando Kait logró escabullirse y regresó a su despacho. Tras echar un somero vistazo a su alrededor, cogió una gruesa carpeta que estaba sobre su mesa. Contenía varias cartas que tenía previsto responder en la columna, así como el borrador de un artículo que había aceptado escribir para el *New York Times* acerca de si la mujer seguía siendo discriminada en el entorno laboral, o si solo se trataba de un mito o un vestigio del pasado. En su opinión seguía habiendo discriminación aunque de forma más sutil, y dependiendo mucho del sector en que se trabajara. Kait tenía intención de acabar el artículo durante las fiestas. Así pues, metió la carpeta en un bolso grande con el logo de Google que Stephanie le había regalado, pasó discretamente junto a los fiesteros, se despidió de Carmen con la mano y entró en el ascensor. Sus vacaciones de Navidad habían comenzado. A partir de ese momento estaría muy ocupada decorando el apartamento para cuando sus hijos llegaran, al cabo de dos días.

Tenía pensado preparar ella misma el pavo para Nochebuena, como siempre hacía, y ofrecer a su familia los dulces y los detalles que más les gustaban. Había encargado un tronco navideño en la pastelería, y ya había comprado el pudin típico en su tienda británica favorita. También tenía ginebra Bombay Sapphire para Tom, excelentes vinos para todos, platos vegetarianos para Stephanie, y los dulces y cereales de colores pastel para sus nietas. Y aún tenía que envolver todos los regalos. Iban a ser dos días muy ajetreados hasta que llegaran. Al pensar en ello sonrió para sí misma, al tiempo que se subía al taxi que la llevaría hacia el norte de la ciudad, en dirección al mercadillo de árboles navideños que había cerca de donde vivía. Ya comenzaba a respirarse el ambiente navideño, más aún si cabía, pues empezaba a nevar.

Kait encontró el árbol que parecía perfecto para la altura del techo de su apartamento, y le prometieron que se lo entregarían a última hora, cuando cerrase el mercadillo. Ya tenía la base que necesitaba, y también los adornos y las luces. Mientras elegía el árbol, los copos de nieve se adherían suavemente a su melena pelirroja y a sus pestañas. Luego caminó las cuatro manzanas que la separaban de su casa. A solo dos días para la Nochebuena, la gente con la que se cruzaba estaba alegre y feliz. Además del árbol, Kait compró una corona navideña para la puerta y algunas ramas para decorar la repisa de la chimenea de la sala de estar. Una vez en el apartamento, se quitó el abrigo y empezó a sacar las cajas de adornos que había utilizado desde hacía años, a sus hijos aún les encantaban. Algunos de ellos habían lucido en el árbol en su más tierna infancia y se veían un poco maltrechos y desvaídos, pero seguían siendo los favoritos de los chicos y si Kait no los colgaba enseguida, se daban cuenta y se quejaban. Los recuerdos de sus primeros años eran muy importantes para ellos. Había sido una época llena de amor, afecto y cariño.

Kait seguía viviendo en el mismo apartamento donde habían crecido sus hijos. Tenía unas dimensiones considerables para los estándares neoyorquinos y había sido ideal para ellos; lo compró hacía ya veinte años. Constaba de dos dormitorios muy amplios, en uno de los cuales dormía ella, una sala de estar, un comedor y una gran cocina de estilo rústico donde solía reunirse toda la familia. Además, al ser un edificio antiguo, tenía tres cuartos para el servicio en la parte de atrás, que era donde dormían sus hijos cuando eran pequeños. El segundo dormitorio, situado junto al suyo, fue en un principio una sala de juego para los niños. Con el tiempo se convirtió en cuarto de invitados y despacho para ella. Kait tenía pensado ceder su dormitorio a Tom y su esposa durante su breve estancia, mientras que Stephanie dormiría en el despacho/cuarto de invitados. Las dos niñitas de Tom ocuparían uno de los cuartos del servicio donde dormían su padre y sus tías de pequeños, y Kait dormiría en la antigua habitación de Candace, ya que ella no acudiría para las fiestas. No se había mudado a un apartamento más pequeño porque le encantaba tener espacio suficiente para cuando la visitaran sus hijos y sus nietas. Hacía mucho tiempo que no coincidían todos juntos, pero tal vez lo hicieran algún día. Y después de veinte años, Kait seguía enamorada de su apartamento y lo consideraba su hogar. Una asistenta hacía la limpieza dos veces por semana, pero se las arreglaba bien sola, se cocinaba ella misma o compraba algo de comida preparada al volver del trabajo.

Con lo que ganaba en *Woman's Life* más lo que le había dejado su abuela podría llevar un estilo de vida algo más lujoso, pero eso no iba con ella. No quería más de lo que tenía y tampoco le gustaba alardear. Su abuela le había enseñado el valor del dinero, el daño que este podía hacer y lo efímero que podía ser, y sobre todo la importancia del trabajo duro. Constance Whittier fue una mujer admirable que enseñó a Kait todo lo que esta sabía sobre la vida, unos principios por los que todavía se regía y que a su vez había transmitido a sus hijos. Sin embargo, Constance no había conseguido hacerlo con sus propios hijos, o por lo menos no había tenido tanta suerte con ellos. Hacía más de ochenta años, la abuela de Kait había salvado a su familia del desastre financiero, lo que la convirtió en una leyenda en su época y en un ejemplo de capacidad, determinación, visión empresarial y valentía. Y este fue el único modelo de comportamiento que había tenido Kait a lo largo de su vida.

Procedente de un ilustre linaje aristocrático, Constance fue testigo de cómo los Whittier y su propia familia perdían toda su fortuna durante el crack del 29. Por aquel entonces ella era una joven casada, madre de cuatro hijos pequeños, entre ellos un recién nacido llamado Honor, el padre de Kait. Hasta ese momento todos habían vivido en un mundo lujoso y dorado de enormes mansiones, fincas inmensas, riqueza ilimitada, hermosas vestimentas, joyas espectaculares y ejércitos de criados, pero todo se esfumó y quedó convertido en cenizas durante el crack bursátil que tantas vidas destruyó.

Incapaz de afrontar lo que le deparaba el futuro, el marido de Constance se suicidó. Entonces todo su mundo se derrumbó: se quedó sola, con cuatro hijos de corta edad y sin dinero. Vendió lo poco que le había quedado tras el desastre y se mudó con los niños a un apartamento de un solo cuarto en el Lower East Side. Intentó buscar un empleo para poder alimentar a sus hijos, pero nadie de su familia ni de su círculo más cercano había trabajado nunca, ya que todos habían recibido sus fortunas en herencia. Constance no tenía más aptitudes que la de ser una joven hermosa, una anfitriona encantadora, una buena madre y una esposa devota. Se planteó trabajar como costurera, pero no tenía habilidades para ello. Así que pensó en dedicarse a la única cosa que sabía hacer bien: preparar galletas, algo que le encantaba hacer para sus hijos.

Hasta ese momento siempre habían contado con montones de cocineras y sirvientas para elaborar cualquier exquisitez que se les antojara, pero cuando la dejaban entrar en la cocina Constance disfrutaba haciendo galletas para sus hijos. La cocinera de sus padres le había enseñado a prepararlas cuando era una niña, y ella había hecho buen uso de sus enseñanzas. Empezó a hornear galletas en su pequeño apartamento del Lower East Side, y, con sus cuatro hijos a cuestas, fue a venderlas a tiendas y restaurantes del barrio metidas en cajas de cartón en las que había escrito «Mrs. Whittier's Cookies for Kids» (Galletitas para niños de la señora Whittier). La reacción fue instantánea y entusiasta, tanto por parte de los niños como de los adultos, y pronto empezó a recibir numerosos encargos. Apenas daba abasto con la producción, y lo que ganaba le permitía mantener a sus hijos en su nueva vida, en la que la subsistencia y el dinero eran preocupaciones constantes. Luego amplió su oferta con pasteles y empezó a investigar nuevas elaboraciones con recetas que recordaba de Austria, Alemania y Francia. Los pedidos no dejaban de aumentar, y al cabo de un año consiguió ahorrar dinero suficiente para alquilar una pequeña pastelería en el barrio y poder cumplir así con la creciente demanda.

No tardó en correr la voz de que sus pasteles eran extraordinarios y sus galletas no tenían parangón. Algunos restaurantes del norte de la ciudad empezaron a hacerle pedidos que se sumaron a los de sus primeros clientes, y pronto su pequeña pastelería empezó a suministrar postres y dulces a algunos de los mejores restaurantes de Manhattan. Constance tuvo que contratar a algunas mujeres para que la ayudaran. Y diez años después era propietaria del negocio de repostería más próspero de todo Nueva York, una actividad que había emprendido en su diminuta cocina, llevada por la desesperación para poder alimentar a sus hijos. El negocio aumentó aún más en los años de la guerra, ya que muchas mujeres se alistaron en el ejército y no tenían tiempo para preparar dulces en casa. Entonces Constance contaba ya con una planta de elaboración industrial y, en 1950, veinte años después de que empezara a hacer galletitas en el Lower East Side, vendió su compañía al gigante de la alimentación General Foods por una importante suma de dinero, una fortuna que había ayudado a mantener holgadamente a tres generaciones de su familia y aún seguía haciéndolo. El fideicomiso que había creado permitió a cada uno de sus descendientes recibir una buena educación, comprarse una casa o emprender una aventura empresarial. Constance fue un referente para todos ellos, un ejemplo nacido de la necesidad, de su capacidad para aprovechar sus propios recursos y de su negativa a rendirse ante la adversidad.

Por desgracia, sus hijos la decepcionaron, se limitaron a subirse al carro del esforzado y afortunado éxito de su madre y llevaron vidas ociosas. Con el tiempo, Constance reconoció que los había malcriado, y uno de ellos tuvo un final desgraciado. Su primogénito era un apasionado de los coches veloces y de las chicas fáciles, y murió en un accidente antes de casarse y tener hijos. Honor, el padre de Kait, fue un hombre holgazán y autocomplaciente, borracho y jugador, y se casó con una hermosa joven que se fugó con otro cuando la pequeña tenía solo un año. El rastro de la madre de Kait se perdió en algún lugar de Europa y nunca más se supo de ella. Honor murió un año después en circunstancias un tanto misteriosas. Su cuerpo fue encontrado sin vida en un burdel de algún país asiático, mientras que la pequeña Kait, de dos años, seguía al cuidado de sus niñeras en Nueva York. Finalmente Constance se hizo cargo de ella y la crio; abuela y nieta se profesaron una adoración mutua absoluta.

La hija mayor de Constance fue una escritora de talento y publicó algunas novelas de éxito bajo el seudónimo de Nadine Norris. Soltera y sin hijos, murió cuando aún no había cumplido los treinta a causa de un tumor cerebral. Y la menor se casó con un escocés, llevó una vida tranquila en Glasgow y tuvo unos hijos buenos que la trataron con afecto y cariño hasta que murió a los ochenta años. Kait sentía aprecio por sus primos, aunque apenas los veía.

El orgullo y la alegría de Constance siempre había sido Kait, y mientras vivieron juntas disfrutaron de fabulosas aventuras. Kait tenía treinta años cuando su abuela murió, a los noventa y cuatro, después de haber llevado una vida digna de admiración.

Constance Whittier disfrutó de una existencia maravillosa, y llegó a una edad muy avanzada con la mente lúcida y todas sus facultades intactas. Nunca echó la vista atrás con amargura ni resentimiento por lo que había perdido en el camino, y nunca se arrepintió de lo que tuvo que hacer para salvar a sus hijos. Constance afrontó cada día como un regalo que traía consigo nuevas oportunidades y desafíos, una actitud ante la vida que luego ayudó a Kait afrontar las adversidades y las decepciones. Su abuela era la mujer más valiente que había conocido jamás. Fue divertido y emocionante estar con ella no solo cuando Kait era una niña, sino también cuando la anciana era ya nonagenaria. Llevó una vida muy activa hasta el final, viajaba, visitaba a gente, se mantenía al día de la evolución de la economía, fascinada por el mundo de los negocios y por aprender cosas nuevas. Con ochenta años aprendió a expresarse en francés con fluidez, y luego tomó clases de italiano, idioma que también llegó a hablar bien.

Los hijos de Kait seguían acordándose de su bisabuela, aunque sus recuerdos eran un tanto vagos, ya que había muerto cuando eran muy pequeños. La noche antes de fallecer cenó con su nieta, estuvieron riendo y después mantuvieron una conversación muy animada. Kait seguía echándola de menos y siempre sonreía al pensar en ella. Los años que había compartido con ella habían sido el mayor regalo de su vida, aparte de sus hijos, claro.

Mientras disponía cuidadosamente los adornos navideños sobre la mesa de la cocina, Kait se fijó en algunos que habían pertenecido a su propia infancia, y recordó la época en que su abuela y ella los colgaban del árbol, cuando vivían juntas. Un torrente de imágenes de aquel pasado feliz acudió a su memoria, y aunque los adornos estaban ya algo desvaídos, Kait sabía que los recuerdos nunca se desvanecerían. Su abuela viviría por siempre en el amor gozoso que habían compartido y que había conformado los cimientos de la vida que ahora llevaba. Constance Whittier había sido fuente de inspiración para todos los que la habían conocido. Y los dulces y postres que había elaborado llevada por la necesidad de sustentar a sus hijos se habían convertido en palabras de uso cotidiano. Sus galletas se llamaban sencillamente «4 Kids», y sus magníficos pasteles y productos de repostería se conocían como «Mrs. Whittier's Cakes». General Foods había tenido la sensatez de conservar sus nombres originales, seguían siendo muy populares y vendiéndose estupendamente bien. Constance Whittier se había convertido en una leyenda, una mujer de recursos, independiente y adelantada a su tiempo, y Kait continuaba siguiendo su ejemplo día a día.

2

Kait era consciente de que sus hijos se quedarían muy poco tiempo con ella y quería que todo fuera perfecto: el árbol, la casa, los adornos, las comidas... Su deseo era que al cabo de dos días, cuando se marcharan, lo hicieran envueltos en una nube de buenos sentimientos y llevándose lo mejor posible los unos con los otros. Tom se burlaba a veces de su hermana pequeña y se mostraba un tanto displicente con ella. Decía que Stephanie vivía en un planeta distinto, un universo presidido por la informática, y opinaba que su novio era un tipo raro. Frank era un chico muy agradable, pero costaba un poco relacionarse con él, pues solo le interesaban los ordenadores. Stephanie y Frank eran dos lumbreras del universo Google, los típicos frikis informáticos. Y, en privado, ella le había comentado a su madre que le costaba entender cómo el suegro de Tom había hecho miles de millones vendiendo hamburguesas, patatas fritas y alitas de pollo aderezadas con salsa barbacoa y unas especias secretas que nunca revelaría. Pero Hank, el padre de Maribeth, era un empresario brillante y se había portado maravillosamente con Tom, brindándole la oportunidad de compartir su éxito y labrarse su propia fortuna. Hank Starr era un hombre generoso, Kait le estaba muy agradecida por todo lo que había hecho por su hijo. Y Maribeth era una mujer muy inteligente y una buena esposa.

Stephanie había triunfado en lo que más le gustaba y había conseguido la pareja perfecta para ella. Kait no podía pedir más. Sin embargo, quien más le preocupaba era Candace, por sus viajes a aquellos lugares tan peligrosos para rodar documentales para la BBC. Sus hermanos pensaban que estaba loca por arriesgarse de ese modo y no entendían qué la llevaba a hacerlo. Pero Kait tenía una percepción más profunda de las motivaciones de su hija mediana. Enfrentada al enorme éxito financiero de su hermano como príncipe heredero del reino de su suegro, y a la prodigiosa mente de su hermana pequeña, Candace había elegido un camino que la hiciera brillar con luz propia y que atrajera la atención y el respeto del mundo entero. Su profunda preocupación por la difícil situación de las mujeres en las zonas más deprimidas del planeta la había empujado a convertirse en portavoz y adalid de su causa. Con sus audaces documentales pretendía despertar conciencias a nivel mundial, sin importarle lo que tuviera que hacer para conseguirlo. En comparación, el trabajo de su madre parecía muy anodino: responder a las cartas que le enviaban mujeres angustiadas de todo el país y aconsejarlas para que solucionaran sus problemas cotidianos y se esforzaran por mejorar sus vidas. Pero Kait les proporcionaba al menos esperanza y coraje, y les hacía sentir que alguien se preocupaba por ellas. Un logro nada desdeñable, y la razón del éxito de su columna durante cerca de dos décadas.

Kait no estaba embarcada en una cruzada como su hija mediana, o como su abuela, que había transformado un tsunami que casi la ahoga en una ola de bonanza que todos sus descendientes habían cabalgado durante muchos años. Ella había abierto el camino para muchas mujeres, algo insólito en su época. Había demostrado que una mujer sin formación ni aptitudes, educada tan solo para estar hermosa y ser una compañera para su marido, podía llegar a triunfar con los limitados recursos que tenía a mano. A los niños de todo el mundo seguían encantándoles las galletitas 4 Kids. A Kait también le gustaban, y aunque las que se comercializaban entonces no estaban tan buenas como las que su abuela sacaba del horno cuando ella era una niña, también eran deliciosas y se vendían muy bien. De vez en cuando seguía alguna de las viejas recetas de Constance para elaborar uno de sus exquisitos postres, sobre todo la tarta Sacher vienesa, que era su favorita de pequeña, aunque Kait no se consideraba ni por asomo una repostera tan buena. Ella tenía otras virtudes, como demostraba su columna para *Woman's Life*.

Empezó a decorar el árbol ya bien entrada la medianoche. Colgó los adornos más nuevos y bonitos en lo alto para que los adultos los admirasen, y en las ramas más bajas prendió los que tenían un mayor valor sentimental por ser recuerdos de su infancia y de la de sus hijos, a fin de que sus nietas pudieran verlos mejor. Cuando acabó, a las tres de la madrugada, se plantó frente al árbol para contemplar el resultado, y luego se acostó pensando en la larga lista de cosas que tenía que hacer al día siguiente.

A las ocho de la mañana ya estaba en pie y en marcha, y hacia el final de la tarde del sábado la casa lucía espléndida y ella se sentía feliz. Fue al supermercado a comprar las últimas cosas que necesitaba y al volver preparó la mesa, comprobó el estado de las habitaciones y se dispuso a envolver los regalos. Tenía puesto de fondo un DVD de su serie favorita, *Downton Abbey*. Había dejado de emitirse hacía ya algunos años, pero a ella seguía encantándole, sentía a sus personajes como viejos amigos. Resultaba agradable escuchar sus voces en la estancia, le daba la sensación de estar acompañada. La había visto tantas veces que se sabía muchos diálogos de memoria. Sus hijos se burlaban de ella, pero a Kait le fascinaba la manera en que estaba escrita. Trataba de una saga familiar ambientada en Inglaterra, contaba con un magnífico reparto de actores británicos y ya en su segunda temporada se había convertido en un gran éxito en Estados Unidos. La anciana dama que salía en la serie le recordaba a veces a su abuela.

Los regalos que había elegido eran tan variados como los distintos miembros de su familia. A Tom le había comprado una bonita chaqueta de cuero lo suficientemente llamativa para que pudiera llevarla en Texas, podría ponérsela los fines de semana. Había encontrado para Maribeth un bolso y un gran collar de oro, firmado por un diseñador de moda que sabía que a su nuera le gustaba mucho. A Stephanie y Frank les había comprado unas chaquetas tejanas forradas con piel de borreguito y equipamiento de excursionismo, ya que en su vida cotidiana siempre iban en tejanos y solo calzaban botas de montaña y zapatillas deportivas. Stephanie miraba con horror los altísimos tacones que llevaba su cuñada. Kait también había adquirido libros y música para meter en los calcetines navideños de todos, así como dos muñecas American Girl para sus nietas, apropiadas para su edad y provistas de todos los accesorios.

El mes anterior se lo había pasado en grande buscando las muñecas; en la tienda observó que las niñas de la edad de sus nietas les suplicaban a sus padres que se las compraran, y Maribeth le había dado algunas pistas que le fueron de mucha ayuda. Suegra y nuera siempre se habían llevado muy bien, aunque no podían ser más diferentes. Kait era muy consciente de que Maribeth había hecho todo lo posible por convertir a Tom en un auténtico texano. En Dallas llevaba sombreros de cowboy y tenía botas vaqueras confeccionadas en todas las pieles exóticas posibles, desde cocodrilo hasta lagarto, todas ellas obsequio de su suegro. Tom se había adaptado completamente a su mundo de adopción, al que le habría sido difícil resistirse dados los alicientes y beneficios que le ofrecía. Adoraba a su esposa y a sus hijas como Kait los había querido a él y a sus hermanas cuando eran pequeños, y también ahora, de adultos. En ocasiones Kait los echaba mucho de menos, pero no dejaba que eso la atormentara. Le bastaba con saber que eran felices, y también ella disfrutaba de una buena vida. Vivía siguiendo el ejemplo de su abuela, celebrando todo lo que tenía y sin quejarse nunca de lo que le faltaba.

La mañana del día de Nochebuena se despertó expectante, emocionada por ver a los suyos al cabo de pocas horas. Llamó a Candace al móvil, pero no pudo contactar con ella. Se duchó y se puso unos tejanos negros, un jersey rojo y unas bailarinas. Tras volver a comprobar el estado del apartamento, encendió las luces del árbol. Todo estaba a punto. Tommy y su familia llegarían a primerísima hora de la tarde en el avión privado de su suegro, y el día de Navidad por la noche se marcharían para unirse a Hank en la enorme finca que este había alquilado en las Bahamas para pasar el resto de las vacaciones. Todos los años Tommy, Maribeth y las niñas celebraban la Nochebuena con Kait en Nueva York, y luego pasaban el resto de las vacaciones con Hank. Esa era la tradición desde que se casaron hacía siete años.

Kait estaba demasiado nerviosa para comer, así que optó por revisar algunas cartas que aún debía contestar y después actualizó su blog, que gozaba de gran popularidad. Tenía preparados algunos villancicos en el equipo de música para Meredith y Lucie Anne. Esta última era la que se parecía más a su padre y a su abuela, una Whittier de pies a cabeza. Un pequeño terremoto con grandes ojos verdes, el pelo rojo y el rostro pecoso. Se mostraba educada con los adultos pero nada temerosa, y hacía preguntas sorprendentemente inteligentes para una niña de cuatro años. Meredith, o Merrie, era más tímida y prudente, más recatada, y con un carácter sureño como su madre. Le encantaba dibujar y escribir poemas para la escuela. Ambas eran niñas despiertas e interesantes, a Kait le gustaría pasar más tiempo con ellas y conocerlas mejor. Sin embargo, sus vidas estaban tan llenas con el colegio y las actividades extraescolares que, incluso cuando Kait iba a verlas, las niñas apenas tenían tiempo para estar con ella. Un par de visitas anuales a Texas, encajadas con calzador en la frenética agenda de sus padres, además de la reunión familiar navideña, no parecía suficiente para crear el vínculo que Kait anhelaba.

Stephanie había tomado el primer vuelo que salía de San Francisco y llegaría al apartamento hacia las tres de la tarde. La joven no tenía ningún interés en casarse ni tener hijos, y Kait se preguntaba si alguna vez lo tendría. Stephanie pensaba que el matrimonio era una institución anticuada que había perdido toda relevancia, y nunca se había sentido atraída por la idea de tener hijos. Prefería la compañía de adultos con intereses similares a los suyos, y Frank coincidía con ella. Estaban enamorados el uno del otro y también de su trabajo, en su vida no había espacio para niños. Y Candace, debido a su labor como reportera para la BBC y a sus propias metas profesionales, estaba a años luz de asentarse a nivel sentimental.

Kait escuchaba hablar a otras mujeres del tiempo que pasaban con sus nietos y de lo mucho que disfrutaban con ellos. Sin embargo, eso era algo que no parecía formar parte de su vida, o tal vez solo fuera lo que le había deparado el destino. Se arrepentía de no estar tan apegada a sus nietas como lo había estado a ella su abuela, pero apenas las veía y no podía establecer un vínculo profundo con las niñas. Lo único que podía hacer era consentirlas un poco e intentar conocerlas un poco más. Estaba ocupada con su columna y con su propia vida, y a veces sentía que las niñas no eran nietas suyas, sino las de otra persona.

A las dos de la tarde, cuando el timbre sonó, Kait ya estaba preparada. En cuanto abrió la puerta, su hijo la abrazó efusivamente. Tras colgar su abrigo, Maribeth no pudo dejar de admirar lo bonito que estaba el árbol engalanado. Y Merrie y Lucie Anne entraron danzando y dando vueltas como hadas pequeñitas. Lucie llevaba su tutú favorito bajo el abrigo rojo, y empezó a hablarle a su abuela de sus lecciones de ballet y del recital que iban a dar en junio. Kait ofreció sándwiches y galletas para todos, ponche de huevo para los adultos y chocolate caliente con nata montada y nubes de azúcar para las niñas, de los que dieron buena cuenta mientras charlaban animadamente. Kait estaba radiante, como siempre que los suyos iban a su casa.

Stephanie llegó al cabo de una hora, vestida con tejanos, botas de montaña y una pesada chaqueta de lana a cuadros que le había prestado Frank para el viaje. Se alegró mucho de reencontrarse con su hermano, que la abrazó cariñosamente. Las niñas se pusieron locas de contento al ver a su tía, que era muy divertida y siempre se unía a ellas en sus pequeñas travesuras. Cuando Stephanie fue a dejar la maleta en el cuarto de su infancia, situado detrás de la cocina, las pequeñas la siguieron y empezaron a saltar sobre la cama; ella permitió que lo hicieran.

Pasaron una tarde muy agradable y hogareña. Todos disfrutaron mucho y al llegar la noche se arreglaron para la cena. Las dos pequeñas se pusieron unos vestiditos de fiesta que Kait les había enviado y que recordaban a los que sus tías solían llevar cuando tenían su edad. Maribeth se enfundó en un vestido negro de cóctel sexy, y Stephanie se presentó con un jersey blanco y tejanos. No se cambió las botas de montaña, ya que, como siempre, se había olvidado de los zapatos. Tom llevaba un traje muy elegante y corbata. Kait se puso una blusa de encaje y unos pantalones negros de seda, y lució unos pequeños pendientes de diamantes que habían sido de su abuela y que a ella le encantaban.

Durante la cena charlaron animadamente, y después Kait ayudó a las pequeñas a colocar bajo el árbol un plato de galletas y un vaso de leche para Santa Claus, junto con zanahorias y sal para los renos, un ritual que cumplían todos los años. Luego Kait y Maribeth acostaron a las niñas. La abuela les leyó un cuento de Navidad, mientras Stephanie y su hermano hablaban del nuevo sistema informático que acababan de instalar en las empresas del suegro de Tom. Ella le advirtió sobre los aspectos que debían controlar y él encontró sus consejos muy útiles. No conocía a nadie que supiera más de ordenadores que su hermana, y confiaba plenamente en su criterio.

Tras acostar a las niñas, los adultos permanecieron levantados hasta bien entrada la medianoche. Antes del nacimiento de Merrie y Lucie Anne solían ir a la misa del gallo, pero como no tenían a nadie con quien dejarlas y eran demasiado pequeñas para acompañarlos a la iglesia a esas horas de la noche, la ceremonia religiosa había dejado de formar parte de su rutina navideña, al menos mientras no crecieran. Justo cuando se disponían a acostarse, Candace los llamó por Skype. Ya era el día de Navidad para ella. Habló con todos y los puso al tanto de dónde se encontraba y qué estaba haciendo. Tom sostuvo el portátil en alto para que pudiera ver el árbol, y Candace le dijo a su madre que estaba precioso y que le hubiera gustado estar junto a ellos. Las lágrimas asomaron a los ojos de Kait, quien le prometió a su hija que iría a verla en cuanto acabara de rodar el documental y regresara a Londres; esperaba que fuera muy pronto. Candace se burló de su hermana pequeña preguntándole si llevaba botas de montaña o zapatos, y entonces Stephanie se echó a reír y levantó una pierna para enseñarle su basto calzado, lo que provocó las risas de todos.

—Me he olvidado de traerme los zapatos —soltó Stephanie con una gran sonrisa.

—Sí, claro, lo que tú digas. Seguro que ni siquiera tienes zapatos de vestir. Siempre me pides que te preste unos cuando voy a casa por Navidad —le recordó Candace a su hermana, y esta se rio aún más fuerte—. ¿Y cómo está Frank? ¿Está ahí contigo este año?

Stephanie negó con la cabeza.

—Me reuniré con él pasado mañana en Montana. Está muy bien. Nos quedaremos una semana con su familia. Su padre ha estado enfermo y Frank quiere pasar unos días con él.

Las dos hermanas no hablaban con mucha frecuencia, así que aprovecharon la llamada navideña para ponerse al día y charlaron durante media hora.

Después de colgar, Kait se puso nostálgica.

—Ojalá algún día pudiéramos coincidir toda la familia en casa.

Todos se habían fijado en que Candace estaba más delgada y que el lugar desde donde llamaba parecía bastante inhóspito, pero se la veía feliz. Dijo que pronto regresaría a Londres, pero no por mucho tiempo, solo unas pocas semanas. Los hijos de Kait seguían adelante con sus vidas a un ritmo vertiginoso, y ella tenía la suya propia. No podía ni imaginarse qué habría hecho de no ser así. Se sentiría perdida si no tuviera un trabajo que la mantenía ocupada, y volvió a recordarse que no podía aferrarse a sus hijos. Los hijos eran un préstamo que se concedía a padres y madres solo por un breve tiempo.

Después de la llamada, todos se acostaron. Maribeth se disculpó con su suegra por ocupar su dormitorio, y Kait la tranquilizó diciéndole que se alegraba de poder cedérselo. Le encantaba dormir en el viejo cuarto de Candace, al lado de las niñas. Al acostarlas les había dicho que la despertaran cuando se levantaran; estaba segura de que lo harían.

Antes de meterse en la cama, escribió unas cartas en nombre de Santa Claus para que las niñas las encontraran por la mañana, junto con los calcetines llenos de dulces navideños, piruletas, juguetitos, libros infantiles y otras cosillas para que se distrajeran. También esta era una tradición que, como las demás, había mantenido con sus hijos.

El apartamento quedó en silencio hasta que a primera hora de la mañana las dos pequeñas saltaron sobre la cama de su abuela, chillando entusiasmadas por todas las cosas que Santa les había dejado en sus calcetines. Entonces Kait les leyó las cartas en las que Santa Claus las felicitaba por haberse portado tan bien durante todo el año y les aseguraba que eran las primeras de su lista de «Niñas buenas».

Cuando los demás adultos se levantaron, abrieron los regalos que Kait había dejado bajo el árbol. Iban todavía en bata y pijama, ya que las niñas no podían esperar ni un momento más. Todos recibieron con alborozo sus obsequios, que les encantaron. Luego Tom y Maribeth sacaron los presentes que habían llevado para las niñas y también para los demás. A Kait le regalaron un hermoso relicario antiguo con forma de corazón, colgado de una cadenita, en cuyo interior había una fotografía de Merrie y otra de Lucie Anne. Stephanie la obsequió con un ordenador nuevo que le había enviado por correo con antelación. Por lo visto se trataba del último grito en tecnología informática, sin duda era mucho mejor que el que Kait tenía. Stephanie lo configuró y le enseñó todas las aplicaciones que había incorporado; también le había comprado un móvil de última generación para complementarlo.

Después de abrir los regalos desayunaron todos juntos, se vistieron, se sentaron en la sala de estar para ver cómo las niñas jugaban con sus muñecas y disfrutaron de un almuerzo informal en la cocina. El día transcurría a toda velocidad. A Kait le dolía en el alma pensar que a las seis Maribeth empezaría a vestir a las niñas para el viaje y, media hora más tarde, tras una interminable sesión de besos y abrazos, se marcharían. Cuando partieron hacia el aeropuerto de New Jersey, donde los esperaba el avión de Hank para llevarlos a las Bahamas, Kait se sentó en la sala de estar y habló sosegadamente con Stephanie, tratando de reprimir las lágrimas. En el transcurso de apenas un día se había sentido muy unida a sus nietas, y ya habían vuelto a marcharse.

—Ha pasado tan deprisa... —dijo en voz queda.

Stephanie se marcharía a las seis de la mañana del día siguiente. Para Kait, las Navidades prácticamente habían acabado, pero le alegraba haber compartido con su familia unos momentos entrañables.

—Al menos seguimos viniendo a casa —le recordó Stephanie.

Kait era consciente de que sus hijos no podían entender lo mucho que aquello significaba para ella, y lo diferente que era su vida sin ellos. Dejarlos marchar era un delicado arte que había tenido que aprender cuando crecieron, y no había resultado nada fácil. Tras pasar unos días con sus hijos y sus nietas siempre lamentaba que no vivieran en la misma ciudad. Su vida sería muy distinta si pudiera verlos más a menudo, o comer o cenar con ellos de vez en cuando. Al crecer y marcharse le habían devuelto su propia vida, una vida que había tenido que volver a llenar y organizar. Sabía por las cartas que respondía en su columna que muchas mujeres pasaban por su misma situación. Un día tenías una familia y, de la noche a la mañana en muchos casos, volvías a encontrarte sola. Sin embargo, ella nunca se lamentaba o se quejaba ante sus hijos, ni siquiera ante sus amistades. Procuraba que pareciera algo fácil, llevada por un sentido del amor propio y por respeto hacia sus hijos. Pero después de que Tom y su familia se hubieran marchado, el dolor que inundó su corazón resultaba casi tangible. No quería que ninguno de ellos supiera lo mucho que le dolían aquellas separaciones. Kait sentía que su propia felicidad no era responsabilidad de sus hijos, sino solo suya. Y eso mismo les recordaba a sus lectoras, animándolas a que se hicieran cargo de sus propias vidas y ocuparan su tiempo de forma activa.

—Frank quería que este año pasara la Nochebuena y la Navidad con él y su familia —prosiguió Stephanie, y Kait se sintió muy agradecida por que no lo hubiera hecho—. Pero no podía hacerte algo así. Sabía que te decepcionaría.

—La verdad es que me habría disgustado —confirmó su madre—. Y mucho. Nuestras Navidades en familia son muy importantes para mí.

Las esperaba con ansiedad durante todo el año, pero no quería parecer patética ante su hija.

—Lo sé, mamá —respondió Stephanie suavemente dándole unas cariñosas palmaditas en el hombro.

Fueron a la cocina y, mientras cenaban algunas sobras del almuerzo, charlaron sobre lo guapas que estaban las niñas. Stephanie comentó que Tom era muy buen padre, y parecía que eso le sorprendía.

—Es una tarea que exige mucho tiempo y dedicación. No sé cómo se las arregla.

—Sí, exige mucho pero merece mucho la pena —dijo su madre.

—Supongo que esa es la razón por la que Frank y yo no queremos tener hijos —añadió Stephanie muy seria—. Son demasiadas responsabilidades. No me veo en el papel de madre.

—Con el tiempo tal vez cambies de opinión —le dijo Kait, ya que su hija solo tenía veintiséis años.

—Tal vez —respondió Stephanie, aunque no parecía muy convencida.

Al acabar de cenar, recogieron un poco la cocina y la hija metió los platos en el lavavajillas.

—En cierto modo me resulta muy extraño —comentó—. Nunca pienso en ti como una persona mayor o como una abuela. Todavía eres muy joven. Ahora que somos adultos y hemos abandonado el nido, debe de ser estupendo para ti haber vuelto a recuperar tu vida mientras aún puedes disfrutar de ella.

Kait la miró y se dio cuenta de lo poco que sabía su hija acerca de la maternidad, el vacío que queda cuando los hijos crecen y se marchan del hogar, al margen de la edad que la madre tenga.

—Mis años más felices fueron cuando erais pequeños y vivíais en casa. Ahora disfruto de mi vida y de mi trabajo, pero nada es comparable con aquella época. Supongo que habrá quien sienta alivio cuando sus hijos se marchan. Pero vosotros me malcriasteis. Para mí era maravilloso teneros conmigo —dijo Kait con cierto pesar, y abrazó a su hija—. Nunca tuve ninguna prisa por que abandonarais el nido. Me encantaba teneros en casa.

Stephanie asintió, aunque seguía sin tener la menor idea de cuánto los echaba de menos su madre, por muy plena que fuera su vida.

—Deberías echarte novio, mamá. Te lo pasarías muy bien. Estás fantástica. Frank opina que eres muy sexy —dijo Stephanie con franqueza, y Kait se echó a reír.

—Dale las gracias por el cumplido. ¿Y qué me sugieres que haga para encontrar novio? ¿Que ponga un anuncio? ¿Que envíe correos a una página de contactos? ¿Que vaya a buscar hombres a algún bar?

Kait estaba tomándole el pelo a su hija. La vida se veía tan sencilla a su edad... Stephanie vivía en su propio planeta, en el que las vidas de los demás no parecían reales. Siempre había sido así, y ahora Frank se había unido a ella en su limitado universo, donde se relacionaban mejor con los ordenadores que con las personas.

—Seguro que conoces a un montón de hombres estupendos —prosiguió Stephanie.

—La verdad es que no. Y en realidad estoy contenta de la vida que llevo. Estoy muy ocupada con la revista, con mi blog, Twitter, Facebook y todo lo demás. Soy feliz volviendo a casa por la noche y cayendo rendida en la cama. Y cuando leo las cartas que recibo, me siento aliviada de no tener los problemas que conllevan la mayoría de las relaciones. He estado casada dos veces. Y no quiero el quebradero de cabeza de estar con alguien que me fastidie constantemente, que discuta conmigo todo el rato, que incluso puede que me engañe, que quiera cambiar mi modo de vivir, que me diga lo que tengo que hacer y cómo tengo que hacerlo, que se enfade porque dedico demasiado tiempo a mi trabajo y que odie a mis amistades. Hay que aguantar mucho para lograr que una relación funcione, y no tengo ganas de volver a pasar por eso. Ahora todo en mi vida está más o menos como yo quiero, salvo por el hecho de teneros a todos desperdigados por el mundo, en tres ciudades y dos continentes. Pero ya me he acostumbrado a eso. —Parecía contenta al decirlo—. Y aunque os echo mucho de menos a todos, estoy bien sola.

—No eres tan mayor para renunciar al amor, mamá.

Carmen le había dicho lo mismo, pero hacía años de la última vez que Kait se enamoró, y cuando lo estuvo no le había ido muy bien. Se sentía a gusto con la vida que llevaba en ese momento.

—No tienes por qué volver a casarte —continuó Stephanie—, te bastaría con encontrar a un hombre con el que salir cuando te apetezca.

—Eso no me parece amor, sino un servicio de compañía —replicó su madre medio en broma—. No creo que a los hombres les guste estar disponibles cuando a una mujer se le antoje. Esperan algo más, y están en todo su derecho. En esta época de redes sociales se ha creado la sensación de que puedes usar una aplicación para quedar con un hombre siempre que quieras, y cuando te cansas de él desecharlo como si fuera un coche de Uber. Sé que hay mujeres que lo hacen, pero no es mi estilo. No le encuentro la sustancia, no le veo ningún sentido. Me gustan los valores tradicionales y las relaciones de toda la vida. No sé si quiero tener una relación con un hombre, pero cuando lo pienso en serio me doy cuenta de que realmente no quiero.

—Pues es una lástima, mamá. Eres demasiado simpática, divertida e inteligente para quedarte sola en casa. Creo que deberías empezar a salir con hombres.

Lo dijo como si fuera un deporte que debiera retomar, como volver a jugar al golf o al tenis. Pero Kait sabía que una relación requería mucho más que eso. Después de su último matrimonio, después de su falta de perspicacia con Adrian y de que él la engañara, se le habían quitado las ganas de volver a intentarlo. De todos modos, hacía muchos años que no encontraba a un hombre que le gustase de verdad, o sea que renunciar al amor no le suponía ningún sacrificio.

—Gracias por la sugerencia —dijo Kait, y volvió a abrazar a su hija mientras esta echaba un vistazo a su reloj.

—Será mejor que me acueste pronto. Tengo que salir de casa a las cinco de la madrugada para tomar el vuelo. No hace falta que te levantes para despedirme. Podemos hacerlo esta noche.

Kait negó enérgicamente con la cabeza.

—Ni hablar. No pienso permitir que te marches sin darte un abrazo y decirte adiós como te mereces. No tengo nada más que hacer, cuando te vayas puedo volver a acostarme.

Nunca dejaba que sus hijos se marcharan sin despedirse de ellos. Nunca lo había hecho y no iba a empezar en ese momento.

—No tienes por qué hacerlo —dijo Stephanie en tono indulgente.

—Ya lo sé. Pero si te fueras sin darme un último abrazo, me sentiría como si me estuvieras engañando —replicó sonriendo, y Stephanie se echó a reír.

—Sigues siendo una auténtica madraza —dijo, como si el concepto de la maternidad fuese todo un misterio para ella.

Kait sospechaba que así era. El instinto maternal no parecía formar parte del bagaje emocional de su hija, aunque se mostraba muy dulce con sus sobrinas y se comportaba con ellas como si también ella fuera una niña.

—Pues claro que soy una madraza. —Kait sonrió a su hija—. Eso es algo para toda la vida. Forma parte de lo que soy, no importa la edad que tenga.

La maternidad tenía un significado especial para ella, pues su propia madre la había abandonado cuando aún era un bebé. Años más tarde, su abuela había removido cielo y tierra para intentar averiguar qué había sido de ella, ya que pensaba que su nieta tenía derecho a saberlo. Entonces descubrió que se había ahogado en un naufragio en España cuando Kait tenía diez años. Sin embargo, en los nueve años que precedieron a su muerte, la mujer no había hecho ningún intento por ver a su hija o contactar con ella. Era evidente que la maternidad no había formado parte de su naturaleza, y tampoco se había esforzado lo más mínimo por cultivarla. Así pues, su abuela Constance fue la única madre que Kait tuvo, lo que en parte explicaba por qué se había consagrado tanto a sus hijos: no quería parecerse ni remotamente a su propia madre.

—Bueno, pues yo te digo que si no te levantas no herirás mis sentimientos —la tranquilizó Stephanie, aunque sabía que lo haría igualmente.

Antes de acostarse, ya en su dormitorio, Kait puso la alarma a las cuatro y media. Por la mañana temprano llamó a la puerta de su hija con una taza de café y una tostada, que dejó junto a su cama. Al cabo de veinte minutos, Stephanie salió preparada, con la chaqueta a cuadros de Frank y la maleta, luciendo un aspecto fresco y lozano, con su pelo moreno aún húmedo después de la ducha. Había pasado unas maravillosas Navidades con su madre, pero estaba emocionada por reunirse con Frank al cabo de unas horas. Él era su vida ahora. Su madre era parte del pasado, un hito importante, algo a lo que aferrarse, un punto de referencia al que podía volver siempre que quisiera.

Las dos se fundieron en un largo abrazo, Kait besó a su hija y la contempló fijamente mientras esperaban el ascensor. Luego Stephanie se despidió con una amplia sonrisa y agitando la mano, y dio las gracias a su madre por aquellas magníficas Navidades. Entonces la puerta del ascensor se cerró y de repente su hija ya no estaba. Kait se quedó mirando la puerta cerrada durante un buen rato, y después volvió caminando muy despacio a su apartamento. Durante un minuto más o menos se sintió perdida, miraba a su alrededor como para reencontrarse de nuevo con su vida; una vida en la que ella era una mujer adulta sola y sus hijos ya no estaban. Por mucho que intentara llenar ese hueco, por mucho que lo negara o tratara de ignorarlo, ella sufría también aquello de lo que muchas de sus lectoras hablaban con tanta aflicción: el síndrome del nido vacío. Tras la marcha de Stephanie, en el silencio de su apartamento, Kait entró en su dormitorio, se metió en la cama y rompió a llorar. Echaba en falta inmensamente a sus hijos.

3

En la semana que transcurrió entre Navidad y Año Nuevo hizo muchísimo frío y cayeron dos grandes nevadas. Stephanie le envió un mensaje desde Montana para decirle que había llegado bien, y lo mismo hizo desde las Bahamas Tommy, quien le dio las gracias por su agradable acogida y por los regalos. Después de la conmoción inicial que siempre experimentaba cuando sus hijos se marchaban tras haber pasado un tiempo juntos, Kait volvió a retomar el curso de su vida. En ciertos aspectos estaba bien ser madre de unos hijos ya adultos. Podía hacer lo que quisiera: trabajar, relajarse, dormir, leer, ver la televisión, quedar con amigos, o simplemente no hacer nada. Podía comer a la hora que se le antojara, y no tenía que preocuparse por intentar hacer la vida más agradable o placentera a nadie.

Siempre había un difícil equilibrio, a veces casi un conflicto, entre querer pasar más tiempo con sus hijos y echarlos en falta cuando se iban, por una parte, y disfrutar de su propia vida, por otra. Era un lujo que no había podido permitirse cuando eran niños o adolescentes y tuvo que ejercer prácticamente de madre soltera. En aquella época se había volcado en sus hijos y había tenido que hacer de todo: preocuparse por ellos en todo momento, ayudarlos con los deberes, vigilar con qué amistades se juntaban, consolarlos cuando sufrían mal de amores, ayudarlos a rellenar las solicitudes para entrar en la universidad y hablarles de las cosas importantes de la vida. Y tuvo que hacer malabarismos para poder conciliar todo eso con sus obligaciones profesionales, a fin de cumplir con el trabajo y los plazos de entrega. Durante aquellos años pensaba a menudo en su abuela, que había pasado de una vida de esplendor y opulencia, sin la menor preocupación económica y sin responsabilidad alguna, a verse obligada a vivir en un apartamento de un solo cuarto y a encargarse del cuidado de sus cuatro críos pequeños sin la ayuda de doncellas, gobernantas ni niñeras, y había tenido que empezar a vender galletas y pasteles por las tiendas y restaurantes del barrio para poder ofrecerles un techo a sus hijos y comprarles zapatos nuevos. En los días en que los obstáculos parecían insalvables, Kait se acordaba de todo lo que había conseguido Constance, y sabía que ella también podía hacerlo, y que sus circunstancias eran sin duda más favorables que aquellas contra las que había tenido que luchar su abuela en una época muchísimo más dura.

Kait estuvo trabajando en su columna, respondió a una entrevista escrita para *Los Angeles Times* que envió por correo electrónico con su nuevo ordenador, y, a modo de recompensa, volvió a regalarse otro episodio de su serie favorita. Siempre le suponía un auténtico placer, no importaba las veces que la hubiera visto. En *Downton Abbey*, los problemas solían resolverse satisfactoriamente en un episodio o como mucho en dos; siempre se sabía quiénes eran los buenos y los malos, y qué se podía esperar de ellos. Nunca dejaba de sorprenderle cuánto le reconfortaba verla. Carmen tenía una larga lista de series favoritas que le gustaban por distintas razones, y solían comentarlas mientras almorzaban. Ella se decantaba por las de misterio, y tampoco le incomodaban las escenas de violencia, pero sus preferidas eran aquellas que tenían un trasfondo de ciencia ficción, que a Kait no le gustaban nada. En los últimos tiempos todo el mundo parecía tener una serie favorita, ya fuera de la televisión por cable o vía streaming. La era de las series de calidad había llegado para quedarse.

Cuatro días después de que Stephanie se marchara, Kait recibió una llamada de los amigos que la invitaban todos los años a su fiesta de Nochevieja. Siempre resultaba un tanto arriesgado reunir a gente variopinta que no tenía nada mejor que hacer esa noche y no quería pasarla sola en casa. Kait había decidido que no asistiría ese año. No quería salir con el frío que hacía y tener que pelearse por conseguir un taxi para llegar allí; además, habían anunciado que volvería a nevar. Parecía una noche perfecta para quedarse en casa, así que dos semanas atrás había declinado la invitación. Tampoco tenía acompañante, y no quería pasar otra Nochevieja viendo cómo los demás se besaban al dar las doce y fingiendo que no le importaba. Por regla general no le afectaba, pero en noches especiales como esa odiaba sentirse como una perdedora o totalmente fuera de lugar. La Nochevieja parecía especialmente pensada para hacerla sentir así.

A Kait le sorprendió que Jessica Hartley la llamara para intentar convencerla de que fuera a la fiesta. Trabajaba en el departamento de diseño de una revista rival, y era una artista de mucho talento. Su marido gestionaba un fondo de riesgo en Wall Street. No eran amigos íntimos, pero los Hartley la invitaban todos los años a su fiesta de Nochevieja y ella había asistido en numerosas ocasiones.

—Venga, Kait. Es una tradición. No puedes saltártela este año.

Pero eso era precisamente lo que quería hacer. Cenar comida para llevar y quedarse en pijama en la cama le parecía mucho más atrayente que emperifollarse y salir a las calles heladas, jugándose la vida bajo un clima inclemente. Sin embargo, Jessica era muy persuasiva, y Kait se irritó consigo misma cuando se le acabaron las excusas y finalmente aceptó. Deseó no haberlo hecho, y se exasperó aún más cuando tuvo que esperar una hora en el vestíbulo de su edificio a que un coche pasara a recogerla para llevarla al apartamento del West Village donde vivían los Hartley. Al igual que ella, tenían hijos ya crecidos, dos de los cuales iban a la universidad. Jessica le había contado que habían ido para las vacaciones navideñas, pero que tenían planes aquella noche. Se quejó de que apenas los veía cuando iban a la ciudad, ya que siempre estaban por ahí con sus amigos.

Jessica y Sam se mostraron encantados al verla llegar y la recibieron efusivamente. Había ya un grupo de invitados de pie alrededor de la chimenea, tratando de entrar en calor. Como todos los años, las mujeres llevaban trajes largos o elegantes vestidos de cóctel, y los hombres iban de esmoquin. Era la única noche del año en la que todos los amigos de los Hartley se ponían de acuerdo para engalanarse. Kait se había puesto una falda de terciopelo negro y una blusa blanca de satén. Para intentar animarse un poco, aceptó una copa de champán que le ofreció Sam y se acercó a la chimenea junto a los demás. Era la noche más gélida en lo que iba de invierno, incluso rompía algunos récords de bajas temperaturas, lo que hizo que Kait anhelara de nuevo haberse quedado en la cama.

Aunque solo los veía una vez al año, conocía a todos los invitados a la fiesta; solo el rostro de un hombre no le resultaba familiar. Se llamaba Zack Winter, según le contó Sam, y ambos habían sido compañeros de cuarto en la universidad. Jessica le dijo en voz baja que era un productor de televisión de Los Ángeles que contaba en su haber con varias series galardonadas. Tenía más o menos la edad de Kait, y casualmente estaba soltero, pues acababa de divorciarse. Entonces comprendió por qué habían insistido tanto para que acudiera esa noche, dado que era la única mujer de la fiesta sin pareja. Le estaban proponiendo una especie de cita a ciegas, lo que provocó que la velada le resultara incluso más incómoda antes siquiera de empezar. Zack llevaba una chaqueta de esmoquin con una camisa negra, tejanos y mocasines de ante negro, un look muy angelino. Lo único que le faltaba, pensó Kait, era una cadena de oro colgada al cuello. Además, parecía que no se hubiera afeitado en una semana, lo que a su edad daba una impresión más de desaliño que de modernidad. Kait no se molestó en tratar de entablar conversación con él. En las tarjetas que había en la mesa con los sitios asignados para la cena había visto que los habían sentado juntos y, la verdad, no le apetecía mucho que llegara ese momento. Le daba igual lo exitosas que fueran sus producciones. Le habría impresionado más si hubiera llevado una camisa blanca bien planchada y pantalones de esmoquin, y si además se hubiera afeitado.

Sin embargo, una hora más tarde, cuando se sentaron a la mesa, el ambiente era más relajado. La comida que servían siempre estaba deliciosa, y todos deseaban disfrutar de una cena estupenda y pasar una velada magnífica en compañía de gente agradable.

—Antes solía leer tu columna. Soy un gran admirador de «Cuéntaselo a Kait» —dijo Zack amablemente después de que tomaran asiento—. Intenté salvar mi matrimonio recurriendo a ella, pero creo que mi exmujer rebasaba todos los límites. Ahora estamos en plena batalla legal por la custodia del perro. Pero todavía leo tu blog y te sigo en Twitter —añadió mientras un camarero del servicio de catering les servía ensaladilla de cangrejo.

Kait no estaba segura de si debía sentir compasión o echarse a reír, pero el hombre parecía estar de buen humor, así que decidió mostrarse abierta y simpática con él, y pasar por alto su desaliñado aspecto. Era el estereotipo del típico productor de Los Ángeles, o al menos así era como ella se los imaginaba.

Zack le preguntó cuáles eran sus series favoritas y ella reconoció que era adicta a *Downton Abbey*.

—Cuando tengo un mal día, siempre veo un par de mis episodios favoritos, de las dos últimas temporadas, y el mundo vuelve a parecerme un lugar mejor —explicó él con una sonrisa.

La mujer que estaba al otro lado de Zack los oyó por encima y preguntó de qué serie hablaban. Confesó que ella también estaba enganchada a ella, luego se puso a hablar maravillas de una de las series producidas por Zack, una moderna saga familiar ambientada en Australia, y él se mostró muy complacido. Entonces el hombre que estaba sentado frente a ellos empezó a ensalzar el drama policíaco que le había tenido fascinado durante los últimos tres años y, al cabo de cinco minutos, la mitad de los comensales estaban hablando de sus series favoritas. Kait los escuchaba, divertida, y Zack se inclinó hacia ella.

—Es la locura nacional —le dijo entre risas—. Lo único que puedes hacer es esperar a dar con el producto adecuado en el momento adecuado. Siempre hay que contar con el factor suerte para que una serie triunfe.

Se mostraba modesto acerca de su éxito. En la mesa se había desatado una auténtica avalancha de comentarios y discusiones acaloradas sobre las series favoritas de cada quien, varias de las cuales eran producciones de Zack. Kait había visto un par de ellas, pero no las seguía con regularidad.

—Ahora mismo tenemos tres series de éxito en antena —prosiguió—, y en enero vamos a empezar a emitir otra que trata sobre una familia china en Hong Kong. Pero no creo que sea de tu estilo. Es más fuerte que las otras, con mucha más violencia.

—Tienes razón, no es mi estilo —convino ella—. Me gusta *Downton Abbey* porque es familiar, agradable, entrañable... He intentado ver series en las que hay violencia, pero acabo más agobiada que antes de empezar a verlas. Aunque hay un par de las tuyas que me han gustado bastante.

Zack se echó a reír.

—A mucha gente le gusta la violencia y pasarlo mal. Es como una terapia de shock. Les distrae de los problemas de la vida real.

—La vida real ya ofrece bastantes distracciones y situaciones complicadas. No necesito ver más en televisión.

Siguieron charlando sobre su próxima serie, y él le explicó lo difícil que estaba resultando rodar en un país como China. Se notaba que tenía mucho mundo y que sabía muy bien lo que se traía entre manos. Era una persona inteligente con la que se podía hablar de todo, a pesar de su aspecto un tanto descuidado, que sin duda encajaría mejor en Los Ángeles que en la fiesta de Nochevieja de los Hartley, quienes no tenían nada de modernos o vanguardistas. Zack desentonaba por completo en aquel ambiente, pero era una persona tan agradable que a nadie parecía importarle. Para la mayoría de los invitados, el enorme éxito de sus series compensaba su extravagante look angelino. Al cabo de un rato, también Kait dejó de fijarse en su aspecto. Después hablaron de sus hijos, del trabajo, de la dicotomía Los Ángeles versus Nueva York. Zack había nacido en esta última ciudad y había empezado produciendo espectáculos en Broadway, luego se marchó a Londres para trabajar en televisión, y más tarde a Los Ángeles, donde había triunfado a lo grande. Se había convertido en uno de los productores más importantes del medio televisivo, aunque parecía llevar su éxito de forma tranquila y modesta.

Al llegar a los postres, Sam sorprendió a Kait diciéndole en voz lo bastante alta para que lo oyera también Zack:

—Deberías escribir una serie de televisión, Kait. Algo basado en la historia de tu familia.

—¿Hay señores de la droga en tu entorno familiar, o algún famoso criminal? —dijo Zack en broma, y ella se rio.

—Espero que no. Creo que Sam se refiere a mi abuela, que fue una mujer admirable. La familia lo perdió todo en el crack del 29. Mi abuelo se suicidó, y ella se mudó a un pequeño apartamento del Lower East Side con cuatro niños de menos de cinco años, sin dinero y sin haber trabajado en su vida. Empezó a hacer galletas y pasteles, y a venderlos por las tiendas y restaurantes del barrio, y eso le permitió subsistir y cuidar de sus hijos. Y, en fin, avanzando a cámara rápida, años más tarde vendió su empresa de repostería a General Foods. Los pasteles de Mrs. Whittier y las galletitas que se conocen como 4 Kids. Seguro que las has probado.

—¿Bromeas? Fueron la base de mi dieta durante toda mi infancia, y aún siguen siéndolo. —Parecía muy impresionado—. Debió de ser una gran mujer —añadió francamente admirado, y de repente se mostró más interesado si cabía por Kait. Había disfrutado hablando con ella durante toda la cena, fascinado por su belleza y su sobria elegancia.

—Lo fue —confirmó Kait—. Me crie con ella, pero esa es otra historia. Mi madre nos abandonó cuando yo apenas tenía un año y mi padre murió un año después, así que ella se hizo cargo de mí. Pasé una época maravillosa viviendo con mi abuela, ella me enseñó todo lo que sé de la vida.

—Cuando leía tu columna siempre intuía que ahí había un fuerte espíritu matriarcal. Sin embargo, nunca se me había ocurrido que pudiera haber una relación entre Kait Whittier y los pasteles de Mrs. Whittier. Debió de ganar una gran fortuna cuando vendió la empresa —dijo, y de pronto pareció avergonzado—. Lo siento, ha sido una grosería por mi parte. Pero es que me encantan ese tipo de historias de personas que se enfrentan sin miedo a la vida y se niegan a darse nunca por vencidas, sobre todo si son mujeres. Y en aquella época tan dura, debió de ser una gran hazaña.

—Mi abuela creía que podemos hacer todo lo que nos propongamos, o al menos intentarlo. Fue la mujer más valiente que he conocido. Siempre me digo que debería escribir un libro sobre ella, pero aún no me he decidido a hacerlo.

—¿Por qué no escribes una biblia para una serie de televisión? —A Zack se le había ocurrido de pronto la idea. Con lo de «biblia» se refería a la sinopsis que conforma la base argumental de una serie. Ella lo había entendido—. No debería tratar necesariamente sobre las galletas y los pasteles que elaboraba tu abuela, sino sobre una mujer que lo ha perdido todo y no solo logra sobrevivir, sino que además se construye una vida completamente nueva. Historias como esa animan a la gente. Por eso te gusta tanto *Downton Abbey*. La gente necesita modelos de comportamiento que le sirvan de ejemplo. Y aún impresiona más pensar que tu abuela hizo todo aquello a principios de los años treinta, una época en que la mayoría de las mujeres no trabajaban y ni siquiera sabían cómo hacerlo. Había unas pocas científicas, y algunas artistas, pero ninguna mujer se dedicaba a los negocios. Supongo que debía de ser un mundo muy elitista y cerrado. ¿Estaban los Whittier emparentados con los Vanderbilt y los Astor?

—Eran primos —confirmó Kait—. Pero creo que dejaron de hablarle a mi abuela cuando empezó a elaborar dulces. El «comercio» estaba muy mal visto en aquella época y no se consideraba una opción para las mujeres, ni siquiera para muchos hombres de su círculo social.

—A eso me refiero, y por eso me fascina tanto esta historia —repuso Zack, con los ojos iluminados por el interés.

Kait sonrió pensando en su abuela. Era una mujer menuda, elegante y digna, siempre muy erguida, tenía un porte de gran dama que mantuvo la mayor parte de su vida, y se ponía hermosos sombreros cuando iba a su despacho para revisar el estado de los negocios. Al cabo de unos años dejó el delantal y el horno, pero siguió creando recetas o sacándolas de antiguos libros de repostería europea.

Ya solo faltaban cinco minutos para la medianoche. El tiempo había pasado volando mientras hablaban. Se levantaron todos de la mesa y se dirigieron al salón. Sam inició la cuenta atrás.

—¡Feliz Año Nuevo! —exclamó por fin, tomando a su esposa entre sus brazos y besándola para dar la bienvenida al nuevo año.

Los demás invitados hicieron lo propio con sus parejas, y Zack miró a Kait con cierta incomodidad. La situación resultaba un tanto embarazosa para ambos. Estaban charlando con una persona a la que apenas conocían en plena celebración de la Nochevieja, mientras todo el mundo se besaba a su alrededor.

—Te daría un beso, pero seguramente me abofetearías —dijo en tono algo pícaro. Y parecía que quisiera hacerlo, aunque solo habían estado disfrutando de una agradable conversación—. Feliz Año Nuevo, Kait —añadió con voz suave—. Espero que la próxima Nochevieja tengas a alguien mejor con quien empezar el año —concluyó con pesar, y ella rio.

—Esta velada ha estado más que bien. Feliz Año Nuevo, Zack —dijo Kait. Entonces él rebuscó en su cartera, sacó una tarjeta de visita y se la entregó.

—Sé que es una proposición bastante inapropiada para una ocasión como esta, pero si alguna vez decides escribir algo acerca de tu abuela, o de una mujer como ella, llámame. Siempre estamos abiertos esta clase de historias.

Parecía hablar en serio, y ella guardó la tarjeta en su bolso.

—No creo que sea capaz de redactar un guion. Nunca lo he hecho. No estoy familiarizada con ese tipo de escritura.

—No tienes por qué hacerlo. Tú solo tienes que escribir la biblia. El productor se encargaría de buscarte un guionista con el que luego podrías trabajar. Lo único que debes hacer es esbozar la trama general y algunas ideas para desarrollar trece episodios, en el caso de que el proyecto se venda a una cadena generalista, o entre seis y veinte si es para la televisión por cable. Cada plataforma tiene sus propias reglas. Después, solo hay que rezar para que les guste y quieran más. Confío de verdad en que escribas algo, Kait. Sé por tu columna que tienes un gran conocimiento de la naturaleza humana, sobre todo de las mujeres, y eso te permitirá encontrar grandes ideas y crear buenas líneas argumentales. Me encanta lo que expresas en tus textos porque es inteligente y sensato, real y directo. No hay nada falso ni artificial en ello. Escribes cosas con las que cualquiera puede identificarse, incluso un hombre. Leyendo tu columna he aprendido mucho sobre las mujeres.

Kait podía ver que era sincero y se conmovió.

En ese momento se les acercó Sam.

—¿Qué, habéis creado ya alguna serie de éxito?

Sam se había fijado en que no habían parado de charlar animadamente durante toda la cena, y se preguntó si Zack acabaría pidiéndole una cita, aunque sabía que Kait no era su tipo. A su amigo le gustaban las mujeres más jóvenes, sobre todo actrices, a veces salía con las protagonistas de sus series. Pero Kait era guapa e inteligente, tendría más sentido que se citase con ella que con las actrices jovencitas con las que se relacionaba habitualmente.

Sam no era capaz de adivinar si había saltado la chispa entre ellos. Kait era demasiado reservada para revelar nada, y Zack solía esconder muy bien sus cartas, lo hacía incluso en la época de la universidad. Era uno de los pocos conocidos de Sam que no alardeaban de sus conquistas. Podría hacerlo perfectamente, pero no era su estilo.

—Estamos trabajando en ello —se limitó a responder Zack, mientras Kait se excusaba para ir a hablar con Jessica y los demás invitados—. Una mujer muy interesante. Tiene un pasado fascinante —añadió, y acto seguido se alejó.

Zack fue a despedirse de Kait justo antes de marcharse, ya

que a primera hora tenía que tomar un vuelo de regreso a Los Ángeles. Le recordó a Kait que le llamara si tenía alguna idea para la serie, pero esta dudó de que lo hiciera. No se imaginaba qué trama argumental podría ocurrírsele y, como le había dicho a Zack, quería reservarse la historia de su abuela para escribir algún día su biografía. Sería una fuente de inspiración para las mujeres de la época actual, pues se había adelantado varias décadas a su tiempo, aunque lo hubiera hecho impulsada por la necesidad.

Kait se marchó poco después. Se alegraba de haber asistido a la fiesta y de haber conocido a Zack. Había disfrutado mucho hablando con él. Estaba convencida de que no volverían a verse, ya que no existía ningún punto de contacto entre sus mundos, pero estaba bien conocer a gente nueva y distinta. De repente, el aura de glamour hollywoodiense que rodeaba a Zack perdió toda su importancia. Era un hombre de gran talento y con muy buen ojo para saber lo que funcionaba en el medio audiovisual. Prueba de ello eran sus numerosos éxitos en la televisión.

—¿Qué te ha parecido Zack? —le preguntó Jessica cuando ya tenía el abrigo puesto y estaba a punto de marcharse.

Le dirigió una mirada cargada de intención, pero Kait ignoró la indirecta y contestó con franqueza.

—Ha sido un gran compañero de mesa y me ha gustado mucho hablar con él. Gracias por haberme sentado a su lado —respondió en tono educado pero sincero.

—¿Eso es todo? ¿No te ha parecido tremendamente sexy?

—Está claro que no soy su tipo —se limitó a decir.

Y él tampoco era el suyo. Zack era puro Los Ángeles, formaba parte del mundo del espectáculo, y Kait estaba segura de que podía tener a cualquier estrella que quisiera a sus pies. Le pareció la clase de hombre que prefería a las mujeres muy jóvenes y sexis, a las que tenía fácil acceso.

—Bueno, me alegro de que te haya caído bien —dijo Jessica mientras los demás invitados se marchaban. Kait aprovechó el momento para escabullirse.

Había que esperar mucho para conseguir un coche de Uber, así que pidió al portero que le buscara un taxi. Se quedó un rato fuera aguardando a que el hombre volviera, y cuando al cabo de cinco minutos regresó, Kait tenía la cara, las orejas y las manos entumecidas por el frío. Entró agradecida en el asiento trasero del coche y le dio al taxista su dirección, en la zona alta de Manhattan. El hombre pareció aliviado al comprobar que estaba sobria; había estado a punto de no parar, ya iba camino de la central para dejar el vehículo e irse a su casa. Era una noche muy dura para conducir un taxi.

—Feliz Año Nuevo —le dijo el taxista con un marcado acento indio.

Llevaba un turbante de un azul turquesa brillante, y Kait sonrió al verlo. Había sido una velada muy agradable, mucho más de lo esperado, gracias sobre todo a Zack. Le halagaba que creyera que debería escribir la biblia para una serie, y le complacía que le gustara su blog y la siguiera en Twitter. Kait dedicaba mucho tiempo y se entregaba en cuerpo y alma a lo que escribía, ya que le encantaba ayudar a la gente. Pero por el momento no se sentía inspirada para idear una serie de televisión. Creía que no tenía nada que ofrecer aparte de «Cuéntaselo a Kait». No quería hacer nada más exótico, por mucho que disfrutara viendo series de televisión.

Y como perfecto colofón a la velada, cuando llegó a casa puso en el portátil un DVD de la última temporada de *Downton Abbey* y vio el especial de Navidad. Sabía que acabaría muy tarde, pero ya dormiría por la mañana. El 2 de enero volvería a la revista y sus vacaciones navideñas habrían tocado a su fin. Habían sido unos días muy agradables, pero pronto recuperaría su ritmo de trabajo. Empezaba el año con las pilas cargadas y estaba muy satisfecha. Cuando sonaban los compases iniciales de la sintonía de la serie, Kait se reclinó sobre el montón de almohadas de su cama y se dispuso a disfrutar de ella. Pese a su reticencia, lo había pasado bien en Nochevieja, se alegraba de haber asistido a la fiesta. Había elegido uno de sus episodios favoritos, pero antes de que acabara ya estaba plácidamente dormida.

4

El día de Año Nuevo, cuando Kait se despertó, el DVD ya
había acabado, la batería del portátil estaba agotada y las luces seguían encendidas. Se levantó y enchufó el ordenador
para que se cargara. Luego miró por la ventana y vio que ne-
vaba con fuerza, y la ciudad parecía haberse detenido. Había
una gruesa capa de nieve, apenas se veían algunos autobuses y
algún que otro taxi circulando lentamente.

Se preparó una taza de café y abrió el portátil que le había
regalado Stephanie. Todavía no estaba muy familiarizada con
él, tenía muchos más programas y aplicaciones que el antiguo, pero aun así le gustaba. Se planteó qué hacer durante el
resto de la jornada. Tenía que ponerse al día con las cartas que
tenía que contestar para la columna, con los tuits y con el
blog, y tampoco le apetecía salir con aquel tiempo. Pensó en
Tommy y su familia, que estaban en las Bahamas, y en Stephanie, en Montana con Frank. Se preguntó dónde se encontraría Candace en aquellos momentos y qué estaría haciendo. Se
quedó mirando un buen rato la pantalla en blanco, y de repente algo cruzó por su mente. Era solo el destello de una
idea, pero sintió una necesidad imperiosa de flirtear con ella
y ver adónde la llevaba. Además, no tenía nada urgente que
hacer.

La historia empieza en 1940, antes de que Estados Unidos entre en la Segunda Guerra Mundial. Lochlan Wilder, de unos cuarenta años, siente una gran fascinación por los aviones antiguos y los colecciona. Puede pilotar cualquier aparato con alas y gasta todo el dinero que cae en sus manos en aumentar su colección. Le apasiona volar y todo lo que tenga que ver con la aviación. Es mecánico y piloto, y ha restaurado numerosos aeroplanos. Su mujer, Anne, le apoya, aunque él invierta hasta el último centavo en su pasión por la aeronáutica. Lochlan recibió una herencia y también ganó algo de dinero, pero se lo ha gastado todo en su colección de aviones y la casa donde viven está hipotecada hasta los cimientos. Solo Anne entiende lo mucho que volar significa para él. Tienen cuatro hijos adolescentes, dos de los cuales han heredado de su padre el gusanillo de la aviación. Lochlan es un hombre atractivo, sexy e intrépido, y Anne está profundamente enamorada de él; él le enseñó a volar y es buena piloto, aunque no siente tanta pasión por los aviones como su marido.

Anne tiene que defender constantemente a Lochlan ante su severa madre, Hannabel, quien piensa que su yerno es un loco irresponsable y aprovecha cualquier oportunidad para reprochárselo. Hannabel no entiende el comportamiento de Lochlan, y tampoco quiere esforzarse en comprenderlo.

El hijo mayor, Bill, tiene dieciocho años. Su padre le ha enseñado a volar y a reparar motores. Bill es un chico formal y serio, y ya ha obtenido su licencia de piloto.

Maggie, la segunda hija, comparte con Lochlan la pasión por volar y por los aeroplanos antiguos. Con diecisiete años, aún no tiene licencia, pero Lochlan se la lleva a menudo con él y ha aprendido a pilotar todos los aviones de la colección. Tiene el mismo talento para la aviación que su padre y desea convertirse en piloto algún día. Él le ha enseñado a hacer acrobacias y es bastante temeraria. Tiene más agallas que su hermano en la cabina. Bill es serio y sensato. Maggie, en cambio, es la más audaz de todos sus hermanos, la más parecida a su padre.

Anne y Loch tienen otros dos hijos más pequeños. Greg, de quince años, no muestra ningún interés por volar y siempre se está metiendo en problemas. Tiene grandes sueños, pero ninguno de ellos está relacionado con la aviación. Y la más pequeña, Chrystal, de catorce años, posee una belleza deslumbrante y vuelve locos a los chicos. Pero tampoco siente el más mínimo interés por los aviones.

Kait escribía frenéticamente a medida que la trama argumental se iba desplegando en su mente.

Cuando la guerra se recrudece en Europa, poco después de que empiece esta historia, Loch le dice a Anne que quiere marcharse a Inglaterra para enrolarse como voluntario en la Real Fuerza Aérea Británica. Conoce a un puñado de pilotos estadounidenses que ya lo han hecho. También él ha tomado la decisión y ha vendido dos de sus aeroplanos para que Anne disponga de suficiente dinero durante su ausencia. Se siente obligado a ir, y ella sabe muy bien que no debe intentar frenarlo. Acepta que vaya por amor y respeto a su marido. La pareja se lo cuenta a sus hijos. Bill y Maggie opinan que su padre es un héroe. A Hannabel le horroriza pensar que va a dejar desamparadas a su esposa y su familia.

Loch parte hacia Inglaterra. Anne se queda sola al cuidado de la casa y de sus hijos. Es una mujer fuerte y serena que confía en su marido, aunque sufre por él. Antes de que él se marche, se produce una escena conmovedora entre ambos, y después de su partida, un aluvión de críticas y reproches por parte de Hannabel.

Loch les ha dejado dinero suficiente para salir adelante, no sin apuros. Anne se plantea buscar trabajo para contribuir a cubrir los gastos, y se le ocurre una idea. Podrían utilizar los aviones de Loch para hacer trayectos de corta distancia, algo así como un servicio de aerotaxi. Ella y Bill se ven capaces de hacerlo. También podrían dar clases de vuelo. Bill está dispuesto a ayudar a su madre. Bautizan su negocio con el nombre de «Wilder Aircraft» y ponen un anuncio ofreciendo servicios de transporte de pasajeros y clases de vuelo. Maggie también quiere colaborar, pero aún no tiene la licencia. Hannabel no para de manifestar su ira contra Loch por haberse marchado y abandonado a su familia, y opina que el plan de su hija para ganar algo de dinero extra es una idea descabellada. Le dice que, aprovechando su ausencia, debería vender todos los aviones de Loch a fin de tener más dinero para subsistir, y que eso le serviría a él de escarmiento por haberlos dejado.

Bill intenta ayudar a su madre a controlar a su hermano Greg, de quince años, y este se lo toma muy mal. Siempre está metido en problemillas, sobre todo en la escuela. También Chrystal es muy difícil de manejar, a menudo se escapa para salir por ahí con algún chico. Bill hace todo cuanto puede por ayudar, pero los dos hermanos menores son muy problemáticos. Maggie, por su parte, a sus diecisiete años solo muestra interés por los aviones y está impaciente por sacarse la licencia de piloto.

Lentamente, arranca la compañía. Varias personas se apuntan a las clases de vuelo. Algunos empresarios locales contratan sus servicios de transporte para acudir a reuniones en otras ciudades. Y Anne gestiona muy bien el negocio, seguramente mejor de lo que lo haría Loch. Tiene una mentalidad mucho más pragmática que su marido. Ganan suficiente dinero para complementar el que les ha dejado Loch, lo que permite a Anne mantener a su familia. Pero cuando las clases y los vuelos aflojan, la familia sigue pasando apuros. Hannabel vuelve a decirle a su hija que venda algunos o todos los aviones de Loch, pero ella se niega por respeto a él. Le destrozaría el corazón. A Hannabel eso no le importa; piensa que se lo merece por haberlos abandonado. Algunos de los aeroplanos son muy singulares y especiales, y Maggie puede pilotarlos todos. Acompaña siempre a su hermano como solía hacer con su padre. Al igual que él, solo vive para volar.

Así pues, mientras Loch sirve como piloto de guerra en las fuerzas aéreas británicas, Anne lleva las riendas de la casa de forma valerosa y eficiente. A lo largo del año 1941, su pequeña compañía aeronáutica empieza a afianzarse y a funcionar. Y entonces se produce el ataque a Pearl Harbor. El primer reclutamiento de la historia del país en tiempos de paz se había iniciado el año anterior, en septiembre de 1940, pero Bill se había librado.

Después del ataque a Pearl Harbor, Loch regresa de Inglaterra para alistarse en las fuerzas aéreas estadounidenses. Pasa algún tiempo con sus hijos antes de volver a marcharse, e insta al joven Greg a portarse mejor. Hay otra tierna escena de despedida entre Anne y Loch, y él le dice lo orgulloso que está de ella por cómo ha llevado adelante la compañía y ha salvado sus aviones. Maggie ya ha cumplido dieciocho años y obtiene la licencia de piloto. Y como Bill es reclutado, es ella quien ayuda a su madre con los vuelos y las clases. Loch y Bill parten a la guerra, y este último entra en la escuela de formación de pilotos del ejército. Anne y Maggie regentan el negocio, mientras que Greg y Chrystal, sin una figura masculina que ayude a controlarlos, siguen portándose fatal. Chrystal aparenta más de los quince años que tiene, y es una fuente constante de problemas. Los chicos se sienten atraídos por la muchacha como polillas por la luz y ella los incita descaradamente. Anne intenta que deje de comportarse así, pero es en vano.

Mientras escribía todo esto, Kait se acordó de haber oído hablar de las WASP o «avispas», acrónimo de Women Airforce Service Pilots (Servicio de Mujeres Piloto de las Fuerzas Aéreas de Estados Unidos). Buscó en internet y se entusiasmó con lo que descubrió acerca de ellas. Leyó con avidez, fascinada por la historia de aquel valeroso grupo de mujeres que apenas habían recibido el reconocimiento que merecían por sus heroicos actos durante la Segunda Guerra Mundial. El programa WASP fue creado en 1942, después del ataque a Pearl Harbor, para reclutar a mujeres piloto que contribuyeran al esfuerzo bélico. Tras recibir adiestramiento en Texas, se encargaron de transportar misiles y munición real para prácticas de artillería, comprobar el funcionamiento de los aparatos y repararlos, ejercer como instructoras de vuelo, llevar cargamento a los puntos de embarque, y pilotar y entregar aviones en otras zonas de conflicto. Aunque no se les permitía entrar en combate, con frecuencia tenían que volar de noche y realizar misiones peligrosas. Seguían siendo civiles, y su cometido era liberar de algunas misiones a los pilotos masculinos para que estuvieran totalmente disponibles para el combate.

Pilotaron todo tipo de aviones: biplanos de entrenamiento como el PT-17 y el AT-6, los cazas más veloces como el A-24 y el A-26, y bombarderos medios y pesados como el B-25 y el B-17. Oficialmente nunca formaron parte del ejército, no recibieron beneficios ni honores, tenían que volar siempre que se requerían sus servicios y apenas cobraban doscientos cincuenta dólares al mes.

En cuanto se creó el programa WASP, veinticinco mil mujeres piloto solicitaron su ingreso para contribuir al esfuerzo bélico, pero solo mil ochocientas treinta fueron admitidas. Aparte de poseer la licencia de vuelo, las «avispas» debían ser mayores de veintiún años y medir más de metro sesenta. Realizaron las misiones que les encomendaron de forma heroica, y treinta y ocho de ellas murieron en el cumplimiento de su deber. En diciembre de 1944, después de casi tres años de servicios, las WASP dejaron de ser necesarias y el programa se canceló. Todos los registros de sus valerosas misiones permanecieron sellados y clasificados durante más de treinta años. En 1977 el Congreso votó para que las «avispas» supervivientes pudieran recibir los mismos beneficios que el resto de los veteranos de guerra, aunque fueran civiles y nunca hubieran formado parte de las fuerzas armadas. Por fin, en 2010, sesenta y ocho años después de haber servido a su país, las WASP que aún seguían con vida, menos de trescientas, recibieron la Medalla de Oro del Congreso en una ceremonia oficial celebrada en Washington D. C. Era la primera vez que la gran mayoría de la gente oía hablar de aquellas pilotos civiles que habían servido valerosamente a su país durante la Segunda Guerra Mundial.

Kait estuvo a punto de levantarse y vitorearlas con lágrimas en los ojos al leer todo aquello, y entretejió la trama que estaba escribiendo con lo que había descubierto en internet sobre aquellas mujeres. Anne Wilder habría sido justo el tipo de mujer que habría solicitado ingresar en las WASP. Era perfecto. Incluso la historia de sus uniformes era magnífica. En un principio utilizaron monos de mecánico ya usados, pese a que la talla más pequeña les quedaba inmensa. Más tarde se les exigió que pagaran de su propio bolsillo pantalones marrones y blusas blancas para ocasiones especiales. En 1943, un año después de que se creara el programa, la directora del WASP, Jacqueline Cochran, encargó a Bergdorf Goodman que diseñara un uniforme de lana de color «azul fuerzas aéreas». El nuevo modelo fue aprobado por dos generales del ejército del aire y se convirtió en el uniforme oficial de las «avispas». Consistía en falda, chaqueta con cinturón, camisa blanca, corbata negra, el emblema de las fuerzas aéreas y la insignia de las WASP cosidos en la chaqueta, y boina y bolso negros.

Paralelamente, se diseñó también un uniforme de vuelo en el azul Santiago típico de las fuerzas aéreas, junto con una chaqueta Eisenhower, pantalones, camisa de algodón azul, corbata negra y una gorra estilo béisbol.

Cochran mandó confeccionar los modelos a los grandes almacenes de moda Neiman Marcus, y las WASP estaban muy orgullosas de sus nuevos uniformes. ¡Habían recorrido un largo camino desde que empezaron a utilizar los enormes monos masculinos de segunda mano!

Kait continuó escribiendo la biblia para la serie.

Anne está muy angustiada por el destino de su marido y su hijo en la guerra, y su madre ya no le hace tantos reproches, está preocupada por su nieto. También es menos crítica con Loch. Pero, en general, Hannabel sigue mostrándose inflexible.

Anne y Maggie llevan el negocio aeronáutico y les va bastante bien, mientras que Loch y Bill vuelan como pilotos de combate en misiones de guerra.

Un representante de las fuerzas aéreas va a hablar con Anne y le pregunta si estaría dispuesta a unirse a las WASP para transportar aviones militares, sin tropas a bordo, a través del Atlántico. Se trata de una misión potencialmente peligrosa. El hombre le cuenta que están utilizando mujeres para realizar esos vuelos, ya que los hombres deben quedar libres para el combate. No tendría que hacerlo de manera continuada, solo cuando se requirieran sus servicios. Las WASP son voluntarias civiles y se les paga muy poco. Ella accede para contribuir al esfuerzo bélico. Participará en las misiones que le asignen y podrá seguir adelante con su negocio.

Cuando Anne se lo cuenta a su madre, esta le suplica que no lo haga alegando que los alemanes podrían derribar su avión al sobrevolar el Atlántico, pero Anne es una piloto muy buena y fiable, y está firmemente decidida. Al final Hannabel accede a instalarse en la casa de su hija para ayudarla y quedarse con los chicos cuando ella esté de servicio. Ahí vemos la parte más dulce de Hannabel, que está muy asustada por lo que pueda pasarle a su única hija. Maggie también quiere ofrecerse como voluntaria, pero aún no tiene edad para hacerlo, y Anne la necesita en casa.

Vemos a Anne realizando misiones de transporte con las WASP y las demás mujeres piloto que prestan sus servicios. Maggie y su madre continúan gestionando el negocio, que les aporta los ingresos adicionales que tanto necesitan para mantenerse a flote. Durante sus vuelos, Anne se ve envuelta en algunas situaciones peligrosas, pero nunca resulta herida ni abatida.

El avión de Loch es derribado y él muere. Y poco después, justo antes de que finalice la guerra, Bill sufre el mismo destino que su padre. Tras la muerte de Loch, Anne recibe su última carta, en la que le dice cuánto la ama. Hannabel se muestra muy compasiva y siente una pena inmensa por su hija.

Mientras Kait escribía esas palabras, las lágrimas le corrían por las mejillas. Se detuvo un minuto para recuperar el aliento y luego siguió tecleando aquella historia que parecía fluir de sus dedos.

Al acabar la guerra, Maggie tiene veintidós años y se ha convertido en una piloto de primera. Anne cuenta cuarenta y cuatro, Greg veinte y Chrystal diecinueve. Los dos hijos menores siguen siendo muy problemáticos. La familia está devastada por la pérdida de Loch y Bill. En su ventana lucen dos banderas y dos estrellas doradas.

Anne se plantea qué hacer a partir de ahora para poder mantener a su familia. ¿Vender los aviones de Loch? ¿Buscar un trabajo propio de los tiempos de paz? ¿Continuar subsistiendo con el poco dinero que ganan con las clases y los vuelos de pasajeros? Entonces se le ocurre una idea: utilizar los aparatos más grandes de su flota para emprender un negocio de transporte de carga. Maggie y ella pilotarán los aviones. Greg y Chrystal se encargarán del trabajo administrativo en las oficinas, y Hannabel los sorprende a todos diciendo que ella también quiere colaborar. Ahora está muy unida a la familia y hará todo lo que esté en su mano para ayudarlos a salir adelante. Se disculpa con Anne por haberse mostrado tan crítica con Loch, dice que lo único que quería era que su hija tuviera una vida mejor, pero ahora se da cuenta de que él era un buen hombre y comprende lo mucho que se amaban.

Anne bautiza su empresa de transporte aéreo de mercancías con el nombre de Wilder Express. Al principio reciben encargos de poca importancia, pero luego su volumen aumenta, y también los ingresos. Cada trabajo constituye un triunfo para ellas y la empresa empieza a prosperar. Hannabel se muestra arisca y respondona con los clientes, pero también muy graciosa. Trabaja duro y su nieta Maggie le da clases de vuelo. La abuela es una mujer de armas tomar, peleona y guerrera, pero también maravillosa y sin pelos en la lengua. Anne trabaja de forma incansable y valerosa, y poco a poco el negocio se consolida. Con las ganancias consiguen comprar aviones más grandes para transportar cargamentos mayores. En algunas ocasiones Anne y Maggie tienen que volar con muy mal tiempo y se enfrentan a situaciones arriesgadas, pero siempre salen airosas. Cuando se lo pueden permitir, contratan a un piloto joven y competente, Johnny West. Es un buen chico, las ayuda mucho, y él y Maggie se enamoran. (Los dos hijos menores, Chrystal y Greg, continúan metiéndose en problemas.)

La familia Wilder choca con la oposición de gran parte del sector de la aviación comercial, formado por hombres que se ven intimidados por el creciente éxito de una empresa de transporte de mercancías regentada por dos mujeres. Se enfrentan a las amenazas de sabotaje a uno de sus aviones, y Johnny, el joven piloto, recibe una paliza. La competencia es despiadada y feroz. Intentan echarlas del negocio, pero Anne resiste. Hannabel no duda en hacer frente a quien sea de forma valerosa y audaz, e incluso puede que una noche saque un arma para espantar a un matón que las amenaza. Anne, Maggie y Hannabel siguen llevando la empresa de forma eficiente y obteniendo grandes beneficios. Venden algunos de los viejos aeroplanos de Loch para comprar otros aparatos mayores y más modernos. El momento en que Anne debe desprenderse de los queridos aviones de su marido para ayudar a la empresa tiene un sabor agridulce. Una noche Hannabel le dice que Loch estaría muy orgulloso de ella, y Anne le responde que él también estaría muy orgulloso de su suegra.

Así pues, cambian algunos de los viejos aviones por aeronaves de carga más útiles para la empresa, aunque conservan un par de los modelos favoritos de Loch. Al tiempo que regenta la empresa, Anne debe hacer frente al comportamiento problemático de sus dos hijos menores. Mientras, Maggie y el joven piloto Johnny West siguen viviendo su apasionado romance.

La empresa no deja de prosperar y se convierte en una máquina de hacer dinero. En 1950, cinco años después del fin de la guerra, Wilder Express es un negocio floreciente que les ha costado mucho esfuerzo levantar, aunque tienen que seguir haciendo frente a los constantes prejuicios contra las mujeres. Contratan a algunos pilotos varones, y en algún momento, si andan escasos de personal, incluso la propia Hannabel realizará algún vuelo nocturno. Ahora ya sabe pilotar bastante bien. Continúa siendo una anciana gruñona y deslenguada, pero su carácter se ha dulcificado un poco y hemos acabado cogiéndole cariño.

Vemos a las Wilder gestionando su empresa a lo largo de la década de los cincuenta, luchando por los derechos de las mujeres y triunfando en un mundo de hombres. Con el tiempo, y gracias al trabajo y el esfuerzo conjuntos, Wilder Express se convierte en una de las empresas de transporte aéreo de mercancías más prósperas de todo el país. La plantilla de pilotos varones aumenta, pero tienen que despedir a algunos por su actitud y comportamiento indebidos. Tal vez recurran también a los servicios de otra mujer piloto. También contratan a un héroe de guerra que conoció a Loch y que cursó una solicitud. Anne y él discuten constantemente, pero se respetan el uno al otro. Después de algunos enfrentamientos, acaban enamorándose. Es el primer hombre en la vida de Anne tras la muerte de Loch. Corren los años 1953 y 1955, su relación es intensa y apasionada desde el principio, y el negocio sigue estando regentado por tres generaciones de mujeres fuertes y valerosas: Hannabel, Anne y Maggie.

Kait permaneció sentada ante su portátil, reflexionando sobre lo que acababa de escribir y asombrada por la trama argumental que había concebido de forma tan repentina. Ya era medianoche: llevaba quince horas sin parar de escribir. Le puso el título de *Las mujeres Wilder*, un apellido que hacía referencia al carácter intrépido de sus protagonistas. Era la historia de una saga de mujeres que habían emprendido un negocio emocionante en una industria y un mundo dominados por hombres.

Después de releerla, Kait buscó la tarjeta de Zack Winter y le envió un correo para decirle que había escrito una historia y que quizá le interesaría echarle un vistazo. Al cabo de dos horas, Zack le respondió que lo haría encantado y le pedía que le mandara el archivo por e-mail. En cuanto pulsó el botón de «Enviar», Kait se preguntó horrorizada qué acababa de hacer. ¿Y si al productor no le gustaba nada su historia? Pero daba igual, a ella le encantaba. *Las mujeres Wilder* habían cobrado vida, aunque solo fuera para ella. Kait se sentía abrumada por una mezcla de orgullo y pánico, ya que no tenía ni idea de cuál sería la reacción de Zack.

Cuando se despertó a la mañana siguiente, la nevada se había convertido en una fuerte ventisca que obligó a cerrar las oficinas de la revista. Releyó de nuevo la historia y volvió a experimentar la misma emoción. Kait se quedó contemplando cómo caía la nieve y preguntándose con incertidumbre qué ocurriría a continuación. Pero de una cosa sí estaba segura: hacía años que no disfrutaba tanto como lo había hecho el día anterior mientras escribía sobre las mujeres Wilder. Dedicó la historia a su abuela. Creía firmemente, con cada fibra de su ser, que Constance también se habría sentido orgullosa de ella.

5

La ventisca se prolongó durante dos días, y luego todo el mundo volvió al trabajo. Kait no le habló a nadie de lo que había escrito, ni siquiera a Carmen. Esperaba a conocer la opinión de Zack. No tuvo noticias de él hasta al cabo de tres semanas. Cuando las recibió, su sentimiento de vergüenza había atravesado distintas fases, y se había convencido de que su historia era espantosa y de que Zack la había encontrado horrible, pero era demasiado considerado para decírselo, por eso no se atrevía a responderle. Así que estaba intentando olvidarse de todo aquel asunto cuando él la llamó.

—Creo que celebrar la Nochevieja con los Hartley ha resultado ser una experiencia afortunada para ambos —fue lo primero que dijo, pero Kait no se atrevió a preguntarle a qué se refería ni si le había gustado su historia. Apenas podía concentrarse en las palabras de Zack, preocupada por prepararse para lo peor—. Siento no haberte respondido antes, pero es que he estado muy ocupado —prosiguió con aire apresurado—. Mañana iré a Nueva York para una reunión. ¿Tienes tiempo para tomar una copa?

Kait dio por sentado que quería decirle en persona todo lo que estaba mal en su relato y por qué no podría funcionar como trama argumental de una serie.

—Claro —respondió ella, todavía avergonzada por haberle hecho perder el tiempo. Se había emocionado mucho escribiendo la historia, pero en las tres semanas que habían transcurrido su entusiasmo se había mitigado. Se sentía mortificada por lo que a él debía parecerle sin duda el pobre intento de una aficionada. Eso era lo que ella pensaba en ese momento, después de haber releído varias veces el relato—. ¿Dónde quedamos? —preguntó.

Él sugirió el hotel Plaza, ya que iba a alojarse allí, y luego propuso:

—¿A las seis?

—Perfecto —respondió ella.

Zack le dijo en qué bar se encontrarían. Después de colgar, Kait se quedó sentada en la oficina de la revista, mirando abstraída la pantalla del ordenador, preparándose para las malas noticias y las fuertes críticas que recibiría al día siguiente, pese a las agradables palabras que el productor le había dedicado al principio. No podía siquiera imaginar que a Zack le hubiera gustado lo que había escrito. Durante toda la tarde estuvo hecha un manojo de nervios anticipando lo que ocurriría en la cita, y por la noche tuvo que ver tres episodios de *Downton Abbey* para intentar relajarse. Sin embargo, era incapaz de pensar en otra cosa que no fuera la historia que había escrito. Trataba de adivinar qué le diría Zack. Seguramente nada bueno.

Al día siguiente acudió al trabajo vestida con un traje chaqueta negro muy formal, medias negras y tacones altos. Como si fuera a un funeral. Carmen la miró muy sorprendida cuando pasó a verla por su despacho por la tarde.

—¿Quién se ha muerto? —preguntó medio en broma.

Kait estaba pálida y se la veía distraída, tenía una expresión de pánico en la mirada.

—Tengo una reunión después del trabajo.

—Pues no parece que vaya a ser muy agradable —comentó Carmen, a juzgar por el semblante angustiado de su amiga.

—No creo que lo sea —se limitó a decir Kait. Carmen se marchó sin tratar de indagar en la naturaleza de la reunión.

Al salir del trabajo, tomó un taxi hasta el Plaza, llegó con diez minutos de antelación, se sentó a una mesa y la invadió el pánico cuando vio entrar a Zack. Le sorprendió verlo vestido con traje, una camisa azul claro y corbata. No quedaba ni rastro del moderno estilo angelino que había lucido en Nochevieja. Tenía el aspecto del típico hombre de negocios neoyorquino, y este fue el tono de su encuentro desde el mismo momento en que se estrecharon las manos.

—¿Va todo bien? Estás muy seria —dijo Zack sentándose frente a ella en la mesa.

—Tú también —respondió Kait, y le sonrió.

Zack percibía lo asustada que estaba. Antes de comentar nada, pidieron las bebidas: él un whisky y ella una copa de vino, aunque estaba demasiado nerviosa para beber. Nada la había aterrado tanto desde hacía años como aquella reunión. Estaba convencida de que él iba a hablarle de lo mala que era su historia, seguramente había decidido quedar en persona por respeto a su viejo amigo Sam.

—¿Escuchaste lo que dije cuando te llamé ayer? —preguntó él con una amplia sonrisa—. Te dije que nuestro encuentro había sido «afortunado». Tengo la sensación de que no oíste esa palabra, o de que ni siquiera me escuchaste.

Kait parecía al borde de las lágrimas.

—Creí que lo decías porque eres un hombre educado —contestó con franqueza. Él vio que le temblaba la mano al tomar un sorbo de vino.

—No soy tan educado cuando se trata de negocios. —Volvió a sonreírle y se dispuso a aliviar cuanto antes la angustia que la afligía—. Kait, has escrito una historia fabulosa. Es una biblia fantástica para una serie. Los personajes femeninos son maravillosos, y el argumento podría prolongarse durante años con todas las tramas secundarias que subyacen a la principal. No quería ponerme en contacto contigo hasta tener algo concreto, y ya lo tengo. La semana pasada mantuve dos reuniones, y otra hace un par de días. No quiero darte demasiadas esperanzas, pero creo que podrías convertirte en mi nuevo amuleto de la buena suerte. Me he reunido con los directivos de las cadenas por cable que suelen trabajar con este tipo de series, y una de las más importantes se ha mostrado muy interesada en el proyecto. Una de sus series no ha dado los resultados previstos y han tenido que cancelarla. Así que tienen un hueco en su programación para el próximo otoño, y han decidido apostar por tu historia, Kait. *Las mujeres Wilder* es justo lo que necesitan. Todavía falta perfilar algunos detalles y necesitará un poco más de trabajo, pero un buen guionista te ayudará. Quieren que desarrollemos la historia y les entreguemos un guion en cuanto lo tengamos.

Zack estaba exultante. Kait, en cambio, parecía en estado de shock.

—No puedo escribir un guion, no sabría cómo hacerlo —dijo ella dejando la copa sobre la mesa y mirándolo fijamente, tratando de asimilar lo que acababa de escuchar. Era lo último que habría esperado oír de él.

—No te estoy pidiendo que escribas el guion. Te conseguiremos a la persona apropiada para hacerlo. De hecho, ya he hablado con la guionista que me gustaría para este proyecto. En estos momentos está acabando de escribir una serie, y eso es una suerte. Es joven, pero muy buena. Tendrás que confiar en mí, ya he trabajado con ella en otras ocasiones. Le he enviado tu historia y está dispuesta a colaborar. Ha escrito los guiones de dos series muy buenas, pero la cadena tuvo que cancelar una de ellas por problemas con la protagonista, nada que ver con el guion. Creo que podrá hacer un trabajo fantástico con tu material.

Zack hablaba con Kait de forma pragmática y profesional, parecía haber pensado en todo. Estaba claro que era un productor brillante.

—Muy bien, espera un momento, a ver si me aclaro. ¿Una cadena de televisión por cable está interesada en mi historia y ya tienes una guionista para escribir el guion?

—Básicamente, sí. Primero tenemos que ver lo que la guionista hace con tu material. Si nos satisface a nosotros y a la cadena también le gusta, la contrataremos. Si damos con la guionista adecuada, la cadena quiere trece episodios para una primera temporada y, si la cosa va bien, otros nueve más.

Zack estaba acostumbrado al éxito, pero Kait no. Todo aquello era nuevo para ella.

—¡Cielo santo! —exclamó, y cerró los ojos. Cuando volvió a abrirlos, miró a Zack fijamente—. ¿Me estás diciendo que van a convertir mi historia en una serie, así sin más?

—Primero tenemos que salvar algunos obstáculos. El guion tiene que satisfacernos a todos. Y tenemos que encontrar a las actrices apropiadas para los papeles principales. Eso es algo fundamental; a ser posible, unas protagonistas femeninas con fuerza y carácter que puedan sostener la serie. Y un director o directora que sea bueno dirigiendo a mujeres. Todas las protagonistas tienen que complementarse a la perfección. Si no logramos que el guion funcione, o si no conseguimos reunir al reparto adecuado, la serie no podrá estar lista para octubre, que es cuando la cadena la necesita. Pero si logramos que todas las piezas encajen, la serie estará en antena este otoño. Ya tengo algunas ideas sobre quién se encargará de la dirección, y también he pensado en un actriz para el papel de Anne Wilder. Sé que será muy difícil contar con ella, pero voy a hacer todo cuanto esté en mi mano. Nunca ha trabajado para la televisión, solo ha hecho cine, pero si conseguimos que se enamore del proyecto será perfecta para el papel. La guionista que tengo en mente podrá empezar a trabajar dentro de dos semanas, pero antes quiere conocerte.

Cuando Zack terminó de hablar, Kait ya estaba sonriendo. No había nada seguro, todo estaba aún en el aire, pero había posibilidades de que la historia que había escrito el día de Año Nuevo acabara convirtiéndose en una serie.

—Tendríamos que empezar a rodar a principios de julio, o sea que no disponemos de mucho tiempo, y tenemos mucho trabajo por delante. Además, habrá que encontrar a un agente que se encargue de tu contrato y de la parte económica. Puedo recomendarte a algunos.

Kait no consideró oportuno decirle que habría hecho todo aquello gratis por la pura emoción de hacerlo, pero obviamente quería ver recompensado su trabajo y tampoco tenía ni idea del dinero que podría reportarle la serie. No podía pensar en nada, estaba flotando en una nube. Los detalles ya irían encajando más adelante. De momento solo quería saborear toda la excitación que estaba experimentando. Y Zack también se emocionó al percibir lo conmovida que estaba y lo mucho que aquello significaba para ella. Lo veía en sus ojos y en la expresión extasiada de su cara.

Siguieron hablando durante unas dos horas y él volvió a mostrar su entusiasmo por la guionista que había escogido. Kait confiaba plenamente en su criterio, ya que él conocía al dedillo los entresijos del oficio mientras que ella no tenía ni idea. Zack no le dijo el nombre de la actriz que tenía en mente. Quería indagar un poco para comprobar su disponibilidad antes de hacerse ilusiones. Tampoco quiso dar otros nombres de actrices, ya que su participación en la serie finalmente podría quedar en nada.

Cuando se despidieron, en el vestíbulo del hotel, Kait le dio las gracias efusivamente. Él tenía una cena de negocios y ella solo quería irse a casa para disfrutar del momento y dar vueltas por todo el apartamento gritando de alegría. Nunca le había pasado nada tan excitante en la vida. Y aquello era solo el principio. Costaba imaginar lo que vendría después. Zack se lo había explicado todo, pero cuando llegó a casa Kait ya se había olvidado de la mitad de las cosas. Se sentía aturdida. No quería contárselo a sus hijos hasta estar segura de que la idea saldría adelante. Tal vez se lo diría cuando supiera que la guionista haría un buen trabajo y Kait hubiera firmado el contrato. Quizá entonces sentiría que todo aquello era real. Por el momento tenía la sensación de que no era más que un sueño del que temía despertar. Había olvidado preguntarle a Zack cuánto tiempo duraría el proyecto y si podría continuar escribiendo su columna. No podía dejarla. No iba a renunciar a su trabajo de diecinueve años por una quimera que podría venirse abajo en cualquier momento.

Cuando llegó al apartamento, se quitó el abrigo, se dejó caer en el sofá y trató de imaginar lo que podría significar todo aquello. Se sentía como si estuviera viajando a un país del que desconocía el idioma y tuvieran que traducírselo todo. De repente era una extranjera en su propia vida. Pero no importaba lo que pudiera pasar después: sabía que sería una de las cosas más emocionantes que le habían ocurrido jamás. Y estaba ansiosa por que empezara cuanto antes. Esa noche permaneció tumbada en la cama durante horas, completamente despierta, dándole vueltas a todo lo que le había dicho Zack. Había tanto en que pensar... Ni siquiera necesitó ver unos capítulos de *Downton Abbey* para relajarse. Tal vez muy pronto ella tendría su propia serie. ¡Era alucinante!

A la mañana siguiente, Zack la llamó para volver a comentar algunos detalles. Quería que volara al cabo de dos semanas a Los Ángeles para conocer a la guionista, y que él y Kait pudieran pasar un tiempo juntos para revisar todos los aspectos del proyecto. También quería presentarle a dos agentes, ya que pronto necesitaría los servicios de alguno para redactar su contrato. Además él ya tendría una idea más clara de qué actores y actrices estarían disponibles y podrían trabajar juntos en la elección del reparto. La elección de las actrices y del director era fundamental para la cadena. Comentó que estaba pensando en realizadores de primer nivel, y a Kait eso le pareció maravilloso. ¡Resultaba todo tan emocionante...! Antes de colgar, ella le expresó su profundo agradecimiento, y luego se dirigió al trabajo.

Acordaron que, a ser posible, Kait debería tomarse dos semanas libres para ir a Los Ángeles. Tendría que pedir permiso en la revista. No le pondrían ningún problema, aunque debía informarlos con antelación. Siempre se habían mostrado muy flexibles con respecto a sus horarios laborales. Podría llevarse el trabajo y escribir su columna en el avión o bien en los ratos libres que tuviera durante su estancia en Los Ángeles.

Su mente funcionaba a toda máquina cuando llegó a la revista y empezó a rellenar el formulario para solicitar las dos semanas libres. No pensaba contarle a nadie adónde iba ni qué tenía previsto hacer. No quería tentar a la mala suerte; aún no había nada definitivo, no había nada firmado, tan solo un acuerdo verbal entre la cadena y Zack. Este se había labrado una fabulosa reputación como productor de series de gran éxito, pero Kait era consciente de que en aquel negocio nunca había nada seguro, que los tratos se rompían constantemente y que las series se cancelaban de un plumazo. No quería ponerse en ridículo hablándole a la gente de algo que fácilmente podría irse al traste. No contaría nada al menos hasta que hubiera firmado el contrato, pero ni siquiera tenía agente todavía. Estaba convencida de que todo parecería más real cuando se hubiera formalizado por escrito, pero para eso aún quedaba bastante trecho.

—¿Cómo te fue la reunión de ayer? —preguntó Carmen asomando la cabeza por la puerta de su despacho, de camino al consejo de redacción.

Tenía mucha curiosidad después de haberla visto tan arreglada y formal el día anterior, y quería saber qué había pasado.

—Bien —respondió Kait vagamente.

Sintió que estaba engañando a su amiga, pero no eran tan íntimas como para compartir con ella algo tan confidencial e importante. Pensó que primero debería contárselo a sus hijos, y aún era muy pronto para decirles nada. No había nada seguro todavía.

—Hoy se te ve mucho más contenta —comentó Carmen, y Kait sonrió.

—Lo estoy.

No le mencionó que iba a pasar dos semanas en Los Ángeles. No podía hacerlo sin explicarle el motivo de su viaje, y aún no se le había ocurrido una buena excusa.

—¿Quieres que traiga unas ensaladas cuando vuelva? —le ofreció su amiga.

—Genial. La mía mediterránea, gracias.

Eran buenas compañeras de trabajo, pero no amigas íntimas.

—Nos vemos a la una —le prometió Carmen.

Cuando su colega se marchó, Kait terminó de rellenar el formulario para solicitar las dos semanas de vacaciones y le pidió a su ayudante que lo entregara en recursos humanos. Se sintió invadida por una sensación de lo más extraña. No sabía si a final de año seguiría trabajando allí o estaría demasiado ocupada con la serie. Trató de no pensar en eso mientras abría una gruesa carpeta llena de cartas, debía responder con cierta urgencia algunas de ellas para la columna. Eso la devolvió enseguida a la realidad. Tenía trabajo que hacer, el mismo que llevaba realizando desde hacía diecinueve años: escribir el consultorio sentimental de la revista *Woman's Life*. Hollywood podía esperar, y por el momento tendría que hacerlo. Aquella columna constituía su sustento, no iba a permitirse olvidarlo. Aun así, estaba muy emocionada y expectante por ver cómo su historia cobraba vida, con actrices y actores de carne y hueso interpretando a los personajes que ella había creado. Se preguntó a quién conseguirían para los papeles principales, pero enseguida se obligó a centrarse en los asuntos de la vida real que la ocupaban en aquellos momentos.

A la hora del almuerzo Carmen y Kait pasaron un buen rato compartiendo cotilleos y riendo mientras comían las ensaladas.

—Sigues teniendo un brillo extraño en los ojos, como si tuvieras la mente en otra parte —dijo Carmen—. ¿Qué te pasa? —añadió, preguntándose si Kait habría conocido a algún hombre.

—Solo estoy cansada. Anoche no dormí mucho.

—Necesitas unas vacaciones —le aconsejó Carmen.

—Había pensado en ir a visitar a Candace cuando acabe el reportaje y regrese a Londres. —De pronto se le ocurrió la excusa perfecta para su viaje a Los Ángeles—. Y también había pensado en ir a San Francisco dentro de un par de semanas para ver a Stephanie, y a la vuelta tal vez vaya a visitar a Tom.

—Me refiero a unas vacaciones de verdad, a algún sitio con sol. A mí no me irían nada mal —añadió Carmen con aire melancólico.

—A mí tampoco —respondió Kait en tono abstraído, y su mente volvió a divagar con imágenes de Los Ángeles y de lo que le esperaba allí muy pronto—. Es un buen consejo —dijo refiriéndose a las vacaciones—. Tal vez, cuando esté en San Francisco, podría convencer a Steph para pasar un fin de semana en Los Ángeles.

Carmen asintió y se levantó para tirar los envases vacíos de sus ensaladas. Si Kait iba a California a visitar a su hija, tenía sentido aprovechar la ocasión para pasar unos días en Los Ángeles.

—A ver si descansas algo más esta noche —la amonestó Carmen—. Estás medio adormilada.

Kait se echó a reír mientras la puerta se cerraba, pero lo cierto era que estaba completamente despierta y que su fantasía era muy real. A punto estuvo de pellizcarse para asegurarse de que no estaba soñando.

6

Las dos semanas que precedieron al viaje de Kait a California transcurrieron a paso de tortuga. Todo en su vida cotidiana le resultaba tedioso, apenas podía concentrarse en las cartas que debía responder o en los asuntos con los que tenía que lidiar diariamente. Solo tenía ganas de volar cuanto antes a Los Ángeles para averiguar lo que iba a ocurrir con el proyecto.

Se sentía culpable por viajar a California y no ir a visitar a Stephanie a San Francisco, pero la verdad era que no dispondría de tiempo. Zack había concertado varias reuniones con los directivos de la cadena para presentarles a Kait y para comentar diversos aspectos de la serie, entre ellos la dirección que tomaría la trama argumental. El productor también quería que se reuniera con un par de agentes y con la directora que tenía en mente, y además tenía que dedicar tiempo a la guionista. Esto último era crucial, ya que en cuanto Kait diera su aprobación debía ponerse a trabajar enseguida en el guion a fin de cumplir los plazos en la planificación. Y Zack quería que participara también en la elección del reparto. Consideraba fundamental que Kait diera el visto bueno a las tres actrices protagonistas, pues estas constituían la esencia de la serie y debían adecuarse a la perfección al perfil que ella había trazado de sus personajes, aunque la cadena inevitablemente exigiría algunos cambios a medida que avanzaran.

Había tanto que hacer en las dos semanas que pasaría allí que no veía cómo podrían encajarlo todo. Y tres días antes de la fecha prevista para volar a Los Ángeles, Zack la llamó. Cuando oyó su voz, la invadió de nuevo una oleada de pánico pensando que el proyecto se había cancelado. Seguía pareciéndole todo tan irreal que no podía creer que fuera a suceder. Sin embargo, la había llamado para comunicarle que todas las piezas continuaban girando dentro de la compleja maquinaria que se requería para poner en marcha una serie de tal magnitud. Kait era consciente de que aún le quedaba muchísimo por aprender. Ya solo la parte del contrato, con sus condiciones y beneficios a largo plazo, se le antojaba tan complicada que apenas entendía nada, por eso necesitaría los servicios de un agente, y quizá incluso los de un abogado especializado en el mundo del espectáculo. Zack se encargaría de encontrarle cuanto antes a algunos de los mejores, al tiempo que negociaba con la cadena los aspectos financieros del proyecto, así como los acuerdos preliminares y finales, unos tecnicismos que a Kait le sonaban completamente a chino.

—También quiero que conozcas a alguien —le dijo después.

Hablaba de forma apresurada y expeditiva, como de costumbre. El productor tenía que hacer continuamente malabares entre las series que ya tenía en marcha y las que intentaba desarrollar. Siempre tenía un montón de pelotitas en el aire, pero esta iba a ser una de las grandes, se requeriría mucho trabajo y numerosas reuniones a fin de lograr arrancar el proyecto. Podrían haber rodado el episodio piloto y vendérselo después a la cadena, algo que Zack ya había hecho varias veces con anterioridad, pero era mucho mejor que la corporación se implicase desde el principio y les proporcionara el presupuesto para la producción. De ese modo tenían la seguridad de que a la cadena le gustaba el proyecto y podrían filmar una serie de altísima calidad.

Todavía no estaba claro si rodarían en California o en Nueva York. Necesitaban un gran emplazamiento con espacio suficiente para los aviones de Loch Wilder, la empresa de transporte aéreo y una pequeña pista de aterrizaje. Contratarían a pilotos expertos para filmar las escenas de vuelo y utilizarían una flota completa de aviones antiguos. Zack ya tenía a gente de su equipo buscando aeroplanos de la época y posibles localizaciones. Costaría más o menos lo mismo rodar en una costa que en otra, por lo que a la cadena no le importaba el lugar que escogieran finalmente.

—Quiere que os reunáis mañana —prosiguió Zack.

—¿Con quién tengo que reunirme?

Antes de que le respondiera, se produjo un momento de silencio. Pero no se trataba de una pausa dramática. Mientras Zack hablaba con ella, estaba firmando cheques para otra serie, su ayudante estaba de pie a su lado.

—La llamé la semana pasada y me dijo que tenía que pensárselo. Nunca ha hecho televisión y necesitaba replantearse su punto de vista debido a lo que ahora representa el medio. Ya no es como en los viejos tiempos, cuando había un estigma asociado a trabajar en televisión, ahora los grandes nombres de la industria están en las series. Parece que lo ha entendido y acaba de llamarme. Quiere conocerte para intentar comprender mejor su personaje y asegurarse de que sería una elección acertada.

Todo lo que decía tenía lógica para Kait, pero apenas podía soportar tanto suspense. Ya le había dejado caer algo con anterioridad sobre aquella actriz.

—Evidentemente, la queremos para el papel de Anne Wilder. Es demasiado joven para interpretar a la abuela. Si logramos convencerla, creo que será perfecta. Mientras tanto quiere estar disponible para seguir rodando películas, no va a renunciar al cine por nosotros. Ya ha ganado dos Oscar y un Globo de Oro, y le he prometido otro globo dorado por este papel

—comentó riendo. Kait esperaba ansiosa a saber de quién se trataba, aunque ya estaba francamente impresionada—. Coincidí con ella en una película hace muchísimo tiempo. Yo no era más que un pobre ayudante y ella no se acuerda de mí. Es una mujer fascinante, te encantará, Kait. Se trata de Maeve O'Hara —dijo, como si mencionara a alguien con quien acabara de cruzarse por la calle.

—¿Maeve O'Hara? —exclamó Kait en tono reverente y sobrecogido—. ¿Estás de broma? ¿Para nuestra serie?

—Me encantaría, sí. Veremos si acepta. Aún no ha prometido nada. Dice que quiere conocerte antes de tomar una decisión, pero estoy convencido de que os caeréis estupendamente. —En opinión de Zack, Kait tenía algunas de las mejores cualidades de Maeve. Eran dos mujeres con los pies en la tierra, una singular combinación de talento y modestia—. Dice que podéis quedar mañana a las cuatro. Ha sugerido un pequeño restaurante en su barrio. Podéis compartir un sándwich de pastrami —añadió bromeando—. Es una mujer muy centrada y sensata, y tiene dos hijas que también intentan abrirse camino como actrices. No creo que posean su talento, pocas personas lo poseen; además, son muy jóvenes. Pero, si logramos convencer a Maeve, estoy seguro de que tendremos entre manos una serie de las grandes. Esta historia y el personaje de Anne están hechos para ella. Quiero que te reúnas con Maeve antes de venir a Los Ángeles. Si conseguimos que participe en el proyecto, tendremos a todos los actores y actrices que nos propongamos. Muchos matarían por poder trabajar con ella. Deslúmbrala, Kait. Sé que puedes hacerlo.

Durante un instante, Kait no supo qué decir. Se sentía abrumada.

—Lo intentaré —dijo al fin, confiando en no mostrarse demasiado obnubilada o embobada ante toda una actriz de Hollywood. Pero es que al día siguiente había quedado en un restaurante nada menos que con la mismísima Maeve O'Hara, una de las más grandes estrellas de la industria del cine—. Aunque... verás, Zack, yo no estoy acostumbrada a estas cosas. No quiero estropearlo todo.

—Te acostumbrarás a todo esto cuando la cosa esté en marcha. Y algo me dice que acabaréis siendo grandes amigas. Solo sé tú misma y háblale de Anne Wilder. Creo que eso la ayudará a entender que el papel es perfecto para ella. Le envié la biblia la semana pasada y me llamó enseguida. Le resultará difícil resistirse si consigue encajarlo en su agenda. Siempre está trabajando, aunque me ha dicho que se va a tomar un descanso por motivos personales y no piensa emprender ningún proyecto nuevo. Pero con una actriz de su talento, esos propósitos no suelen durar mucho. Es una adicta al trabajo, al igual que nosotros. Pronto estará haciendo algo nuevo, y espero que sea nuestra serie. Le enviaré un correo y le diré que puedes quedar con ella mañana.

Zack le dio el nombre y la dirección del restaurante, y Kait los anotó. Estaba en la Setenta y dos Oeste. Maeve vivía en el Dakota, junto al Central Park, donde residían varios actores, productores y escritores famosos, así como artistas e intelectuales. Era un edificio muy célebre, con apartamentos antiguos y enormes que daban al parque. Kait se preguntó cómo sería el de Maeve y si alguna vez llegaría a verlo.

—Llámame después para ver cómo ha ido el encuentro —le dijo Zack, y luego colgaron.

Kait tenía todo el día y toda la noche para pensar en ello, y también para preocuparse. Conocer a estrellas como Maeve O'Hara era algo que la hacía sentirse fuera de su zona de confort, pero es que todo lo que le estaba ocurriendo le resultaba novedoso y excitante. Pasara lo que pasase, quedar con ella para tomar café constituiría uno de los puntos álgidos de su vida.

Al día siguiente, Kait salió temprano del trabajo y tomó el metro hasta la parada más cercana al lugar de la cita, al norte del Lincoln Center. Aunque el cielo estaba despejado hacía mucho frío y cuando llegó al restaurante Fine and Schapiro tenía la nariz roja, los ojos humedecidos y las manos congeladas. Al entrar vio enseguida a la actriz, sentada discretamente con una parka y un gorro de lana a una mesa al fondo del local. El resto de los clientes la habían reconocido, pero nadie la importunó. Kait se acercó a ella con el corazón desbocado y Maeve le sonrió como si hubiera adivinado quién era. Estaba dando sorbos a una humeante taza de té, a Kait le dio la impresión de que tenía tanto frío como ella.

—Debería haberte citado en mi apartamento —dijo Maeve en tono de disculpa—, pero mi marido no se encuentra muy bien y trato de que esté lo más tranquilo posible. Nuestras hijas viven con nosotros y eso ya implica suficiente jaleo.

—No pasa nada, y además te envidio por tener a tus hijas contigo —comentó Kait, sentándose frente a Maeve y sintiéndose como si se hubiera encontrado con una vieja amiga—. Los míos hace tiempo que volaron del nido —añadió.

—¿Dónde viven? —se interesó la actriz observando cuidadosamente a Kait. Al parecer le gustó lo que vio.

Maeve era unos años más joven que ella, pero no muchos. No llevaba maquillaje; rara vez lo hacía cuando no trabajaba. Se había puesto unos vaqueros gastados, unas viejas botas de montar y un grueso jersey debajo de la parka.

—Uno en San Francisco, otra en Dallas, y mi hija mediana adondequiera que la BBC la envíe, siempre y cuando haya algún conflicto en la zona. Pero habitualmente vive en Londres.

—Debe de ser muy duro para ti —dijo Maeve en tono compasivo, y Kait asintió—. Mi hija mayor va a la escuela de arte Tisch de la Universidad de Nueva York. Quiere ser actriz. Y la menor aún no sabe lo que quiere hacer con su vida. El año pasado dejó la universidad en el primer curso y está intentando abrirse camino en el Off Broadway. Pero hasta ahora solo ha conseguido algunos papeles penosos.

Las dos mujeres intercambiaron una sonrisa y Kait tomó un sorbo de café. Se sentía muy a gusto. Ambas tenían hijos y vio que, a pesar de ser una gran estrella, era una madre abnegada.

—Estoy preparándome para cuando mis hijas se vayan de casa. Por suerte, aún no lo han hecho, aunque me vuelven loca y me tienen totalmente esclavizada —comentó Maeve, y ambas se echaron a reír—, pero sé que cuando se vayan me sentiré perdida sin ellas. Ahora estoy a su entera disposición, por eso no quieren marcharse. Tienen comida y servicio de lavandería, y sus amigos se pasan por casa a cualquier hora del día y de la noche. Bueno, más o menos era así hasta que Ian enfermó. Ahora la situación es más complicada.

Kait no quiso ser indiscreta y no le preguntó por la enfermedad de su marido. A juzgar por la expresión de su mirada al decirlo, tenía la impresión de que se trataba de algo grave. Sabía que Maeve estaba casada con Ian Miller, un famoso actor que con el tiempo se convirtió en director.

—Por cierto, me encanta tu columna. Siempre que Ian y yo teníamos una pelea, la leía para ver si tenía que perdonarlo o llamar a un abogado y pedir el divorcio. Creo que seguimos juntos gracias a ti. —Se echó a reír y Kait sonrió complacida—. También me has ayudado mucho con las chicas. En contra de lo que se suele pensar, los diecinueve y los veintiún años no son edades fáciles. En un momento dado son adultas que no paran de atacarte y criticarte, y al siguiente se comportan como chiquillas y lo único que quieres hacer es enviarlas a su habitación, pero no puedes. ¿Qué edad tienen tus hijos?

—Entre veintiséis y treinta dos años, un varón y dos chicas. Mi hijo, Tom, vive en Dallas. Se casó con una joven de allí y se ha convertido en un auténtico texano. La mediana, Candace, reside en Londres. Y Stephanie, la pequeña, vive en San Francisco y trabaja para Google. Fue al MIT y es un genio de la informática. Son muy distintos unos de otros. Los tuve cuando apenas era una cría. Mi marido nos abandonó siendo ellos muy pequeños, así que siempre hemos estado todos muy unidos.

—Yo también estoy muy unida a mis hijas, Tamra y Thalia. ¿Cómo te las arreglas sin ellos?

Parecía muy preocupada al preguntárselo. Su expresión traslucía el temor universal de la gran mayoría de las madres.

—Procuro mantenerme muy ocupada. Como solía decir mi abuela cuando se producían grandes cambios: «Eso era antes y esto es ahora». No es algo fácil de asimilar, pero lo mejor es que lo aceptes lo más pronto posible y no te obceques pensando en cómo eran antes las cosas.

Eso era lo que Maeve intentaba hacer con respecto a la enfermedad de su marido, su mirada se enturbió ligeramente mientras Kait hablaba. Las dos mujeres parecían entenderse de forma instintiva.

—En fin, háblame de Anne Wilder. ¿Quién es en realidad? —preguntó Maeve cambiando de tema para centrarse en la biblia que había leído y que tanto la había apasionado.

—Bueno, no sé muy bien cómo surgió el personaje. Solo sé que me senté a escribir una historia y de pronto Anne cobró vida. Creo que, en una versión algo cambiada y en una época distinta, trataba de canalizar la esencia de mi abuela, que fue una mujer fascinante, auténtica e increíblemente valerosa. Tenía un optimismo y una filosofía de la vida realmente asombrosos. Y a pesar de sufrir grandes adversidades, nunca se amilanó ni se quejó. Hizo lo que debía hacer en cada momento para superar todos los obstáculos. A decir verdad, gracias a ella siempre he contado con una red de seguridad bajo mis pies. Resultó difícil criar a tres hijos sola, las dos tuvimos que hacer frente a los mismos problemas, pero mi abuela lo hizo sin red y tuvo que tejérsela ella misma. Era una mujer brillante, muy emprendedora, de ella aprendí que yo también podía afrontar cualquier trance que me deparara la vida.

Entonces le contó la historia de su abuela, y Maeve la escuchó llena de admiración y respeto por Constance Whittier y por su nieta, que era muy parecida a su abuela aunque no quería admitirlo ni atribuirse mérito alguno. Maeve opinaba que Kait también era muy valiente, como ella misma intentaba serlo cuando el suelo se movía bajo sus pies y no tenía un mapa que la orientara sobre qué dirección tomar. Avanzaba guiándose por el instinto, como solo saben hacerlo las valientes. Los hombres eran más metódicos, y las mujeres más intuitivas, pensaba.

—Anne Wilder también es así —prosiguió Kait—. Me gustan las historias en las que las mujeres triunfan sobreponiéndose a las adversidades en un mundo de hombres. Resulta diez veces más difícil para nosotras que para ellos, y sin duda lo fue aún más para unas mujeres que se dedicaban al transporte aéreo durante la guerra y la posguerra. Y también para mi abuela, que en los años treinta emprendió un pequeño negocio vendiendo galletas y pasteles por las tiendas y restaurantes para alimentar a sus cuatro hijos pequeños. A veces me cuesta imaginar cómo pudo arreglárselas sola.

Maeve comprendió perfectamente la relación que existía entre el personaje de ficción y la persona real que Kait le había descrito.

—Me fascinan las mujeres así —dijo en voz queda, y luego la miró directamente a los ojos y decidió confiar en ella—. Hasta ahora lo hemos mantenido en secreto para evitar a la prensa, pero el caso es que el año pasado a mi marido le diagnosticaron ELA. Lo ha llevado bastante bien hasta hace poco, pero, como sabes, se trata de una enfermedad degenerativa y ahora está empeorando. Todavía se puede mover y tenemos enfermeras para cuidarlo. Sin embargo, cada vez está más débil y empieza a sufrir problemas respiratorios. El proceso puede prolongarse durante bastante tiempo, pero el final está claro.

»Ian es un hombre muy fuerte y quiere que yo siga trabajando. Lo cierto es que he bajado un poco el ritmo y he rechazado algunos proyectos, pero cuando leí tu historia... Anne Wilder es la mujer que quiero ser de mayor. Me encantaría interpretar el papel, pero no estoy segura de que pueda hacerlo si mi marido sigue empeorando. Creo que aún nos quedan unos años más o menos buenos, aunque no es algo que se pueda predecir. De una cosa sí estoy segura: si finalmente acepto, tendremos que rodar en Nueva York. No quiero trasladarme con Ian a California, aquí lo tenemos todo muy bien organizado y contamos con unos médicos fantásticos, y tampoco quiero separarme de él. Si rodamos aquí, al menos podré volver a casa por las noches para estar con Ian. Y si sufre alguna crisis, se podrán seguir filmando escenas en las que yo no aparezca.

Kait se quedó petrificada, y también profundamente conmovida, por el hecho de que Maeve le hubiera confiado algo tan delicado. Sabía que la esclerosis lateral amiotrófica era una enfermedad degenerativa que debilitaría los músculos de Ian y que acabaría paralizándolo y provocando su muerte en un plazo no muy largo. La única persona que sabía que había sobrevivido a la ELA durante mucho tiempo era Stephen Hawking. Aunque quizá Ian también pudiera vivir muchos años. Esperaba de todo corazón que así fuera, de todos modos era algo terrible que el destino te golpeara con una enfermedad tan devastadora. Las lágrimas anegaron los ojos de Maeve mientras le contaba su drama.

—Creo que eres tan valiente como lo fue mi abuela en su día, o incluso más —le dijo Kait con delicadeza.

Nunca dejaba de asombrarle la entereza que demostraban las personas ante los desafíos a los que debían enfrentarse en la vida. Muchas de las calamidades eran injustas y quienes las sufrían debían hacer gala de un enorme valor. Maeve era una de esas personas, golpeada por la desgracia de tener que ver cómo el hombre que amaba se iba consumiendo hasta morir ante sus ojos. Pero aun así estaba allí, frente a ella, escuchando los detalles de su proyecto.

—Dada la situación por la que estás pasando, solo tú puedes decidir lo que debes hacer —prosiguió Kait en el mismo tono en que le habría respondido a alguien que hubiera escrito a su columna—. Nadie más puede tomar esa decisión por ti, y tampoco tiene derecho a hacerlo. Obviamente, me encantaría que interpretaras a Anne Wilder, para mí sería un sueño hecho realidad. Pero esto es solo una serie de televisión, tu vida es mucho más importante. Nadie tiene derecho a interferir ni a intentar influir en tus decisiones —le recordó, y Maeve sonrió agradecida.

—Gracias, Kait. Ian quiere que lo haga. Ha leído tu historia y también le ha fascinado. Dice que ese papel está hecho para mí, y en cierto modo tiene razón. Pero no tengo claro que pueda comprometerme en un proyecto a largo plazo que incluso podría durar años.

Kait sonrió ante sus palabras.

—¡Te agradezco la fe que tienes en mí! Creo que una serie así te proporcionaría cierta estabilidad profesional, aunque también podría suponer demasiada presión.

—No querría que las cosas se estropearan por mi culpa.

—Piensa en ti misma, y haz lo que sea mejor para ti y para Ian —dijo Kait con sincera generosidad. Su proyecto no era más que una serie de televisión, Maeve y su marido afrontaban un trance mucho más importante.

—Tengo que pensármelo un poco más. La verdad es que me encantaría hacerlo. Una parte de mí me dice que continúe con mi vida normal, que es lo que también quiere Ian. No le hace ninguna gracia que me quede en casa sentada, velándole todo el rato. Y me intriga mucho todo este asunto de las series. Se están haciendo cosas muy interesantes, parece que ahora gustan más a la gente que las películas de cine.

Kait confesó un tanto avergonzada que era adicta a *Downton Abbey*, y Maeve estalló en una carcajada.

—¡Yo también! Todas las noches, después de acostar a Ian, veo un episodio en mi iPad. Y siempre que tengo un mal día, veo dos.

Eso era justo lo que hacía Kait. Charlaron durante unos minutos sobre lo mucho que les gustaba la serie y lo tristes que se quedaron cuando acabó. Luego Maeve volvió a ponerse seria.

—¿Sabes? *Las mujeres Wilder* podría ser incluso mejor. Contiene un mensaje muy potente para las mujeres: que no dejen que la vida pueda con ellas y que aprendan a emplear todos sus recursos. ¿En quién habéis pensado para el papel de Hannabel, la madre de Anne?

—No estoy segura. Zack sabe mucho más que yo de estas cosas, pero creo que tiene en mente a algunas candidatas. Todavía no está decidido.

—¿Qué tal Agnes White? Es maravillosa. He trabajado con ella en un par de ocasiones y es una actriz increíble. Sería perfecta para el papel.

—¿Todavía vive? —Kait pareció sorprendida—. Hace años que no la he visto actuar. Debe de ser muy mayor.

—No tanto como la gente cree. Tendrá poco más de setenta años, o sea que encaja a la perfección con el personaje. Tuvo que afrontar varias tragedias personales, dejó de trabajar y ahora vive recluida. Si quieres ponerte en contacto con ella, mi marido la conoce personalmente. Era un gran admirador de Roberto Leone, el hombre con el que Agnes compartió su vida y que fue el mentor de Ian. Roberto y Agnes vivieron juntos durante unos cincuenta años, pero nunca se casaron. Una noche vinieron a cenar a casa, formaban una pareja asombrosa. Él fue uno de los directores más grandes de nuestra época, y quien convenció a Ian para que dejara la actuación y se pasara a la dirección. Agnes, por otra parte, es la mejor actriz que conozco. Es mi referente.

Lo dijo con tal sentimiento que Kait se emocionó, y en aquel momento supo que si Agnes White seguía trabajando, o si estaba dispuesta a abandonar su retiro para participar en la serie, sería perfecta para el papel.

—Se lo comentaré a Zack. La verdad, no se me habría ocurrido pensar en ella.

—Me gustaría mucho volver a trabajar con Agnes, si lográis convencerla. Siempre fue muy quijotesca e impredecible a la hora de aceptar papeles. De joven era muy bella, le encantaban los personajes que suponían un reto y no tenía ningún miedo a interpretarlos. Es una actriz de raza. Yo he intentado seguir su ejemplo, aunque debo admitir que prefiero aparecer guapa en pantalla a que me envejezcan cuarenta años para interpretar a la reina Victoria en su lecho de muerte. Siempre he pensado que puedes ser buena actriz y seguir luciendo un aspecto decente. Supongo que soy más vanidosa que Agnes.

Las dos mujeres se echaron a reír. Kait no la podía culpar por querer aparecer guapa en pantalla. Estaba impresionada por el hecho de que Maeve no pareciera haberse hecho ningún «trabajillo» estético en el rostro, ni siquiera se había inyectado bótox. Seguía siendo muy hermosa a su edad y muy natural, a diferencia de muchas actrices de su generación que habían quedado irreconocibles después de hacerse tantos estiramientos.

Maeve echó un vistazo a su reloj con gesto consternado. Llevaban dos horas charlando sin parar y el tiempo había pasado volando. Habían establecido los fundamentos de una amistad, aun cuando la actriz no aceptara el papel. Y dada la situación por la que estaba atravesando, Kait entendería que no lo hiciese. Su marido era infinitamente más importante.

Kait veía que Maeve se enfrentaba al dilema de intentar llevar una vida normal o convertirse en la enfermera de su marido, lo que los deprimiría a ambos aún más. Por otra parte, Maeve le había confesado que Ian quería que ella siguiera con su actividad habitual y llevara una vida plena y saludable. Él viviría a través de ella, puesto que ya no podía trabajar y lo echaba mucho de menos. También le había dicho que Ian se había enamorado de su historia y que le habría gustado dirigirla.

—Tengo que irme ya —dijo Maeve—. Procuro no estar mucho tiempo fuera de casa si no es imprescindible. Dentro de media hora cambian de turno las enfermeras —añadió con un suspiro, y luego sonrió a Kait—. No tienes ni idea del rato tan maravilloso que he pasado. Ocurra lo que ocurra con la serie, me encantaría volver a verte. Además, necesito que me des algún consejo sobre mis hijas.

Las dos mujeres rieron y cuando llegó la cuenta Kait la cogió al vuelo. Discutieron un poco por ver quién pagaba, y al final Maeve dijo que aquella sería una razón más para volver a quedar.

—Y no te olvides de tomar en consideración a Agnes White para el papel de Hannabel. Propónselo a Zack. Me parece que tiene algunos grandes nombres en mente y ella debería estar en la lista, por muy difícil que resulte convencerla. Te enviaré por e-mail su número de teléfono fijo; como ya no trabaja, es muy posible que no tenga agente.

Tras intercambiar sus teléfonos y direcciones de correo, prometieron seguir en contacto y volver a verse.

—Agnes siempre prefirió trabajar en los proyectos de su gran amor Roberto Leone, pero si le gusta el director que elijáis puede que acepte —continuó diciendo la actriz—. ¿Ha llegado Zack a un acuerdo con alguno ya? —Ese sería también un factor muy importante en la decisión de Maeve.

—Creo que no, aunque se ha puesto en contacto con algunos. Lo que sí sé es que quiere que sea una directora.

—Me parece muy bien, aunque creo que Ian discrepará. Él siempre prefiere a directores varones.

Al salir del restaurante, las dos mujeres se abrazaron. Habían pasado dos horas maravillosas. Ya eran las seis de la tarde y la temperatura había descendido aún más. Maeve se subió la capucha y se encaminó hacia Central Park. Se despidió de Kait agitando la mano, y esta paró un taxi para volver a casa. No podía dejar de pensar en su encuentro con la actriz. Era una mujer admirable, había superado todas las expectativas que pudiera tener sobre ella.

Cuando acababa de llegar a su apartamento y se estaba quitando el abrigo, le sonó el móvil. Era Zack, y parecía alucinado.

—¿Qué le has hecho a Maeve? —preguntó con voz tensa.

—Nada —respondió Kait muy desconcertada—. Creía que habíamos pasado un rato estupendo. ¿He hecho algo que la ofendiera?

—En absoluto, señora Whittier —dijo, adoptando de pronto un tono exultante—. Hace diez minutos he recibido un correo suyo. Solo cuatro palabras: «Estoy dentro. Maeve O'Hara». ¡Kait, lo has conseguido!

Se quedó tan pasmada como él, e igual de emocionada. O tal vez más, porque aún seguía profundamente impresionada por la mujer con la que acababa de pasar dos horas; sabía que solo ella podría hacer que Anne Wilder cobrara vida y que la serie se convirtiera en un gran éxito.

—Tendremos que rodar en Nueva York o en los alrededores —dijo Kait—. Es la única condición de la que me ha hablado.

No le dijo los motivos por respeto a Maeve y a Ian, ya que quería mantener el secreto de su grave enfermedad.

—Lo sé, su agente me lo ha dicho, y no me importa. Rodaría en Botsuana si eso significara hacerlo con ella. Los directivos de la cadena se pondrán como locos. Con Maeve O'Hara en el proyecto, nada puede salir mal.

Zack estaba como en una nube, y Kait también. Si conseguían un buen guion, la serie sería un éxito seguro.

—Por cierto, Maeve me ha sugerido a Agnes White para el papel de Hannabel. Me ha dicho que sería perfecta.

—No puede ser, murió —repuso él muy convencido. Además, ya tenía a alguien en mente, una actriz que era muy buena en comedia y que podría darle mucha vida al personaje, sobre todo si sus diálogos eran graciosos.

—Eso creía yo también, pero Maeve me ha dicho que está viva. Que está retirada y vive prácticamente recluida.

—Lo comprobaré —repuso Zack, aunque seguía prefiriendo a su candidata. Sin embargo, conseguir que la actriz que él proponía aceptara la oferta estaba resultando muy problemático. Había puesto muchas condiciones y exigido unos beneficios que Zack no estaba dispuesto a concederle. Las negociaciones con su abogado eran muy duras.

Cuando colgaron, Kait se percató de que también ella tenía un correo de Maeve en su iPhone: «¡Gracias por todo! ¡Va a ser una gran serie! Con cariño, Maeve». Se quedó mirando la pantalla, invadida por una inmensa felicidad. Los hados habían vuelto a sonreírles. Se preguntó si esta sería también la sensación que experimentó su abuela cuando vendió su primera caja de galletas en los restaurantes del barrio. Maeve tendría un papel esencial en el reparto, y eso atraería a los demás actores y actrices de talento con quienes esperaban contar. El proyecto estaba en marcha.

7

Las dos semanas que Kait pasó en Los Ángeles fueron de lo más ajetreadas. El primer día se reunió con dos de los agentes que le había recomendado Zack. No eran en absoluto como se había esperado. Se los había imaginado muy al estilo Hollywood, con vaqueros, camisetas y cadenas de oro, pero ambos la recibieron en sus enormes despachos, ubicados en dos de las agencias de representación más importantes de la ciudad. De las paredes colgaban carísimas obras de arte de Damien Hirst, Willem de Kooning y Jackson Pollock. Los agentes parecían banqueros o publicistas neoyorquinos, vestidos con impecables trajes hechos a medida, camisas blancas almidonadas, costosas corbatas y sobrios zapatos John Lobb. Eran la viva imagen de lo convencional, con el pelo corto, el rasurado perfecto y su pulcra vestimenta. Y las conversaciones con Kait fueron igual de serias y formales.

Se habría sentido satisfecha de que la representara cualquiera de los dos, pero el segundo, Robert Talbot, le pareció más afable, de trato más fácil, y respondió con más detalle a sus preguntas. Así que se decidió por él. Una hora después de haberse reunido lo llamó para comunicarle la noticia. El hombre pareció muy complacido por teléfono, y le dijo que se pondría a redactar los contratos inmediatamente y se los haría llegar cuanto antes. Cuando Kait volvió a encontrarse con Zack, le dio las gracias una vez más.

Revisó los vídeos de los actores y actrices que el productor estaba considerando para los demás papeles. La candidata que Zack quería para encarnar a Hannabel seguía planteando muchos problemas y aún no había firmado el contrato. La actriz mejor posicionada para interpretar a Maggie era una desconocida, pero todos opinaban que sería perfecta para el papel. Aun así, Zack quería incorporar a otro gran nombre que sirviera de contrapunto a Maeve. El hecho de que esta hubiera aceptado participar en la serie hacía que otros grandes talentos quisieran trabajar en ella.

Para interpretar a Chrystal, la díscola hija menor, habían conseguido a una actriz muy joven, popular y sexy llamada Charlotte Manning. Tenía fama de difícil e inestable, pero era de una belleza exquisita, y a sus veintidós años podía encarnar perfectamente a la muchacha de catorce de los primeros episodios. Además, había interpretado pequeños papeles en muchas películas y series, por lo que era un rostro conocido que atraería al público más joven, sobre todo masculino. Daba la imagen perfecta para el personaje. Había salido con todos los chicos malos de Hollywood, e incluso con algunas estrellas de rock que fueron arrestadas por escándalo público. Eso la hacía aún más idónea para el papel y, además, la cadena estaba más que encantada de poder contar con una de las actrices jóvenes del momento. Para interpretar a Loch esperaban contratar a una gran estrella, ya que el personaje solo aparecería en los primeros episodios y no representaría un compromiso a largo plazo para la carrera cinematográfica de algún actor de prestigio.

En su tercer día en Los Ángeles, Kait debía reunirse con Becca Roberts, la guionista que tanto se había empeñado Zack en que escribiera la serie. El productor las había citado en su despacho a las nueve de la mañana, pero Becca se presentó con dos horas de retraso. Mientras la esperaban, Zack intentaba tranquilizar a Kait diciéndole que la guionista era joven y un tanto excéntrica, pero que era muy buena en lo suyo. Cuando finalmente llegó, llevaba unas gafas oscuras y daba la sensación de que se había puesto lo primero que había encontrado tirado por el suelo. El corte pixie que lucía parecía no haber visto jamás un cepillo. Masculló algo al entrar en la sala de juntas y ver a Zack y Kait hablando en voz baja.

—Ah, vaya, estáis aquí —dijo dejándose caer en una de las sillas que rodeaban la enorme mesa, como un chiquillo que se sienta en la última fila de la clase. Pidió un café al ayudante de Zack y se arrellanó en su asiento. Aparentaba quince años, aunque en realidad tenía veinticuatro, pero el productor continuaba jurando y perjurando que era una de las guionistas con más talento de Los Ángeles—. Siento llegar tarde. Ayer fue mi cumpleaños y me volví un poco loca anoche. Llegué a las cinco de la madrugada, mi móvil se quedó sin batería y no encontré el cargador, así que no pude poner la alarma. Menos mal que mi perro me ha despertado hace media hora. He venido lo más rápido que he podido. El tráfico está fatal. Vivo en el Valle —le dijo a Kait, como si eso lo explicara todo.

La cosa había empezado con muy mal pie. Kait trataba de ser paciente, pero consideraba lamentables las excusas de la joven. Le costaba imaginar que aquella chica escuálida, resacosa y desaliñada pudiera escribir un buen guion, incluso uno malo. Esperaba que en cualquier momento dijera: «El perro se ha comido mis deberes».

—Me encanta la biblia —continuó diciéndole a Kait—. Durante la última semana he estado trabajando en el primer episodio y he estado probando algunos enfoques distintos para la historia. Sin embargo, no me convence mucho el personaje de la abuela. No creo que la necesitemos. Me parece un mal bicho. Tengo una tía que es como ella y no la soporto.

Creo que los espectadores no empatizarán con el personaje, así que lo mejor será prescindir de él.

Mientras Becca soltaba esa perorata, Kait podía sentir cómo se le erizaba el vello de la nuca.

—El sentido del personaje de la abuela —explicó Kait— es que al principio se muestra muy dura con Anne, pero cuando las cosas se ponen realmente feas sabe reaccionar y adaptarse a la situación, e incluso aprende a pilotar para ayudar en el negocio. Considero que es un buen contrapunto para los demás personajes.

Becca negó con la cabeza.

—No lo veo claro. Y Bill, el hijo mayor que acaba muriendo en combate, tiene toda la pinta de ser gay. Es tan blando...

Zack parecía a punto de echarse a llorar. Kait le dirigió una mirada cargada de intención, como dándole a entender que estaban perdiendo el tiempo. No pensaba aceptar nada de lo que había propuesto la joven guionista. Hasta el momento, el único punto a su favor era que Zack había dicho que era muy rápida y que podrían tener el guion listo para empezar a rodar a principios de julio. Cualquier otro haría que el proyecto se encallara durante al menos un año, y la cadena exigía que comenzaran a filmar en julio y que la serie se estrenara en octubre. Tal vez Becca podría hacerlo, pero ¿qué era lo que pensaba escribir? Por lo que Kait estaba escuchando, nada que quisiera ver asociado con su historia. Lo único que la mantenía todavía en su silla era Zack, y no quería montar una escena desagradable delante de él.

—¿Por qué no nos enseñas lo que tienes hasta ahora? —dijo el productor en tono calmado—. Trabajaremos a partir de ahí y veremos qué se puede hacer con ello.

—¿Puedes imprimirlo aquí? Mi impresora está rota —dijo Becca sacando el portátil de su mochila.

Envió el archivo al ayudante de Zack, que volvió al cabo de cinco minutos con tres copias impresas, una para cada uno de ellos. Se trataba del esbozo preliminar que Becca había elaborado de las primeras escenas.

Kait no pudo leer más de tres páginas. Dejó la copia sobre la mesa y habló mirando directamente a la joven guionista.

—Esto no tiene absolutamente nada que ver con la historia que yo escribí. Si no te gusta la biblia me parece bien, pero no puedes reescribir toda la trama a tu antojo. La premisa argumental está del todo equivocada. Y los diálogos son demasiado modernos para la época. Esto no es un musical punk-rock, es un drama familiar y está ambientado en los años cuarenta.

—Podríamos situarlo en una época un poco más actual —sugirió Becca—. Tal como está resulta todo muy anticuado.

—Pero es que de eso se trata —replicó Kait con aspereza—, así es como debe ser. Anne Wilder consigue salir adelante fundando una compañía en una época en que era casi imposible hacerlo, en un mundo reservado exclusivamente a los hombres y cerrado a las mujeres.

—Eso lo entiendo, y me gusta mucho Maggie. Es una especie de marimacho. Tendría mucho más sentido si la convirtiéramos en lesbiana. La historia podría ir sobre la lucha por los derechos de los homosexuales en la década de los cuarenta.

—Trata sobre los derechos de todas las mujeres, lesbianas o heterosexuales —espetó Kait con brusquedad, deseando poner fin cuanto antes a aquella reunión.

—Podría intentarlo desde esa perspectiva —dijo Becca, mirando a Zack para que acudiera en su rescate.

Kait fulminaba al productor con la mirada. La joven guionista les estaba haciendo perder el tiempo a todos. Estaba más que claro que era incapaz de escribir el guion que querían. Pero, para su consternación, Zack no daba su brazo a torcer. Becca estaba disponible, trabajaba muy rápido y estaba convencido de que podría hacerlo bien.

—Becca, tienes que centrarte —dijo Zack con voz serena—. ¿Recuerdas cuando escribiste *La hija del diablo*? Al principio estabas totalmente fuera de onda, pero luego supiste dar con el tono y escribiste uno de los mejores guiones que he leído en mi vida. Y la serie se convirtió en un gran éxito. Pues con esta tienes que hacer lo mismo. Hasta ahora no has sabido encontrarle el punto, pero eso puede cambiar. Esta serie podría durar cinco o seis temporadas, eso sería muy bueno para ti también, pero no de la manera en que has interpretado la historia. Tienes que hacer borrón y cuenta nueva, aclararte la mente y volver a intentarlo.

Ella fue tranquilizándose mientras Zack hablaba, aunque parecía algo frustrada y confusa.

—¿Quieres que escriba un guion como el de *La hija del diablo*? —preguntó muy sorprendida.

—No, no es eso. Pero quiero que hagas lo mismo que hiciste entonces. Supiste darle la vuelta al peor guion que he leído en mi vida para transformarlo en uno de los mejores, necesito que vuelvas a hacerlo ahora.

Lo dijo en un tono muy firme y decidido. Quería que *Las mujeres Wilder* funcionara, y para ello necesitaba un guion cuanto antes. Un guion muy bueno; de no ser así, la cadena podría posponer el rodaje o incluso dar carpetazo al proyecto definitivamente.

—No os gusta nada lo que he escrito, ¿no?

Kait y Zack negaron con la cabeza.

—Déjame decirte algo —le soltó el productor sin rodeos—. Tenemos a Maeve O'Hara para interpretar a Anne Wilder. Tenemos a Charlotte Manning para el papel de Chrystal, con ese reparto sí te puedes volver un poco loca. Pero no queremos hacer un manifiesto LGTBI. La serie está ambientada en los años cuarenta y cincuenta. Trata sobre unas mujeres que se hacen un hueco en el mundo de la aviación, no sobre los derechos de los homosexuales.

—A mí me da miedo volar —dijo la joven en tono compungido, y a Kait por poco se le escapó la risa.

—Becca, ¿quieres hacerlo o no? —le preguntó Zack directamente, casi como si fuera una niña, y ella asintió.

—Sí, quiero hacerlo —respondió con un hilo de voz.

—Entonces vete a casa, pártete los cuernos trabajando, respeta la biblia que te hemos dado y vuelve cuando tengas algo que nos convenza.

—¿De cuánto tiempo dispongo? —preguntó con nerviosismo.

—Lo necesitamos lo antes posible, porque si la cosa no funciona tendremos que recurrir a otro para el proyecto. El guionista es esencial.

—Entendido. Volveré pronto.

Acto seguido se levantó, metió el portátil en su mochila, se despidió de ambos y salió de la estancia con los cordones de sus Dr. Martens ondeando tras ella.

Kait miró a Zack consternada.

—No puedes dejar que escriba el guion —dijo en tono angustiado.

La reunión había sido un fracaso, Becca parecía totalmente incapaz de conectar con la historia o de desarrollar la trama argumental de la serie.

—Confía en mí, puede hacerlo. Al principio es un completo desastre, pero cuando estás a punto de tirar la toalla, saca un conejo de la chistera. La he visto hacerlo varias veces.

—Va a ser una pérdida de tiempo. Esa chica se comporta como una adolescente malcriada. ¿Cómo va a ser capaz de reflejar la profundidad emocional que requiere la historia? Y, desde luego, no pienso eliminar a Hannabel porque le recuerde a una tía a la que odia.

—Por supuesto que no. Solo te pido que le des una oportunidad. Estoy seguro de que dentro de dos días volverá con algo que nos guste mucho más. Quizá no el guion definitivo, pero si consigue centrarse creo que puede hacerlo. —Parecía muy convencido.

Kait pensó que Zack no estaba bien de la cabeza, y se preguntó si estaría enamorado de Becca o se acostaría con ella. En su opinión, la joven guionista era un desastre que había demostrado una total falta de profesionalidad.

—Tengo la impresión de que necesitaría un buen baño y un mes en rehabilitación.

Kait no tenía paciencia con las chicas como ella, que anteponían la juerga a su trabajo. Y estaba convencida de que, por alguna razón que se le escapaba, Zack la sobrestimaba.

—Tú solo espera —le dijo el productor, y fueron a almorzar juntos para seguir repasando el asunto del casting.

Tenían problemas para encontrar a los dos chicos. Había un candidato con muchas posibilidades para interpretar a Bill, el hijo mayor. Era muy popular pero tenía una terrible reputación, era famoso por tirarse a todo lo que se movía y provocar escenas de dramas y celos entre sus compañeras de reparto, un quebradero de cabeza que no querían afrontar. Zack temía que si trabajaba con Charlotte Manning en el mismo plató, su comportamiento provocara retrasos en el rodaje. Y la mejor opción para Maggie seguía siendo aquella joven actriz totalmente desconocida. Al productor le gustaría encontrar a un nombre famoso para ese papel, pero es que la chica era realmente buena. Habían visionado su prueba de pantalla varias veces y cada vez que la veían se quedaban impresionados.

Confirmando la predicción de Zack, Becca se presentó al cabo de dos días con un enfoque completamente distinto del guion. Este tampoco funcionaba, pero estaba más cerca de la idea general, al menos ya no intentaba deshacerse del personaje de la abuela ni pretendía convertir la serie en un manifiesto por los derechos de los homosexuales. No obstante, la nueva propuesta era bastante anodina, Kait ya se había aburrido al llegar a la página cinco.

—Vamos por el buen camino —animó Zack a Becca, ya que no quería frustrarla del todo—. Pero deberías interconectar mejor a los personajes, y también se echa en falta algo más de pasión. Es demasiado plano.

Le puso ejemplos de las escenas que claramente no funcionaban y también de las que estaban mejor, y Becca volvió a marcharse con la promesa de que regresaría después del fin de semana con una tercera versión. Kait llevaba ya casi una semana en Los Ángeles. Había recibido un correo electrónico de Maeve preguntándole cómo iba el reparto y si estaban tomando en consideración a Agnes White para el personaje de la abuela.

Durante todo el fin de semana estuvieron haciendo pruebas de casting, y nadie podía negar que Dan Delaney, el último Casanova de Hollywood, era la mejor opción para interpretar a Bill. Decidieron darle el papel, no sin antes hacerle severas advertencias a su agente de que su representado debía comportarse en el plató. Era una gran oportunidad para él, y el agente juró que le instaría a portarse bien y a tratar de controlarse. Su personaje moría en la primera temporada, así que no tendrían que preocuparse por él durante mucho tiempo. Y para interpretar a Greg eligieron a Brad Evers, un joven actor que había participado en algunas series bastante buenas.

Todavía no tenían a nadie para encarnar al héroe de guerra del que se enamoraba Anne Wilder, pero no lo necesitarían hasta el final de la temporada, posiblemente para el especial de Navidad, así que no había ninguna prisa para escoger al actor. El papel de Maggie seguía todavía en el aire, y también el de su novio, Johnny West, pero al menos tenían a dos jóvenes talentos con nombres famosos para interpretar a Bill y Chrystal, y el actor que haría de Greg también era muy bueno. Por otra parte, seguían sin tener nada claro quién encarnaría a Hannabel, ya que las negociaciones con la actriz que Zack proponía continuaban encalladas.

El sábado por la noche, Zack y Kait fueron a cenar con la directora que él deseaba a toda costa para el proyecto, Nancy Haskell, que había filmado dos series de éxito y grandes películas de cine, y además había sido galardonada con un Oscar. Maeve sabía que estaban en conversaciones con la directora y comentó que le haría mucha ilusión trabajar con ella. También añadió que, hasta el momento, no tenía nada que objetar a los jóvenes talentos que habían contratado. Habían firmado asimismo con Phillip Green, un prestigioso actor de cine, para interpretar a Loch. Se alegraron mucho cuando supieron que, entre la filmación de las dos películas que ya tenía planificadas, estaría disponible para los cuatro episodios en que lo necesitaban. Nancy Haskell ya había trabajado antes con él y le gustaba mucho cómo actuaba. Era muy profesional y fiable, y sería otro gran nombre asociado a la serie.

Se reunieron con Nancy Haskell en el restaurante Giorgio Baldi de Santa Mónica, cerca de Malibú, donde ella vivía. Charlaron animadamente mientras disfrutaban de una cena fabulosa. La directora tenía sesenta y tantos años, era seria, talentosa y experimentada, y estaba entusiasmada con el proyecto. Ambas mujeres conversaron largo y tendido sobre los personajes, y luego Nancy le habló a Kait de sus recientes viajes por Asia, de su pasión por el arte y de su última película. Era una mujer fascinante. Nunca se había casado, no tenía hijos, y sentía una curiosidad insaciable por la gente y por todo lo que ocurría en el mundo. En aquel momento estaba estudiando mandarín para prepararse para su próximo viaje, y tenía previsto pasar un mes en India antes de que empezara el rodaje. Estaba muy satisfecha con la elección del reparto, sobre todo con Maeve, y se mostró convencida de que esta sabría llevar todo el peso de la serie y la convertiría en un gran éxito. Sin embargo, no estaba tan segura del trabajo de Becca como guionista. Al oírlo, Kait lanzó una mirada reprobatoria a Zack, y luego sacó a colación la sugerencia que había hecho Maeve de que Agnes White interpretara el papel de Hannabel.

—Si lográis convencerla... —repuso Nancy con escepticismo—. Creo que no ha hecho nada desde hace por lo menos diez años, cuando murió Roberto. Su muerte la afectó mucho, y además llevaba muy mal hacerse mayor. Tengo la impresión de ya no quiere trabajar, o de que al menos no quiere interpretar a ningún personaje tan mayor. Aunque está claro que sería ideal para el papel. Es una actriz brillante que podría encarnar cualquier personaje, pero nunca ha hecho televisión.

Zack le habló de la actriz en la que había pensado para el papel de Hannabel. Le comentó que las negociaciones con ella eran muy complicadas y que por el momento estaban estancadas. Nancy le prometió que reflexionaría sobre su elección, pero luego, hacia el final de la cena, volvió a sacar el tema de Agnes White.

—¿Sabéis? Creo que la idea de Maeve no es tan descabellada, después de todo. Aunque dudo de que Agnes acabe aceptando el papel. Habría que sacarla a rastras de su cueva, y no será nada fácil, ha pasado por momentos muy duros.

Nancy no entró en detalles, pero fuera cual fuese la razón de su retiro, había hecho que muchos de sus antiguos fans, que eran una legión, creyeran que estaba muerta. Era una de las grandes estrellas de la época dorada de Hollywood.

—Nunca ganó un Oscar, aunque deberían habérselo dado. Creo que estuvo nominada como unas doce veces. Sus mejores películas fueron las que hizo con Roberto. Ni siquiera estoy segura de que quiera volver a trabajar ahora que ya no está él. Roberto era un italiano católico muy devoto y jamás se divorció para casarse con ella. Sé que en algún momento tuvieron un hijo, pero nunca hablaban de ello. Agnes es una persona muy celosa de su vida privada. Siempre lo fue, y ahora que vive recluida mucho más.

—¿Qué aspecto tiene ahora? —preguntó Zack con cierto interés.

—No tengo ni idea —contestó Nancy sinceramente—. No la veo desde hace unos doce o catorce años. Eso es mucho tiempo. Pero es la mejor actriz que he visto en mi vida, incluida Maeve. Si lográis convencerla, me encantaría trabajar con ella. Estoy segura de que no ha perdido aquello que la hacía tan especial. Un talento como el suyo no desaparece; al contrario, solo mejora con el tiempo.

Sus palabras no pasaron desapercibidas a Zack, quien volvió a hablar del tema con Kait durante el trayecto de vuelta a Beverly Hills, después de convenir ambos en lo fascinante que era Nancy. Kait quería que dirigiera la serie y Zack también, ahora más que nunca.

—¿Crees que Nancy aceptará el trabajo? —preguntó Kait, alucinada por aquel nuevo universo y por la maravillosa gente que estaba conociendo. Nancy Haskell estaba en lo alto de la lista, solo por debajo de Maeve.

—Creo que sí —respondió Zack bastante convencido—. Y me ha dejado muy intrigado con lo de Agnes White. Tal vez podrías ir a verla cuando regreses a Nueva York. He estado investigando un poco y sé que ahora no tiene agente, pero me dijiste que Maeve tiene manera de llegar a ella a través de Ian. Valdría la pena intentarlo. Tu magia funcionó con Maeve mucho mejor de lo que yo podría haberlo hecho, así que también podrías convencer a Agnes White para que aceptara el papel.

Zack se había hartado ya de todos los conflictos con la actriz que él había sugerido y estaba más que dispuesto a renunciar a ella.

—Lo intentaré —dijo Kait entusiasmada.

Cuando llegaron al hotel, Zack le propuso tomar una copa para hacer un resumen general de la situación. Kait estaba cansada, pero disfrutaba de cada momento de lo que Zack y ella estaban haciendo para poner en marcha la serie. Él se lo consultaba todo y se pasaban prácticamente el día entero trabajando codo con codo, a pesar de que el productor tenía también otras muchas reuniones relacionadas con otros proyectos. Era evidente que sentía un gran respeto por Kait. Mantenía su relación a un nivel profesional, pero se notaba que disfrutaba mucho de su compañía. Kait tenía la sensación de que, en otras circunstancias, si no hubieran tenido que trabajar juntos, él habría intentado otro tipo de acercamiento, pero la serie era demasiado importante para ambos y ninguno de los dos quería enturbiar su relación con una aventura pasajera, no digamos ya con algo más serio. De forma tácita habían optado por ser amigos y socios, y dejar de lado cualquier implicación sentimental. Él era un hombre atractivo, pero Kait estaba muy tranquila. No quería estropear lo que había entre ambos, y él tampoco. Tomaron una copa en el bar, y media hora más tarde él se marchó a su casa y ella subió a su habitación del hotel.

Al día siguiente, Zack y ella decidieron que la mejor elección para interpretar a Maggie, la hija mayor de Anne Wilder, era la desconocida actriz Abaya Jones. Maeve había visto la prueba de cámara, convino en que era fantástica y vaticinó que la joven se convertiría en una gran estrella. Zack también se mostró convencido de ello. El lunes por la mañana la cadena dio su conformidad al nuevo fichaje, y solo una hora más tarde el agente de Nancy Haskell llamó a Zack para comunicarle que esta había aceptado su oferta de dirigir la serie y que estaba entusiasmada con la idea.

—¡Estamos en racha! —le dijo a Kait, sonriendo ampliamente mientras se dirigían a la sala de juntas para reunirse por tercera vez con Becca.

Estaban de acuerdo en todo salvo en lo que respectaba a la joven guionista. Kait no confiaba en absoluto en ella, mientras que Zack insistía obcecadamente en que no los decepcionaría. Becca tenía todas las cualidades que Kait detestaba: era dispersa, desorganizada, inmadura y poco fiable.

Sin embargo, en esta ocasión Becca parecía mucho más seria al entregarles las copias impresas del guion de gran parte del primer episodio.

—Ya me funciona la impresora —dijo con gesto orgulloso—. Esto aún no es nada definitivo. Estuve trabajando toda la noche del sábado y la del domingo, y creo que empiezo a ir bien encaminada. He vuelto a leer la biblia como unas diez veces más.

Kait echó un vistazo a las primeras páginas, preparada para mostrar de nuevo su rechazo, y se sorprendió al descubrir que el nuevo guion reflejaba bastante bien lo que había intentado transmitir en su historia y mostraba una profunda comprensión de los personajes. La guionista de aspecto élfico esperaba el veredicto con expresión aterrada.

—Esto es muy bueno, Becca —dijo Kait asombrada, y le dirigió una sonrisa tranquilizadora.

—Gracias. Tan solo tenía que aclararme las ideas y meterme en la historia. Este fin de semana me he hecho una limpieza a base de zumos y eso siempre me ayuda a pensar. No consigo escribir bien cuando me alimento de porquerías —comentó muy seria, y Kait se abstuvo de hacer ningún comentario. Pero, fuera por lo que fuese, el guion era infinitamente mejor que todo lo que Becca había escrito hasta entonces—. Ahora estoy trabajando en el segundo episodio, que aún me gusta más. Mañana podré enviároslo por correo. Creo que ya le he pillado el tranquillo. El personaje de la abuela es una bruja que acaba cayéndonos bien y a la que nos encanta odiar. Me llevó un tiempo entender eso, y también todo el rollo de los años cuarenta y los derechos de las mujeres. Me molan mucho las escenas de acción con los aviones antiguos, y eso de que las tres mujeres lleven solas la empresa. Me flipa un montón.

Zack lanzó una mirada a Kait de «Ya te lo dije», y luego continuaron leyendo. No se podía negar que el guion era muy bueno. Había que pulirlo un poco, pero estaba claro que Becca había entendido lo esencial de la historia y había hecho un buen trabajo.

—Entrégame dos o tres episodios acabados a finales de esta semana —dijo Zack—, y si Kait los aprueba los enviaré a la cadena para ver qué opinan.

Becca era la única guionista que conocía que pudiera escribir tan deprisa. Nadie más podía hacerlo, y sabía que lo conseguiría si se ponía las pilas y trabajaba duro.

—He hecho lo que me dijiste: me he centrado. Y creo que he sabido canalizar la esencia de la historia. Me interesa mucho hacer esta serie, Zack.

La posibilidad de que pudiera durar cinco o diez temporadas había captado su atención y había hecho que espabilara.

—Pues entonces entrégame los mejores guiones que has escrito en tu vida —le pidió Zack muy serio.

—Lo haré —prometió Becca, y al cabo de cinco minutos se marchó.

—Estoy seguro de que lo conseguirá —dijo Zack dirigiendo una sonrisa triunfal a Kait.

Hasta ese momento el productor había estado un tanto preocupado. Le había resultado bastante difícil justificar ante Kait su fe en la joven guionista.

—Empiezo a pensar que tienes razón —dijo ella sonriendo.

Zack tenía un don asombroso para reunir a gente con talento, gente que sabía complementarse a la perfección. Era un maestro en lo que hacía, y Kait sentía un profundo respeto por él.

—Primero tenemos que ver cómo quedan finalmente los guiones —añadió Zack—. Te prometo que, si no son buenos, no la contrataremos.

Kait asintió, impresionada una vez más por todo lo que estaban logrando y por lo lejos que habían llegado en tan poco tiempo. Le gustaba mucho cómo trabajaba Zack, su estilo directo y sin tonterías, pero también sabía ser agradable y comprensivo como lo había sido con Becca. Conseguía sacar lo mejor de todo el mundo, y todos le daban lo mejor de sí mismos.

Aún quedaba mucha gente por contratar —un diseñador de vestuario, ayudantes de producción, todos los asesores técnicos y un asesor histórico—, pero en lo referente a los actores habían adelantado mucho. Las únicas grandes piezas que faltaban eran el joven piloto que se convertiría en novio de Maggie, Johnny West; el nuevo amor de Anne Wilder, y Hannabel, la abuela. Y todos eran papeles importantes.

Antes de que Kait se marchara de Los Ángeles, Becca le entregó los guiones de tres episodios, todos ellos muy buenos, y Kait le prometió a Zack que intentaría ponerse en contacto con Agnes White en cuanto llegara a Nueva York. Habían sido dos semanas increíblemente productivas. Kait y Zack mantuvieron una última conversación el sábado, antes de que ella tomara el avión de vuelta, y ambos se mostraron muy satisfechos por todo lo que habían conseguido. En ese momento él estaba negociando los temas financieros, el contrato con la cadena y con las aseguradoras, así como todos los aspectos que no estaban relacionados con la parte creativa de la serie, que exigían una gran cantidad de tiempo y organización. Zack dio las gracias a Kait por su valiosa aportación durante su estancia en Los Ángeles. Ella había disfrutado mucho, y ambos estaban muy contentos porque todas las piezas habían ido encajando a la perfección.

En el avión de regreso a Nueva York, Kait no podía dejar de pensar en las reuniones que había mantenido y en toda la gente que había conocido. Aún le costaba creer que aquello estuviera sucediendo de verdad y que ella fuera una parte tan importante del proyecto. Pero lo cierto era que todo empezaba a tener visos de realidad. Su nuevo agente estaba negociando su contrato con la cadena como creadora de la serie y coproductora ejecutiva, y hasta ese momento todo iba bastante bien. Había pensado ver una película durante el vuelo, pero lo que hizo fue releer los guiones preliminares de los tres primeros episodios que Becca había escrito. Cerró los ojos durante un momento con una sonrisa de satisfacción dibujada en los labios y se sumió en un profundo y apacible sueño del que no despertó hasta que aterrizaron en Nueva York.

Se sentía como Cenicienta después del baile mientras empujaba el carrito en dirección a la recogida de equipajes y luego, mientras buscaba un taxi. A la mañana siguiente tenía una reunión en la revista, y se alegraba de haberse mantenido al día escribiendo para su columna mientras había estado fuera.

Al abrir la puerta del oscuro y vacío apartamento, se reencontró de nuevo con la realidad de su tranquila y solitaria vida en Nueva York. Añoró su estancia en Los Ángeles y todas las conversaciones y experiencias que había vivido allí. Acababa de entrar en un mundo nuevo y completamente distinto.

8

Después de las dos semanas que Kait estuvo fuera, reinaba una actividad frenética en la redacción de la revista. Tenía al día la columna y el blog, y también sus cuentas de Facebook y Twitter, pero había un montón de cartas sobre su mesa e infinidad de circulares que la esperaban en el correo electrónico informándola de reuniones a las que debía asistir. Carmen se pasó por su despacho para decirle que se alegraba mucho de que estuviera de vuelta y que la había echado de menos. Sin embargo, después de todo lo vivido en Los Ángeles, Kait se sentía extraña en la revista. Tenía la sensación de que aquello ya no formaba parte de su vida, sino de la de otra persona. Aún no le había hablado a nadie de la serie, aunque pensaba contárselo muy pronto a sus hijos y, en el momento oportuno, también tendría que comunicarlo en la revista. No había querido precipitarse, por si el proyecto no salía adelante. Sin embargo, a esas alturas parecía muy factible.

En cuanto empezaran a rodar en julio, ya no dispondría de tiempo para acudir a la redacción. Pensaba continuar escribiendo la columna y poniendo al día su blog y las redes sociales, si la revista seguía contando con ella, pero tendría que hacerlo desde fuera de la oficina y en los ratos libres. Aún no tenía claro si solicitaría una excedencia de tres o cuatro meses, cuando se rodara la primera temporada de *Las muje-*

res Wilder, o si la pediría por tiempo indefinido. Si la audiencia era buena, empezarían a filmar de nuevo a finales de enero, después de un parón de cuatro meses; llegado el caso, tal vez no tendría sentido seguir escribiendo la columna. Pero no quería adelantarse a los acontecimientos. La serie podía ser un enorme fiasco y cancelarse, aunque contando con Maeve O'Hara parecía muy improbable. Kait necesitaba tiempo para aclararse las ideas y trazar un plan de actuación. Hasta que lo hiciera, prefería mantenerlo todo en secreto.

Maeve cumplió su palabra y le envió el número de teléfono y la dirección de Agnes White. Kait había prometido a Zack que la llamaría, pero hasta el miércoles por la noche no tuvo ocasión de hacerlo. El trabajo se acumulaba sobre su escritorio, había un montón de cartas que debía leer y responder, y dedicaba las noches a escribir su columna, y Kait no quería hacer aquella llamada nerviosa ni de forma apresurada. Tenía la sensación de que hablar con la anciana actriz retirada sería una misión muy delicada y no quería echar a perder la oportunidad.

Cuando llegó a casa por la noche, Kait llamó al número que le había dado Maeve. El teléfono sonó durante un buen rato, y ya estaba a punto de colgar cuando la famosa actriz levantó el auricular. Permaneció un momento en silencio, y luego dijo «¿Sí?» con apenas un hilo de voz. Fue más bien un graznido ronco, como si la mujer no hubiera hablado con nadie desde hacía meses y no tuviera ganas de hacerlo. Kait sintió que el corazón se le aceleraba mientras se disponía a hablarle de la serie y a pedirle si podrían quedar.

—Hola, señorita White —empezó Kait en un tono afable y educado, sin estar muy segura de cuál sería la mejor manera de abordar la situación—. Me llamo Kait Whittier, y Maeve O'Hara tuvo la gentileza de pasarme su número de teléfono. Maeve y yo estamos trabajando en el proyecto de una serie de televisión sobre mujeres vinculadas al mundo de la aviación en los años cuarenta. Y hay un papel que pensamos que sería perfecto para usted. Va a dirigirla Nancy Haskell, y ella también opina lo mismo.

Kait fue dejando caer todos los nombres que podía, confiando en que alguno de ellos fuera el «Ábrete, Sésamo» que abriera las puertas de la privacidad de Agnes White, que le inspirara confianza o al menos despertara su curiosidad por el proyecto.

—Ya no trabajo como actriz. Estoy fuera de juego —dijo con firmeza, de pronto con la voz más fuerte y definida.

—¿Puedo enviarle una copia de la biblia de la serie? ¿O podría quizá pasarme por su casa para hablar con usted? —preguntó Kait con cautela, tratando de no ofender a la mujer, pero con la esperanza de engatusarla y meter un pie en el quicio de su puerta, literalmente.

—Si Maeve está implicada en el proyecto, estoy segura de que será una buena serie —dijo ella con generosidad—, pero ya no estoy interesada en trabajar como actriz... desde hace muchos años. No quiero dejar mi retiro. Todos tenemos una fecha de caducidad, y la mía llegó hace diez años. No podemos luchar contra eso. Además, yo nunca he hecho televisión, y no me apetece hacerlo ahora.

—Para mí sería un gran honor conocerla —dijo Kait intentando una nueva maniobra de aproximación.

Lo dijo de todo corazón, del mismo modo que había sido maravilloso conocer a Maeve, con la que ansiaba empezar a trabajar. Y conseguir que Agnes White interpretara el papel de Hannabel sería otro gran golpe de efecto. Se produjo un largo silencio al otro lado de la línea, por un momento Kait pensó que se había perdido la conexión o que la anciana había colgado.

—¿Por qué quiere conocerme? —preguntó esta al fin, aparentando desconcierto—. No soy más que una vieja.

—Porque usted es mi actriz favorita, y también la de Maeve O'Hara. Usted y Maeve son las actrices más grandes de nuestra época —dijo Kait en tono reverente y sincero.

—Todo eso forma parte del pasado —replicó Agnes, y su voz se fue apagando, arrastrándose un poco en las últimas palabras. Kait se preguntó si habría estado bebiendo—. No va a lograr convencerme. ¿Es usted la guionista?

—Solo he escrito la biblia.

—El tema parece interesante. —Tras una nueva pausa, la anciana sorprendió a Kait al decir—: Supongo que podría venir a verme. No tenemos por qué hablar de la serie. De todas formas, no pienso hacerla. Y así podrá contarme cómo le va a Maeve. ¿Cómo están las niñas?

La solitaria anciana parecía un tanto inconexa. A Kait le preocupó que pudiera estar en las fases iniciales de una demencia senil, y se preguntó si ese sería el motivo por el que se había retirado.

—No las conozco, pero creo que están bien. Sin embargo, su marido se encuentra algo delicado de salud.

—Lo lamento mucho. Ian es un hombre maravilloso —dijo Agnes, y Kait se mostró de acuerdo con ella, pero no le reveló la gravedad de su enfermedad. De haberlo hecho, habría preocupado innecesariamente a la mujer y habría supuesto una traición a la confianza de Maeve—. Pues entonces venga mañana, a las cinco. ¿Sabe dónde vivo?

—Maeve me dio su dirección —afirmó Kait.

—Pero no podrá quedarse mucho tiempo. Me canso enseguida —repuso la anciana, que, por sus palabras, parecía mayor de lo que en realidad era y como si no estuviera acostumbrada a recibir a gente.

Kait se preguntó cuánto tiempo llevaría sin salir de casa. Tenía la sensación de que su visita resultaría deprimente e infructuosa, ya que Agnes estaba demasiado mayor y frágil, e incluso desorientada, para retomar su carrera. Pero al menos podría decirles a Zack y Maeve que lo había intentado.

Colgaron poco después, y al día siguiente Kait salió pronto de la revista para llegar a casa de Agnes a la hora acordada. Vivía cerca del East River, en un viejo adosado de las calles Setenta Este que en su momento debió de ofrecer un aspecto magnífico; ahora, en cambio, la pintura negra de los postigos estaba descascarillada, uno de ellos colgaba ladeado de una bisagra rota y faltaban otros dos en las ventanas. La pintura negra de la puerta también presentaba desconchones, la aldaba de latón había perdido todo su lustre y faltaba un trozo grande de uno de los escalones de la entrada, lo cual podía resultar muy peligroso para una persona mayor.

Kait subió las escaleras evitando el peldaño roto y llamó al timbre. Al igual que había sucedido con el teléfono, pasó un buen rato sin que nadie respondiera. Cuando por fin se abrió la puerta, una anciana menuda, flaca y muy arrugada, que parecía tener unos cien años, apareció en el umbral entornando los ojos a la luz del día. El vestíbulo a su espalda se hallaba a oscuras. Kait pensó que, si se hubiera encontrado a Agnes por la calle, no la habría reconocido. Estaba terriblemente delgada, y el largo pelo blanco le colgaba lacio sobre los hombros. Sus rasgos seguían siendo delicados y hermosos, pero sus ojos parecían vacíos. Llevaba una falda negra, zapatos planos y un jersey gris que le quedaba enorme. Kait la miraba y le costaba creer que en su día hubiera sido una mujer tan bella. Agnes se apartó del umbral y le hizo un gesto para que pasara. Sus hombros caídos traslucían desesperación y derrota.

—¿Señora Whittier? —preguntó en tono formal; Kait asintió y le entregó un pequeño ramo de flores que le había comprado y que hizo sonreír a la anciana—. Qué detalle tan encantador, pero aun así no pienso hacer su serie —añadió en tono gruñón.

Luego indicó a Kait que la siguiera y atravesaron toda la casa por un oscuro pasillo hasta llegar a la cocina. Había cacharros y platos sucios en el fregadero, así como montones de periódicos y revistas viejas por todas partes. Sobre la mesa había un salvamanteles raído y solitario, con una servilleta de lino dentro de un aro plateado. La estancia ofrecía una hermosa vista del pequeño jardín trasero, que estaba muy descuidado. Kait reparó en que había una botella de bourbon a medias junto al fregadero, pero simuló no haberla visto. Echó un vistazo al balcón de atrás, con una mesa herrumbrosa y una escalerita que bajaba al jardín. A Kait no le costaba imaginar que tiempo atrás había sido una casa preciosa, pero ahora estaba muy descuidada. A través de la puerta abierta del comedor vislumbró algunos objetos antiguos de gran belleza, y se fijó en que la mesa también estaba abarrotada de periódicos viejos.

—¿Quiere algo de beber? —le ofreció Agnes, mirando con avidez la botella de bourbon.

—No, gracias, estoy bien —respondió Kait, y la anciana asintió.

—Vayamos a la biblioteca.

La condujo hasta allí y, al llegar, Agnes se sentó en un sofá de terciopelo granate, cubierto con una manta de cachemir gris. Las paredes estaban forradas de libros, y presidía la estancia un hermoso escritorio doble de inspiración británica donde se apilaban montañas de papeles y lo que parecía correspondencia sin abrir. También había un televisor sobre una mesa baja, con montones de DVD y sobres viejos con el logo de Netflix. De un simple vistazo, Kait se percató de que eran las películas de Agnes. Al ver aquello sintió una punzada de tristeza y de pronto atisbó en qué se había convertido la vida de la gran actriz: se había pasado los últimos años sola en aquella oscura habitación, viendo sus viejas películas y bebiendo bourbon. Kait no podía imaginarse un destino más triste. Parecía haber renunciado al mundo y a la gente, solo a ella le había permitido entrar en su santuario.

—Son algunas de mis películas —dijo, señalando con un elegante gesto de su delicada mano la mesa donde reposaba el televisor—. Ahora ya están en DVD.

—Creo que las he visto casi todas. Me parece que no es usted consciente de la gran legión de fans de todas las generaciones que aún conserva, y de lo emocionados que estarían de volver a verla cada semana en el televisor de su sala de estar. Podría emprender una nueva carrera —dijo Kait, no ya por el bien de su serie, sino por el de aquella pobre y solitaria anciana que se había aislado del mundo.

—No quiero una nueva carrera. Me gusta la antigua, y ya soy demasiado vieja para todo eso. La televisión es un medio que no entiendo, y que tampoco quiero entender.

—Hoy en día se hacen cosas muy buenas, y algunos de los grandes actores trabajan en series, Maeve lo va a hacer.

—Ella aún es joven para intentar cosas nuevas, yo no. He encarnado todos los grandes personajes que he querido. No queda nada que me apetezca interpretar. También he trabajado con los mejores actores y directores de mi época. No estoy interesada en experimentar y formar parte de una especie de nueva ola o movimiento.

—¿Tampoco está interesada en trabajar con Maeve? —preguntó Kait, lo que hizo sonreír a la anciana.

Mirándola más de cerca, Kait reconoció el rostro que había visto en la pantalla. Pero parecía muchísimo más mayor, y había algo en sus ojos terriblemente infeliz y atormentado. Se preguntó si iría alguien a prepararle la comida. Daba la impresión de que nadie había limpiado ni ordenado la casa en mucho tiempo. Agnes vio que Kait echaba un vistazo alrededor y se apresuró a justificarse.

—Mi asistenta murió el año pasado y no he encontrado a nadie para sustituirla. De todos modos, vivo sola. Puedo cuidar de mí misma.

La verdad era que no parecía que pudiera hacerlo. Ella iba

limpia y bien vestida, pero la casa estaba hecha un desastre; a Kait le dieron ganas de quitarse el abrigo y ponerse a adecentarla un poco.

—Ya no puedo trabajar —prosiguió Agnes, sin dar más explicaciones.

No parecía aquejada de ninguna enfermedad, tan solo se la veía muy frágil y envejecida, y aparentaba mucha más edad. Se mostraba lúcida e inteligente, aunque de vez en cuando perdía el hilo de la conversación y el interés por ella, y dejaba de prestar atención como si nada le importara. Kait pensó que quizá estuviera cansada, o que tal vez se había tomado un trago de bourbon antes de su llegada. Tenía la sospecha de que se trataba de esto último, y en ese momento se le ocurrió que tal vez Agnes no solo se había convertido en una ermitaña, sino también en una alcohólica.

—Está privando al mundo de su talento —afirmó Kait en un tono lleno de delicadeza.

Durante un buen rato, la anciana no dijo nada. Kait se percató de que las manos le temblaban mientras jugueteaba nerviosamente con el borde de la manta de cachemir.

—Nadie quiere ver a una vieja en pantalla —respondió al fin—. No hay nada más patético que alguien que no sabe retirarse a tiempo, hacer una reverencia final ante el público y salir del escenario —concluyó con firmeza.

—Usted no era tan mayor cuando se retiró —insistió Kait, aun a riesgo de ser impertinente y temiendo que Agnes le pidiera que se marchara.

—No, no lo era, pero tenía mis razones. Y sigo teniéndolas.

Acto seguido, sin dar explicaciones, se levantó y se ausentó de la estancia durante unos minutos. Kait la oía trasteando en la cocina, pero estaba demasiado azorada para ir a ver qué hacía. Poco después, Agnes volvió sosteniendo un vaso de bourbon con hielo en la mano. No trató de excusarse por haberse servido la copa y, antes de volver a sentarse en el sofá, se giró hacia Kait.

—¿Quiere ver alguna de mis películas? —le ofreció de repente.

Aquello pilló a Kait por sorpresa y no supo qué decir, pero asintió en silencio con la cabeza.

—Esta me gusta mucho —dijo Agnes, dejando la copa sobre la mesa, sacando un DVD de su estuche y metiéndolo en el reproductor. Se trataba de *La reina Victoria*, por la que había sido nominada al Oscar—. Creo que es mi mejor película.

En ella, Agnes encarnaba a la reina desde su juventud hasta su lecho de muerte. Kait ya la había visto y opinaba que su interpretación era prodigiosa. Sería una experiencia extraordinaria ver la película junto a la gran actriz en persona. Seguramente nadie la creería.

Durante dos horas y media permanecieron sentadas juntas y en silencio, en la habitación en penumbra. Kait estaba fascinada por aquella maravillosa actuación, sin duda una de las mejores de la historia del cine. A mitad de la película, Agnes volvió a la cocina y se sirvió otro bourbon. De vez en cuando iba echando alguna cabezadita, y de pronto se despertaba y seguía mirando la pantalla. Cuando acabó la proyección se tambaleó un poco al sacar el DVD del aparato y volver a meterlo en su estuche, parecía un tanto borracha. Debía de ser trágico para ella verse cuando era joven, aferrada al pasado, estando encerrada en su casa y olvidada por todos. Había algo desgarrador en todo ello.

—Dudo que su serie de televisión pueda compararse con esto —soltó Agnes sin rodeos.

—No, no podrá compararse —respondió Kait con la misma claridad—, pero haré todo lo que esté en mi mano para que sea una gran serie. Estoy segura de que Maeve estará maravillosa, y usted también lo estaría si aceptara hacerla.

Cuanto más la miraba, más hermosa la encontraba Kait, y

aún lo estaría más si ganara algo de peso y dejara de beber. Tenía las piernas como palillos, el vientre hinchado y la tez cetrina de los alcohólicos, era una auténtica lástima considerando lo que aquella mujer había sido en su día. Entonces Kait se atrevió a preguntarle algo que Agnes no esperaba:

—Si volviera a trabajar, ¿dejaría de beber?

Agnes se quedó estupefacta. Cuando sus miradas se cruzaron, Kait pudo ver que aún seguía habiendo fuego en los ojos de la anciana.

—Lo haría —respondió con aspereza—, pero yo no he dicho que vaya a hacer la serie.

—No, no lo ha dicho. Aunque tal vez debería. Tiene demasiado talento para desperdiciarlo aquí sentada, bebiendo y viendo sus viejas películas. Quizá sea el momento de hacer alguna nueva —dijo Kait, asombrada por su osadía.

—Las series no son películas —soltó Agnes con brusquedad—. Ni por asomo. No como la película que acaba de ver.

La película había sido dirigida por Roberto, y además de la nominación de Agnes, él había ganado por ella el Oscar al mejor director.

—No, pero últimamente se están haciendo cosas muy buenas en televisión —repuso Kait con firmeza—. No puede desperdiciar su talento escondiéndose en esta casa —añadió, de pronto irritada al pensar en ello.

—No me escondo. Y puedo dejar el alcohol cuando quiera —replicó la anciana con terquedad, y se sorprendió cuando Kait se puso en pie, sacó un sobre de su bolso y lo depositó en la mesita de centro, delante de ella.

—Le dejo una copia de la biblia, señorita White. No tiene que aceptar el papel, ni siquiera tiene que leerla, pero confío en que lo haga. Creo en este proyecto, y Maeve también. Ian también cree en él, incluso convenció a Maeve para que lo hiciera. Significaría mucho para nosotros que aceptara interpretar el personaje de Hannabel, o que al menos lo tomara en consideración. No me enfadaré si al final no lo hace, pero sí me sentiré decepcionada y triste. Y Maeve también. Fue ella quien tuvo la gran idea de sugerir su nombre para el papel. Estaría usted brillante interpretando a Hannabel. —Kait se puso el abrigo y sonrió a la anciana—. Gracias por permitirme venir a visitarla. Ha sido todo un honor para mí, y me ha complacido enormemente ver junto a usted *La reina Victoria*. Lo recordaré toda la vida.

Agnes no sabía qué decir. Se levantó y casi trastabilló cuando rodeó la mesita de centro para acompañarla a la salida. No abrió la boca hasta que llegaron a la puerta, y entonces miró directamente a Kait. Parecía más sobria.

—Gracias —dijo con aire muy digno—. Yo también he disfrutado mucho viendo la película con usted. Leeré la biblia cuando disponga de tiempo.

Kait sospechó que no lo haría nunca. Dejaría allí el sobre de papel manila y no le haría ningún caso. Y lo peor de todo era que Agnes los necesitaba a ellos mucho más de lo que ellos la necesitaban a ella. Alguien tenía que salvarla de sí misma y de la senda autodestructiva en la que se encontraba y que se suponía que había tomado hacía ya muchos años.

—Cuídese mucho —dijo Kait con dulzura al despedirse, y luego bajó las escaleras con mucho cuidado para sortear el peldaño roto.

Oyó cerrarse la puerta con fuerza a su espalda, y supuso que la anciana actriz iría derecha a por la botella de bourbon y seguiría bebiendo a sus anchas ahora que la visita se había ido.

Durante todo el camino de vuelta a casa, Kait no pudo dejar de pensar en Agnes White. Se sentía profundamente abatida. Era como ver a alguien ahogándose y no poder hacer nada por salvarlo.

Nada más entrar en su apartamento, Maeve la llamó al móvil.

—¿Cómo ha ido? —preguntó ansiosa.

Kait le había mandado un correo diciéndole que aquella tarde iría a ver a la actriz.

—Acabo de llegar a casa —respondió con un suspiro—. He estado con ella tres horas y hemos visto juntas *La reina Victoria*. Tiene en DVD todas las películas que ha rodado, y tengo la sensación de que se pasa los días viéndolas allí, sola en su casa. Ha sido muy triste. Y no quiere hacer la serie.

—Me imaginé que no aceptaría, pero valía la pena intentarlo —dijo Maeve, también decepcionada—. Aparte de eso, ¿cómo está? ¿Tiene buen aspecto? ¿Se encuentra bien de salud?

—A simple vista parece que tenga ciento dos años, pero cuando llevas un rato hablando con ella, ves aparecer el rostro de siempre, solo que muy envejecido. Está muy delgada. Y... —Kait vaciló, sin saber muy bien cuánto debía contarle—, le he insistido en que debería volver a trabajar, pero antes debería solucionar algunos asuntos personales.

—¿Bebe? —preguntó Maeve, preocupada.

—¿Lo sabías?

Si así era, no le había comentado nada a Kait.

—Más o menos. Lo sospechaba. Su vida se desmoronó trágicamente tras la muerte de Roberto y otras cosas que le pasaron. Entonces empezó a beber mucho. Pero yo confiaba en que fuera algo pasajero.

—Por el modo en que le temblaban las manos, me ha dado la impresión de que bebe muy a menudo. En el rato que he estado allí se ha tomado un par de vasos de bourbon. Dice que puede dejarlo cuando quiera, y probablemente podría hacerlo, pero no le resultará nada fácil si lleva bebiendo mucho tiempo. Le he dejado la biblia, aunque dudo de que la lea. De hecho, estoy segura de que no lo hará.

—Es muy obstinada, pero también es una mujer muy fuerte y no tiene un pelo de tonta. Todo depende de ella, de si está dispuesta a volver al mundo real o no.

—La intuición me dice que no lo hará. Pero, dejando de

lado mi deseo de que interprete a Hannabel, creo que está desperdiciando su vida, encerrada en aquella casa, bebiendo y viendo sus viejas películas. Ha sido muy deprimente.

—Ya me lo imagino —repuso Maeve en tono compasivo—. Lamento haberte enviado a una misión que estaba destinada al fracaso.

—No lo sientas. Ha sido todo un honor para mí conocerla. Era surrealista, estar allí sentada con ella viendo su película. —Kait se rio al recordarlo. Luego preguntó—: ¿Y cómo está Ian?

—Se encuentra bien, más o menos igual. Está bastante animado. En fin, confiemos en que tengas pronto noticias de Agnes.

—No creo que me llame —dijo Kait, y colgaron.

Se preparó una ensalada y después se sentó a su escritorio a trabajar en su columna. Quería escribir un artículo especial para el día de la Madre, lo que requería una profunda reflexión, dada la complejidad de las relaciones entre madres e hijas. Llamó a Stephanie, pero no se encontraba en casa, y no quiso molestar a Tom, que estaba siempre muy ocupado.

Mientras trabajaba, su mente regresaba de vez en cuando a la tarde que había pasado con Agnes White, y se le ocurrió la idea de escribir sobre toxicodependencias por parte de las personas mayores. Muchos de sus lectores le enviaban cartas para pedirle consejo acerca de sus cónyuges adictos al alcohol o los medicamentos, y también había personas jóvenes que le escribían, preocupadas por sus padres.

Esa noche se acostó tarde, y al día siguiente se levantó temprano para llegar pronto a la revista y adelantar todo el trabajo que pudiera. Era viernes y estaba deseando descansar un par de días, ya que durante las últimas semanas había llevado un ritmo frenético. Eran las siete cuando volvió a casa, demasiado fatigada para pensar siquiera en cenar. Se sentía exhausta y solo tenía ganas de meterse en la cama. Vio en la bandeja de entrada del ordenador que Becca le había mandado el segundo borrador del último guion, pero no le quedaban fuerzas para leerlo. Decidió que le echaría un vistazo a lo largo del fin de semana, con la mente más despejada.

Kait estaba llenando la bañera para darse un baño relajante cuando sonó el teléfono. Se apresuró a cogerlo deseando que fuera alguno de sus hijos. Todavía esperaba noticias de Candace sobre las fechas en que estaría de vuelta en Londres, y respondió mientras cerraba el grifo.

—¿Señora Whittier? —se oyó una voz temblorosa; Kait supo al instante que se trataba de Agnes White.

—Sí —respondió, preguntándose si estaría borracha o sobria.

Casi se sentía demasiado cansada para hablar con ella, pero no quería mostrarse descortés diciéndole que llamara en otro momento.

—He leído la biblia de su serie —dijo Agnes. Kait se quedó muy sorprendida. Estaba claro que había despertado su curiosidad—. Es un trabajo maravilloso y una historia muy buena. Entiendo que Maeve quiera actuar en ella. —Parecía sobria y Kait deseó que así fuera, más que nada por el bien de ella. Después de su visita el día anterior, se la había imaginado completamente borracha, dormida en el sofá con alguna de sus viejas películas puesta en el televisor—. No sé por qué quiere que participe en el proyecto y no estoy segura de que sea la persona adecuada, pero he estado dándole vueltas todo el día, y me encantaría hacerlo. Me gusta la idea de trabajar con Maeve. Y le aseguro —añadió en tono cauteloso— que haré todo lo que sea preciso antes de empezar a rodar. —Kait sabía muy bien a qué se refería y no podía creer lo que estaba oyendo. Agnes le estaba diciendo que iba a dejar la bebida—. ¿Cuándo comienza el rodaje?

—A principios de julio —respondió Kait, sin salir de su asombro.

—Estaré bien para entonces —la tranquilizó Agnes—. De hecho, lo estaré mucho antes. Voy a empezar mañana mismo.

Kait no quiso preguntarle adónde acudiría ni cómo pensaba hacerlo, pero pensó que ella sabría cómo cuidarse, incluso que ya lo habría hecho antes. Si no quería ingresar en un centro de rehabilitación, podía ir a Alcohólicos Anónimos, que también solía dar buenos resultados. Aún le quedaban cuatro meses para desintoxicarse y estar lista para volver a trabajar.

—¿Está segura de que quiere hacerlo? —le preguntó, dejando traslucir sus dudas.

—¿Todavía me quiere para el papel?

Agnes pareció preocupada por que Kait hubiera cambiado de idea.

—Pues claro —respondió con firmeza—. Todos la queremos. Que usted esté en la serie será una garantía de éxito.

—No esté tan segura —repuso la anciana con modestia—. Será Maeve quien hará que triunfe.

—Con ustedes dos en el proyecto, la serie será un éxito seguro. ¿Quiere que nos pongamos en contacto con su agente? —preguntó Kait, aunque no había podido localizar a ninguno que la tuviera en su agenda.

—Creo que murió. Pediré a mi abogado que se encargue de todo, ya no necesito agente —concluyó, dado que llevaba diez años sin trabajar.

—Los directivos de la cadena se pondrán como locos cuando se lo contemos —dijo Kait sonriente. No tenía ninguna certeza de que Agnes lograra mantenerse sobria, pero confiaba en que así fuera. La actriz parecía muy convencida de poder conseguirlo—. Seguiremos hablando. Le diré a Zack Winter, el productor ejecutivo, que se ponga en contacto con usted. ¿Se lo cuento a Maeve o prefiere decírselo usted?

—Puede contárselo. Dígale que lo hago por ella. Y por usted —añadió Agnes, y Kait se quedó muy sorprendida.

—¿Qué he hecho yo?

—Vio la película conmigo. Fue un detalle muy bonito por su parte. Es usted una buena mujer. Y ha escrito un papel fantástico para mí. De no haber sido así, no habría aceptado. Me gusta interpretar a una cascarrabias, me divierte mucho. ¿Tendré que aprender a pilotar?

Parecía preocupada por eso y Kait se echó a reír. Se sentía un tanto aturdida por el hecho de que Agnes White hubiera aceptado encarnar el papel de Hannabel. ¡Era un gran triunfo para ellos!

—Tenemos especialistas para eso. Lo único que tendrá que hacer es aprenderse sus diálogos y presentarse los días en que tenga que rodar.

—Eso no será ningún problema.

—Y filmaremos en el área de Nueva York. Fue una de las condiciones que puso Maeve.

—Gracias —se limitó a decir Agnes, y ambas sabían por qué. El día anterior Kait había entrado en su casa y le había salvado la vida. Si no hubiera ido, ella habría seguido allí encerrada bebiendo hasta morir; la propia actriz era muy consciente de ello—. No la decepcionaré.

—Sé que no lo hará —respondió Kait con solemnidad, y rezó por que así fuera.

En cuanto colgó, llamó corriendo a Zack y a Maeve para contárselo.

9

Con Agnes White en el papel de Hannabel, tenían prácticamente cerrado todo el reparto, y con nombres muy importantes. La presencia de Maeve O'Hara y Agnes White en una serie de televisión dejaría a todo el mundo sin aliento. Dan Delaney era el guapísimo rompecorazones que necesitaban para atraer a las mujeres jóvenes; a pesar de su fama de canalla, se lo comían entero. Y lo mismo podía decirse de Charlotte Manning. Abaya Jones interpretaría a la chica fuerte pero dulce, un rostro fresco y desconocido para el gran público. Y Brad Evers, en el papel del problemático hermano pequeño, era un joven y prometedor actor de solo veintiún años que atraería a la audiencia adolescente. También habían encontrado al actor perfecto para hacer de Johnny West, el gran amor de Maggie. Se llamaba Malcolm Bennett, había salido en dos culebrones de mucho éxito y tenía una legión de fans devotos. Siempre había encarnado a villanos y estaba emocionado por interpretar al chico bueno para variar. Ya habían mantenido varias reuniones con todo el reparto y todos estaban entusiasmados con sus papeles, aunque a nadie parecía hacerle mucha gracia la idea de trabajar con Charlotte Manning, de quien se decía que tenía aires de diva y que no solía llevarse bien con las otras mujeres en el plató. Pero no cabía duda de que su nombre era un gran reclamo, que era lo que más importaba a todos. El elenco era fantástico.

Lo único que faltaba era encontrar al amante de Anne Wilder, que aparecía al final de la temporada. Estaban en conversaciones con Nick Brooke, un gran actor de cine, pero aún no habían logrado convencerlo. Temía quedarse encasillado en un papel a largo plazo, en el caso de que la serie fuera un éxito. Toda su carrera se había desarrollado en el cine y representaría un cambio significativo para él trabajar en televisión. En cambio Phillip Green, la gran estrella que interpretaría a Loch, el marido de Anne, había firmado encantado su participación por cuatro episodios. Ya casi tenían el reparto completo.

A la semana siguiente, cuando Kait firmó su contrato, fue consciente de que no podía posponer más el comunicárselo a los directivos la revista, sobre todo en previsión de que hubiera algunas filtraciones. No tenía ni idea de si la redactora jefa de *Woman's Life* querría que dejara la columna, o si le pediría que hiciera malabarismos para compaginarla con su trabajo en el set de rodaje. Aún cabía la posibilidad de que la serie fuera un fracaso de audiencia y se cancelara, pero con el elenco que habían reunido parecía muy improbable. Kait estaba dispuesta a hacer todo lo que la revista le pidiera, al menos hasta ver cómo funcionaban los primeros episodios. Kait pensaba que, si les daban luz verde para una segunda temporada, tal vez llegaría la hora de poner fin a su columna, o de pasarle el testigo a otra persona, si lo preferían. Sería un gran cambio para ella después de veinte años, y también para sus lectores, que se sentirían desolados.

Paula Stein, la redactora jefa, dejó escapar algunas lágrimas cuando se lo comunicó, hacia el final de la semana. No obstante, se quedó enormemente impresionada por la iniciativa de Kait, que en esencia suponía emprender una nueva carrera profesional, y no una carrera precisamente fácil.

—Ha ocurrido todo muy deprisa. Escribí la historia hace

tres meses, y desde entonces todo ha sido una afortunada sucesión de golpes de suerte, uno tras otro. Empezaremos a rodar a principios de julio y estaremos en antena dentro de seis meses. Firmé el contrato hace solo unos días, así que pensé que debía decírtelo cuanto antes. Haré lo que me pidáis: dejar la columna o continuar escribiéndola por las noches. El rodaje durará unos tres meses y medio, y creo que durante ese tiempo podría arreglármelas. Habrá que prestar atención a cómo funciona la serie tras la emisión de los primeros episodios. En principio rodaremos trece, pero si la cadena está satisfecha habrá otros nueve más.

—Me encantaría que siguieras escribiendo la columna mientras puedas compaginarlo —dijo Paula esperanzada—. Si lo dejaras, no sé cómo saldríamos adelante. Los lectores te adoran, y nadie puede hacerlo como tú.

Resultaba muy halagador escuchar esas palabras, aunque no fueran del todo ciertas.

—Yo fui aprendiendo con el tiempo. También podría aprender otra persona.

—Tú tienes magia, Kait.

—Pues espero que la magia funcione también en televisión —repuso ella, prudente.

—Estoy segura de que así será.

Cuando la reunión terminó, Paula abrazó a Kait. Había acordado que esta seguiría escribiendo la columna hasta final de año, lo que les daría cierto margen para preparar a alguien de la plantilla o para contratar a alguien que se dedicara en exclusiva a ello. Tenían tiempo para decidirlo.

Esa misma tarde, la noticia corrió por toda la redacción. Carmen entró con expresión ceñuda en su despacho y cerró la puerta.

—Por ahí fuera está circulando un rumor muy feo. Dime que no es verdad. Dime que no vas a dejarnos.

Parecía totalmente desolada solo de pensarlo.

—No voy a dejaros —dijo Kait. Lamentaba no habérselo dicho a ella primero, pero se había sentido obligada a contárselo antes a la redactora jefa para que fuera ella quien lo anunciara. Paula Stein era una buena mujer y merecía esa deferencia. Siempre había sido justa con Kait, que llevaba en la revista diez años más que ella—. Por el momento voy a empezar un segundo trabajo y ya veremos cómo funciona la cosa. Estaré aquí hasta junio y luego seguiré escribiendo la columna desde fuera de la redacción.

—Pero ¿por qué?

Carmen parecía conmocionada. Todo lo que había oído era que Kait se marchaba, o que tal vez lo hiciera. No tenía ni idea del resto. Kait le había pedido a Paula que no revelara nada hasta que la serie se anunciara de manera oficial, aunque era evidente que no había cumplido su palabra.

—Es una auténtica locura, pero voy a hacer una serie de televisión. He escrito el argumento y soy la coproductora ejecutiva. Tendré mucho trabajo, pero seguiré escribiendo la columna mientras pueda.

—¿Una serie? ¿Me tomas el pelo? ¿Y cómo ha sido eso?

—Aún no sé muy bien cómo ha ocurrido. En la cena de Nochevieja estuve sentada junto a un productor de televisión, y lo siguiente que sé es que me puse a escribir la historia y que luego todas las piezas fueron encajando a la velocidad del rayo. Todavía sigo en estado de shock.

—Tienes razón, es de locos —replicó Carmen, mientras se dejaba caer en una silla y clavaba la mirada en su amiga—. ¿Y quién va a salir en la serie?

—No puedo decirlo.

No obstante, confió en que Carmen no se lo contaría a nadie y le dejó caer algunos nombres. Su colega la miraba con cara de estupefacción.

—No puede ser verdad. ¿Dan Delaney? ¡Oh, Dios mío! Déjame pasar una noche con él y moriré feliz.

—No lo creo —repuso Kait riendo—. Por lo visto se acuesta con todo bicho viviente y siempre engaña a sus novias. Todas sus ex lo odian. Nos asusta mucho que pueda liarla en el plató, pero al oír su nombre la mayoría de la gente reacciona como tú, y eso será muy bueno para la serie, si no acaba sacándonos de quicio a todos.

—¿Y cómo es Maeve O'Hara?

—Maravillosa. La persona más agradable que he conocido en mi vida, y una auténtica profesional. Estoy deseando ver su trabajo.

—Es que no doy crédito. ¿Y ocurrió todo así, sin más?

—La verdad es que sí.

—¿Cómo es el productor? ¿Es guapo? ¿Te has liado con él? —preguntó con avidez.

—Sí, es guapo, y no, no me he liado con él. Trabajamos muy bien juntos, pero creo que ambos queremos que siga siendo así y no estropearlo todo. Esto es un negocio, y la gente seria no anda tonteando por ahí. Estoy aprendiendo mucho de él.

—¿Podré ir alguna vez a ver el rodaje?

Kait asintió, y se dio cuenta de que iba a echar de menos ver a su amiga todos los días.

—Me alegro mucho por ti, Kait —dijo Carmen—. Te lo mereces. Nunca me he atrevido a decírtelo, pero creo que empezabas a estancarte en este trabajo. Eres una escritora magnífica y tienes demasiado talento para limitarte solo a esto. Espero de corazón que te vaya muy bien —concluyó con toda sinceridad.

—Yo también lo espero —respondió Kait, que se levantó para darle un abrazo.

—Y no me importa que Dan Delaney sea un mujeriego. Quiero conocerlo igualmente.

—Lo conocerás, te lo prometo.

—Me muero de ganas de ver ya la serie.

Cuando Carmen salió del despacho, la oficina seguía bullendo con la noticia. Esa noche Kait llamó a Stephanie a San Francisco. Su hija tenía amigos en casa y estaban viendo un partido de baloncesto.

—¿Que vas a hacer qué? —Stephanie pensó que había oído mal—. ¿Qué tipo de serie? ¿Y qué es eso de que estás vendiendo biblias? ¿Has perdido la cabeza, mamá? —Sabía que su madre iba a la iglesia de vez en cuando, pero esto ya le parecía excesivo—. ¿Es que te has hecho mormona o algo así?

—No. He dicho que he escrito una biblia para una serie de televisión y que una cadena por cable la ha comprado. El rodaje empieza en julio y comenzará a emitirse en octubre.

—¿Ah, sí? ¿Y cuándo ha ocurrido eso? ¿Quién va a salir en la serie? —preguntó Stephanie con cierto escepticismo, y su madre le reveló algunos de los nombres principales—. ¡Santo cielo! ¿Lo dices en serio? Parece que va a ser algo grande.

—Podría serlo si a la gente le gusta.

—¿Y de qué va?

—Va sobre mujeres en el mundo de la aviación en los años cuarenta y cincuenta.

—Parece un poco extraño, ¿no? ¿Y por qué escribiste sobre ese tema?

—Me inspiré en la vida de mi abuela. —Luego añadió medio en broma—: Y hasta tú tendrás que ver aunque sea algún capítulo.

Sabía que Stephanie y Frank nunca veían la televisión, salvo los deportes. Eran fanáticos del béisbol, y también les gustaban el fútbol americano y el baloncesto.

—Bueno, mamá, me siento muy orgullosa de ti. Nunca me habría esperado algo así.

—Yo tampoco —replicó Kait, y ambas se echaron a reír.

—¿Puedo contárselo a la gente?

—Todavía no. La cadena hará el anuncio oficial una vez que

hayan firmado todos los contratos y lo tengan todo bien cerrado. Y eso puede llevar un tiempo.

—¿Puedo decírselo a Frank, al menos?

—Claro.

Hablaron durante unos minutos más y luego Stephanie volvió con sus amigos para seguir viendo el partido. Antes de colgar le repitió una vez más lo orgullosa que estaba de ella.

Acto seguido, Kait llamó a Tom. Acababan de cenar y Maribeth estaba acostando a las niñas. Tommy se quedó incluso más sorprendido que su hermana y le hizo algunas preguntas acerca del acuerdo al que había llegado. Le impresionó mucho el contrato que había firmado y el hecho de que fuera coproductora ejecutiva junto a Zack, eso significaba que podía tomar parte en las decisiones importantes.

—¿Y qué piensas hacer con la columna? —le preguntó.

—He acordado seguir escribiéndola hasta fin de año, pero cuando empecemos a filmar va a ser bastante difícil compaginar ambas cosas. Seguiré acudiendo a la revista hasta junio, pero después tendré que estar en el set de rodaje.

De todas formas, no iba todos los días a la revista, gran parte del tiempo trabajaba desde casa.

—¿Se lo has contado ya a las chicas?

—Acabo de hablar con Stephanie, y dentro de unas horas llamaré a Candace para intentar pillarla cuando sea de mañana para ella. Aunque en realidad no estoy segura de dónde está. No he hablado con ella desde hace semanas. ¿Y tú?

—No sé nada de ella desde Navidad, cuando hablamos por Skype en tu casa. Nunca sé cómo localizarla.

—Yo tampoco —admitió Kait—. Me gustaría ir a verla cuando le den algunos días libres, pero creo que no ha parado en meses. Está encadenando un documental con otro.

Él también estaba al tanto del ritmo frenético de trabajo que llevaba su hermana.

—Dile que la quiero cuando consigas contactar con ella.

Y, mamá, estoy muy orgulloso de ti. —Lo dijo en tono muy emocionado, y ella se sintió conmovida.

—Gracias, cariño. Dales un beso muy grande a las niñas y a Meredith de mi parte.

—Meredith va a alucinar. Dan Delaney la vuelve loca. —Por lo visto les pasaba a todas las mujeres del país, lo que confirmó a Kait que habían tomado la decisión correcta al escogerlo para el papel—. Y también le encanta Maeve O'Hara. Es una actriz fabulosa.

—Lo es, una de las grandes —corroboró Kait—. Pero recuerda que no puedes decir nada hasta que se haga el anuncio oficial.

—Gracias por llamarme y darme la noticia —dijo Tom, y colgaron.

Ya solo le faltaba contárselo a Candace, si es que conseguía contactar con ella. Se quedó despierta hasta las dos de la madrugada para llamarla cuando fueran las siete de la mañana en Londres, pero le salió directamente el buzón de voz y Kait tuvo la sensación de que aún no habría regresado de adondequiera que hubiera ido. Podría haberle enviado un mensaje de texto o un correo electrónico, pero no estaba segura de que llegara a recibirlo, y además quería explicarle la noticia de viva voz. Hacía ya demasiado tiempo que no hablaban, al menos varias semanas, la última vez fue antes de que Kait fuera a Los Ángeles. Pero le alegraba habérselo contado a Stephanie y a Tom, cuyas respuestas habían sido muy cálidas y afectuosas. Ese era sin duda un capítulo nuevo de su vida y quería compartirlo con sus hijos.

Le divertía mucho ver cómo reaccionaban todas las mujeres al oír el nombre de Dan Delaney, y se dijo que debía acordarse de contárselo a Zack. Como este había predicho, los guiones de Becca mejoraban día a día, conforme se iba metiendo más en la historia y se sentía más cómoda con los personajes. Se los enviaba por e-mail a Kait y ella los leía por la noche al volver de la revista. Becca había hecho un gran trabajo con los guiones de los primeros capítulos; a pesar de su aspecto juvenil, mostraba un gran talento y una profunda comprensión de la historia y sus personajes. Kait le hacía sugerencias cuando las consideraba necesarias, y Becca tomaba nota de sus comentarios y hacía cambios sin poner la menor objeción. La distancia no representaba ningún problema para ellas.

Todo iba como la seda. Agnes la llamó para decirle que había acudido a Alcohólicos Anónimos y que estaba buscando un padrino. Le confesó que ya había asistido con anterioridad a esas reuniones y sabía cómo funcionaban.

—¿Te preocupa que alguien pueda hablar con la prensa? —le preguntó Kait con cierta inquietud. Ya habían dejado de tratarse de usted.

A Agnes le indignó un poco la pregunta.

—No —replicó—. Eso es lo bueno de Alcohólicos Anónimos: todo lo que escuchas y lo que ves se queda allí dentro. En las reuniones he visto a gente que tiene mucho más que perder que yo. Nadie rompe ese código. En principio, voy a asistir a dos reuniones diarias.

—¿Es muy duro? —preguntó Kait con delicadeza, conmovida por que Agnes la hubiera llamado para comunicárselo y tranquilizarla.

—Pues claro que es duro. Es terrible. Pero prefiero volver a trabajar a seguir viendo mis viejas películas todo el día. He estado metida en un pozo. Y tú me espoleaste para que intentara salir de él. Ayer contraté a una nueva asistenta. Era eso o quemar toda la casa. Había diez años de periódicos y revistas apilados por todas las habitaciones. Le dije que los tirara todos.

Lo que Agnes estaba haciendo era un verdadero milagro. Estaba luchando por volver a incorporarse a la vida.

—Hazme saber si puedo ayudarte en algo —le ofreció Kait.

—Estaré bien —le prometió Agnes una vez más—, no quiero preocuparte. —Luego se puso muy seria y dijo—: He hablado con Maeve y me ha contado lo de Ian. Es una auténtica tragedia. Ian es un hombre maravilloso y de un talento increíble. No sé lo que hará Maeve después de que... cuando él... —No pudo pronunciar las palabras, pero Kait la entendió perfectamente. También ella estaba muy preocupada—. Al menos tendrá la serie para mantenerse ocupada, y también a sus hijas. Tendremos que estar cerca de ella cuando las cosas se pongan feas.

De pronto, mientras escuchaba a Agnes, a Kait se le ocurrió que la serie iba a ser mucho más que un trabajo, mucho más que un golpe de suerte para todos los que intervenían en ella y una oportunidad para los rostros menos conocidos del elenco. Todos ellos se convertirían en una especie de familia y en un apoyo los unos para los otros. Y si la serie se prolongaba durante mucho tiempo, juntos enfrentarían numerosas experiencias vitales; compartirían a lo largo de varios años las alegrías y las tristezas, y los momentos más importantes de sus vidas. En cierto modo resultaba confortador, estaba deseosa de empezar cuanto antes. Toda la gente que iba a participar en la serie llenaría su existencia.

Zack le envió un correo para comunicarle que ese mismo día habían contratado a Lally Bristol, una joven diseñadora de vestuario británica de enorme talento. Era fantástica con el trabajo de ambientación histórica y ya estaba investigando para documentarse sobre los años cuarenta y cincuenta, y le entusiasmaba la idea de incorporarse al proyecto. En el mismo correo, Zack le mandó una foto de la joven. Era una chica guapísima, alta, con una figura espectacular y una larga melena rubia. Kait solo esperaba que Dan Delaney no intentara ligársela, aunque seguramente ella estaría acostumbrada a lidiar con hombres como él. También era esta su primera incursión en el medio televisivo. Había trabajado casi siempre en el cine, al igual que muchos de los actores de la serie.

Agnes había prometido volver a llamar a Kait. Y en los siguientes días ella trató varias veces de ponerse en contacto con Candace, pero siempre le saltaba el buzón de voz antes siquiera de oír el tono, lo que significaba que seguía fuera del país. Kait no tenía ni idea de dónde se encontraba, y eso le producía un profundo desasosiego.

Una noche en que estaba trabajando en el último guion de Becca y tomando algunas notas, sonó el teléfono. Una voz desconocida con acento británico preguntó por ella. Kait no sabía quién era, por el identificador de llamadas vio que se trataba de un número de Londres, de la BBC. En Nueva York eran las nueve de la noche, pero allí sería ya de madrugada.

—Sí, soy yo —respondió Kait, dejando el guion sobre la mesa con una repentina sensación de angustia—. ¿Ha pasado algo?

—La llamo por su hija Candace. Se encuentra bien —se apresuró a añadir para tranquilizarla—, pero se ha producido un incidente.

—¿Qué clase de incidente? ¿Dónde está mi hija? —preguntó mientras sentía que el pánico la atenazaba.

—Ahora mismo se encuentra en Mombasa. Estaba haciendo un reportaje en un campo de refugiados a unos ciento cincuenta kilómetros de la ciudad. Circulaban por la carretera cuando una mina estalló al paso de su vehículo. Resultó herida, pero está fuera de peligro, con quemaduras leves en los brazos y el pecho. —No le contó que el conductor y uno de los fotógrafos que iban con ella habían muerto. Todo lo que Kait necesitaba saber por el momento era que su hija estaba viva—. Esta noche la trasladaremos a Londres. Su situación es estable y queremos que reciba atención médica en nuestro país.

Kait se había puesto en pie y paseaba nerviosamente por

la sala, pensando solo en que su hija estaba herida y sintiendo que el corazón se le salía por la boca.

—¿Cuál es la gravedad de las quemaduras?

—Por lo que me han explicado, son de segundo y tercer grado. La mayoría de segundo, y una de tercer grado en una mano. Así que hemos considerado que lo más sensato es sacarla de allí. Le aseguro que la mantendremos informada en todo momento, señora Whittier. Está previsto que su avión aterrice dentro de unas horas. Se trata de un aparato especial de evacuación médica, y en cuanto llegue será trasladada directamente a un hospital. Entonces volveré a llamarla para ponerla al corriente de la situación.

—¿A qué hospital la llevarán?

—A la unidad de quemados adultos del hospital Chelsea and Westminster. Dispone de uno de los mejores centros para tratamiento de quemaduras de todo Londres.

—Tomaré un vuelo esta misma noche —dijo Kait, de pronto afligida, tratando de pensar en todo lo que tenía que hacer—. Por favor, dígame su nombre y cómo puedo ponerme en contacto con usted.

—No es necesario que se dé tanta prisa. Ya le he dicho que se encuentra estable y que su vida no corre peligro.

—Soy su madre. No me quedaré aquí sentada, en Nueva York, cuando mi hija está ingresada en un hospital de Londres con quemaduras de tercer grado.

—Lo entiendo —repuso el hombre con cierta frialdad.

—Por favor, cuando llegue su avión llámeme o mándeme un mensaje. Me pondré en contacto con usted en cuanto aterrice en Londres, o iré directamente al hospital. Gracias por avisarme.

Candace había dado el nombre de Kait como su pariente más próxima, y esta siempre había vivido con el temor de que en cualquier momento pudiera suceder algo así. En cuanto colgó llamó a Tom a Texas y le contó lo que había pasado, le dijo que iba a tomar un vuelo a Londres esa misma noche. Él le respondió que llamaría al hospital al cabo de unas horas para ver si podía averiguar algo más sobre el estado de Candace, y que luego intentaría hablar con su hermana cuando ya se encontrara en su habitación. También Tom estaba muy preocupado.

Tras colgar, Kait llamó a British Airways. Había un vuelo a Londres a la una de la madrugada. Tenía que salir de casa como muy tarde a las diez para estar en el aeropuerto a las once, de modo que aún le quedaban unos cuarenta minutos. En cuanto pagó el pasaje y reservó el asiento, empezó a dar vueltas como una loca por el apartamento, preparando el equipaje y tratando de adecentarse un poco.

Eran las diez menos cinco cuando salió de su casa. El coche de Uber al que había llamado ya estaba esperándola abajo. Había echado la ropa que pensó que podría necesitar en una maleta de ruedas que podría embarcar como equipaje de mano. También había metido en su bolso el guion de Becca, algunas cartas que debía responder para su columna y todo lo que se le fue ocurriendo. Llegó al aeropuerto a tiempo para pasar por el mostrador de facturación. Cuando estaba embarcando le sonó el móvil, era el mismo hombre que la había llamado antes. Le informó de que la unidad de evacuación médica ya había llegado a Londres, que en aquellos momentos estaban trasladando a Candace al hospital y que se encontraba en buen estado. Nada más colgar, Kait llamó al móvil de su hija y, por primera vez en semanas, Candace respondió con voz vacilante.

—¿Estás bien, cariño? —le preguntó su madre, con los ojos anegados en lágrimas.

—Estoy bien, mamá. Nuestro coche pisó una mina.

—Gracias a Dios que estás viva.

—Yo lo estoy, pero otros no han tenido tanta suerte. Ha sido horrible.

—¿Son muy graves las quemaduras?

—No me duelen —respondió Candace vagamente. Kait supo que eso no era bueno—. No puedo vérmelas, me las han vendado.

—Mi vuelo está a punto de despegar. Estaré allí a la una de la tarde e iré directa al hospital. —Kait hablaba por el móvil mientras ocupaba su asiento en el avión.

—No tienes por qué venir, mamá. Estoy bien.

—Pues yo no. Me has dado un susto de muerte. Quiero ir para estar a tu lado y ver con mis propios ojos cómo estás.

Candace sonrió al escucharla.

—¿No tienes nada mejor que hacer?

Conocía a su madre y sabía muy bien que iría a verla en cuanto se enterara de la noticia. Su prioridad siempre habían sido sus hijos, y eso no había cambiado cuando se hicieron adultos.

—La verdad es que no. Nos vemos dentro de unas horas —dijo, y apagó el móvil.

Había mandado un mensaje a la redactora jefa y otro a Zack para informarlos de adónde iba, y les prometió ponerse en contacto con ellos en cuanto pudiera. También les envió los detalles de su vuelo a Stephanie y Tom.

La preocupación por su hija la mantuvo desvelada durante casi todo el trayecto, solo dormitó un poco justo antes de tomar tierra. Se despertó cuando las ruedas impactaron sobre la pista de aterrizaje. Kait quería llegar cuanto antes al hospital para ver a Candace. Como no tenía que recoger equipaje, pasó a toda prisa por la aduana tras explicar a los funcionarios que se trataba de una emergencia, luego salió corriendo de la terminal para tomar un taxi y al cabo de cuarenta minutos llegaba al hospital. Una enfermera le indicó dónde se encontraba la habitación de su hija. Candace estaba sedada y medio adormilada, con gruesos vendajes en los brazos y el pecho. Se despertó y sonrió al ver a su madre, y Kait se inclinó y la besó en la frente, aliviada de estar por fin con ella.

—¿No podrías haber ido a una academia de estética como una persona normal?

Era una vieja broma que Kait le hacía por el tipo de misiones peligrosas que siempre habían atraído a su hija. Aquella era la primera vez que había resultado herida.

Poco después entró un médico, que las tranquilizó diciéndoles que las quemaduras no eran tan graves como se habían temido en un principio. Tal vez le quedaran algunas cicatrices, pero no necesitaría injertos de piel y creían que podrían darle el alta en una semana, después de haberle hecho exámenes más concienzudos y comprobado su evolución.

—Mañana tenía que empezar otro reportaje —se quejó Candace.

Era la viva imagen de su madre, con la misma melena pelirroja y los mismos ojos verdes.

—No quiero oír una sola palabra más sobre reportajes ni documentales, o te llevo conmigo de vuelta a Nueva York —le advirtió Kait muy seria, y Candace volvió a sonreír.

—Díselo a mis jefes —repuso un tanto aturdida.

—No me importaría hacerlo. Y desearía con todas mis fuerzas que te buscaras otro trabajo —le aseguró, luego se sentó en una silla y ambas durmieron un poco.

Los médicos le habían dicho a Candace que tendría que llevar los vendajes durante un mes, pero a ella no pareció importarle. Estaba mucho más preocupada por los dos compañeros que habían muerto y el resto de sus colegas que habían resultado heridos. Su estado era tan grave que no habían podido ser trasladados.

Al día siguiente, Kait buscó alojamiento en un hotel y miró los mensajes que había recibido. Zack le había enviado varios correos y ella le llamó en cuanto entró en su habitación.

—¿Estás bien? ¿Cómo se encuentra tu hija?

Se le notaba muy preocupado por ambas.

—Candace está bien. Tiene algunas quemaduras muy feas en los brazos y el pecho, pero no le han alcanzado la cara. Y no necesitará injertos, aunque quizá le queden algunas cicatrices. Gracias a Dios, está viva. —Kait estaba aún terriblemente alterada por lo sucedido—. Es la única a la que han podido trasladar de vuelta. Estaban filmando un reportaje en un campo de refugiados, y en la carretera a Mombasa el vehículo en el que iban pisó una mina terrestre. Detesto su maldito trabajo.

Dijo esto último con tal sentimiento que Zack se echó a reír.

—Yo también lo haría si estuviera en tu lugar. Deberíamos encontrarle otro tipo de empleo —dijo con ánimo de tranquilizarla.

—Lo he intentado. Candace ama lo que hace y cree que va a cambiar el mundo. Puede que lo consiga, pero mientras trata de hacerlo a mí me va a dar un infarto.

—Hazme saber si puedo ayudar en algo, y ahora intenta descansar un poco, Kait. Esto es muy duro para ti. Candace se pondrá bien.

La consternación que denotaba su voz la conmovió. A continuación llamó a Tommy y Stephanie. Ambos habían hablado con su hermana después de que Kait se marchara del hospital. También estaban muy preocupados por Candace.

—Le he preguntado si la cara le iba a quedar desfigurada y me ha asegurado que no —le comentó Stephanie a su madre.

Puede que su hija menor fuera un genio de la informática, pero no sabía manejarse muy bien en las relaciones personales. Kait se la imaginaba perfectamente diciéndole algo tan impropio a Candace.

La madre los tranquilizó diciéndoles que su hermana se pondría bien, aunque lo sucedido había sido una cruel constatación de los peligros a los que Candace se enfrentaba constantemente. Al día siguiente mantuvo una conversación muy seria con su hija, que no estaba tan atontada por los medicamentos como el día anterior. La chica volvió a repetirle a su madre que estaba bien, que amaba su trabajo y que no pensaba volver a Nueva York.

—¿No podrías rodar documentales aquí, en Inglaterra, o en Europa? ¿Por qué tienes que acudir a todas las zonas de guerra del planeta?

—Porque allí es donde están las historias que importan, mamá —insistió Candace.

Kait comprendió que no iban a llegar a ninguna parte, y entonces le habló de la serie. Al igual que sus hermanos, Candace se quedó de lo más impresionada.

—¡Pero eso es fantástico, mamá!

Kait le contó quién iba a protagonizar la serie, de qué iba la trama y todo lo que había hecho durante los últimos tres meses. Luego, aprovechando que Candace dormía un poco, volvió al hotel. Pidió en recepción que le imprimieran el último guion que le había enviado Becca y estuvo haciendo algunas anotaciones sobre el papel antes de regresar al hospital. Candace ya se había despertado y estaba hablando con su jefe de la BBC. Estaba contrariada porque le habían encargado su próxima misión a otro reportero y porque le insistió para que se tomase unas semanas de descanso. Sin embargo, la madre sabía que su hija era un caso perdido y que volvería al campo de batalla en cuanto pudiera.

Kait se quedó en Londres hasta que a Candace le dieron el alta del hospital, y la ayudó a instalarse de nuevo en su apartamento. La reportera estaba decidida cuando menos a volver al despacho de la BBC, y Kait comprendió que ya era hora de regresar a Nueva York. Su hija se encontraba mucho mejor y no podía hacer nada más por ella, ahora que había vuelto al trabajo. Kait había permanecido en Londres durante diez días y, a pesar de las circunstancias, había disfrutado de la compañía de Candace. Detestaba tener que marcharse, pero notaba que su presencia y sus constantes atenciones empezaban a poner a su hija de los nervios, no quería que nadie la estorbase, solo quería centrarse en su trabajo. Kait estaba muy preocupada, consciente de que pronto la enviarían a hacer algún nuevo reportaje. No quería que volviera a ir a ningún sitio peligroso, pero Candace tenía las ideas muy claras.

A Kait la entristecía tener que irse. La noche anterior salieron a cenar, y a la mañana siguiente, antes de que Candace se fuera al trabajo, le dio un largo abrazo y luego se marchó en dirección al aeropuerto.

Maeve la llamó en cuanto estuvo de vuelta en Nueva York. Se había enterado por Zack del accidente de Candace y le había mandado varios mensajes de texto mientras Kait estuvo fuera.

—¿Cómo está? —le preguntó Maeve.

—Bastante bien. Tiene ganas de volver al trabajo cuanto antes.

—¿No podrías convencerla para que se dedique a algo menos peligroso?

Maeve sentía mucha lástima por Kait. Notaba la fatiga y la preocupación en su voz.

—Es una discusión en la que tengo las de perder. Candace piensa que está desperdiciando su vida si no la pone en riesgo para intentar hacer un mundo mejor. Su hermana es completamente feliz yendo a partidos de baloncesto, y su hermano, vendiendo comida rápida en Texas. Candace, en cambio, siempre se ha estado embarcando en una misión u otra, desde que tenía doce años. No puedo entender cómo es posible que tres hijos de los mismos padres sean tan diferentes. Me ha tenido al borde de un ataque al corazón durante veinte años. Podrían haberla matado...

—Gracias a Dios que no ha sido así —dijo Maeve, que sentía una profunda compasión por Kait.

—Bueno, ¿qué me he perdido mientras he estado fuera?

Kait parecía exhausta tras pasarse una semana en el hospital con Candace y después del cansado vuelo de regreso. Echaba de menos a su hija, pero le sentaba bien estar de vuelta y centrarse en asuntos más prosaicos. Nada le preocupaba más que la posibilidad de que alguno de sus hijos tuviera problemas o sufriera algún daño.

—Creo que Nick Brooke ha aceptado el papel de mi gran amor en el último episodio de la primera temporada, eso significa que, si hay una segunda, seguirá como uno de los personajes principales —le informó Maeve—. Estoy deseando trabajar con él. Es un actor fabuloso y un tipo muy profesional. Cuando no está rodando vive en Wyoming. Es un hombre de los de verdad, una especie de cowboy, y es perfecto para el papel de expiloto de combate y héroe de guerra. Ian lo conoce mejor que yo. —Era un nombre importante para el reparto y sería un gran reclamo para la segunda temporada, si es que la serie se prolongaba, que era lo que todos esperaban—. Nuestros personajes mantienen una relación muy pasional. Tenemos una terrible pelea que acaba en una gran escena de amor al final del último episodio. Seguro que lo pasamos muy bien rodándola. Él es un gran actor. —Y acto seguido le propuso—: ¿Por qué no quedamos para comer cuando tengas tiempo?

Las dos estaban deseando que el rodaje empezara cuanto antes. Maeve le dijo que Ian se encontraba bastante bien. Nada había cambiado y él no había empeorado, lo cual suponía todo un triunfo por el momento.

Después Kait habló con Zack, quien la puso al día rápidamente de cómo iban las cosas. El productor le había enviado flores a Londres para animarla, un gesto que la había conmovido. También le habló de Nick Brooke, y ella le felicitó por haberlo convencido.

—No creo que pueda atribuirme el mérito. Nick quería

trabajar con Maeve. La perspectiva de una serie semanal junto a ella era demasiado atractiva para que pudiera resistirse, aunque le decepcionó que no hubiera caballos de por medio. Nick también pilota su avión privado, lo que le convierte en el actor ideal para el papel. Quería rodar todas las escenas de riesgo, pero la aseguradora no se lo permite. Sabe mucho sobre aviación y aviones antiguos.

—Parece un hombre muy interesante.

—Lo es. Y ahora descansa un poco. Hablaremos dentro de unos días.

Después de telefonear a Londres para ver cómo seguía Candace, Kait se metió en la cama. Cuando estaba a punto de quedarse dormida, la llamó Agnes. Le llevó un rato adivinar quién era. Su voz era áspera y rasposa.

—¿Ocurre algo?

Kait se caía de sueño, pero se obligó a mantener los ojos abiertos.

—No puedo hacerlo. No puedo hacer la serie.

—¿Por qué no? —preguntó Kait, repentinamente despierta.

—Simplemente no puedo. Me está resultando demasiado duro. Hoy he ido a tres reuniones.

—Claro que puedes —repuso Kait muy seria y convencida—. Yo sé que puedes. Y sé que quieres trabajar en la serie. Ya has pasado por ahí antes y puedes volver a hacerlo.

—Soy impotente ante el alcohol —dijo Agnes, negando el primero de los doce pasos de Alcohólicos Anónimos.

—No, no lo eres. Eres fuerte, puedes superarlo.

—Necesito un trago —suplicó en tono de profunda desdicha.

—Ve a una reunión, llama a tu padrino. Sal a dar un paseo. Date una buena ducha.

—No vale la pena.

—Sí, sí que vale la pena —insistió Kait—. Debes ir paso a

paso. Ahora acuéstate y acude a una reunión a primera hora de la mañana.

Se produjo un largo silencio al otro lado de la línea. Al fin, Agnes exhaló un suspiro.

—Muy bien. Lamento haberte llamado, me parece que estás muy cansada. Es que he pasado un momento muy malo. Estaba ahí sentada, con la mirada clavada en la botella de bourbon, y necesitaba desesperadamente beber un trago. Casi podía saborearlo en la boca.

—Creía que te habías deshecho de todo el alcohol. —Era lo que le había dicho la última vez que la llamó.

—He encontrado la botella debajo de la cama —respondió Agnes.

—Vacíala y tírala.

—Qué desperdicio... —repuso muy abatida. Luego añadió—: Muy bien, lo haré. Y lo siento, Kait. Trata de dormir un poco. —Cuando se despidió, su voz sonaba mucho mejor.

Tras colgar, Kait volvió a dejarse caer sobre las almohadas con un suave gemido. En ese momento se dio cuenta de lo que pasaba: acababa de adoptar a todo un reparto entero, un nuevo grupo de personas a las que cuidar, además de sus propios hijos. A partir de ahora tendría que preocuparse de con quién se acostaba Dan, de si Charlotte se había peleado con alguien, de si Agnes lograba mantenerse sobria, de si el marido de Maeve empeoraba, de si Abaya recordaba el diálogo o de si Becca conseguía escribir buenos guiones. Los había tomado a todos bajo su ala protectora, con sus problemas, sus temores, sus rarezas, sus tragedias personales, sus necesidades y sus deseos. Cerró los ojos durante un momento y se sintió abrumada, pero en cuestión de segundos se quedó profundamente dormida.

10

En mayo, el ritmo de vida de Kait aflojó un poco. Zack la llamaba cada pocos días para informarle de cómo avanzaban los preparativos de la serie. Todos los contratos habían sido formalizados y los actores ya habían firmado. Lally Bristol estaba trabajando en el diseño del vestuario, y también habían encontrado dos localizaciones perfectas. La primera era una pequeña pista de aterrizaje en Long Island, cuyo propietario poseía una gran colección de aviones antiguos que estaba dispuesto a alquilárselos y que se había mostrado entusiasmado por participar en el proyecto. Y la segunda, una casa ubicada al norte del estado de Nueva York, que sería el «hogar» de los Wilder. En el rodaje simularían que ambas cosas, la casa y la pista, formaban parte de la misma propiedad, lo cual no resultaría difícil de conseguir con la edición digital en la posproducción. Becca estaba entregando unos guiones fabulosos. Agnes llamaba a Kait de vez en cuando para hacerle saber que seguía acudiendo a las reuniones de Alcohólicos Anónimos. Y Candace le aseguró que las quemaduras sanaban bien y que estaba ansiosa por volver a marcharse cuanto antes a filmar nuevos reportajes y documentales.

Kait y Maeve quedaron para comer en el restaurante donde se habían conocido. La actriz le contó que Ian estaba respondiendo bastante bien a los medicamentos que le suministraban para ralentizar en la medida de lo posible el avance de la enfermedad, que de momento permanecía estable.

Por su parte, Kait seguía trabajando en su columna. Era consciente de que aquello era la calma que precedía a la tormenta, y que a partir de julio iría como loca de un lado a otro tratando de cumplir el programa del rodaje, trabajando en los guiones con Becca, ayudando a resolver los problemas en el plató y escribiendo su columna y su blog en el lugar y el momento en que pudiera. Entonces se le ocurrió que la sugerencia que le había hecho Carmen no era tan mala idea. Kait pensó que sería estupendo tomarse unas vacaciones con sus hijos, ahora que aún disponía de tiempo, antes de que sus múltiples obligaciones le impidieran estar con ellos.

Los llamó a los tres y les pidió que se guardaran una semana durante el mes de junio, cuando Merrie y Lucie Anne acabaran la escuela. La BBC había decidido que por el momento no enviaría a Candace a nuevas misiones arriesgadas, para gran consternación de la joven, así que esta confirmó que podría ir. Kait buscó en internet lugares que ofrecieran diversión para todos y a los que no costara demasiado llegar. El que más la convenció fue un rancho en Wyoming, a las afueras de Jackson Hole, que parecía ideal. Lo consultó con sus hijos, decidieron entre todos la fecha, y reservó alojamiento en el rancho para la segunda semana de junio. Esos días también le iban bien a ella, ya que había acordado con Paula que empezaría a trabajar desde casa a principios de junio. Ya no tendría que ir a la redacción, pero había aceptado seguir respondiendo a las cartas y escribiendo su columna hasta final de año. Según cómo funcionara la serie, volverían a replantearse el acuerdo.

Deseaba con todas sus fuerzas que llegara el momento de reunirse en el rancho con sus hijos. Ellos también estaban muy ilusionados, sobre todo las dos pequeñas. Kait había preguntado a Maribeth el número que calzaban y les había enviado unas botitas de cowboy rosa. Tommy le mandó por e-mail unas fotos de las niñas con ellas puestas, conjuntadas con unas falditas tejanas y sombreros vaqueros. Todos estaban preparados para la gran aventura, y el momento llegó más deprisa de lo esperado.

El último día oficial de Kait en la redacción hubo un almuerzo de despedida. Su despacho lo iba a ocupar uno de los redactores, y Carmen parecía muy triste porque ya no podría pasarse a ver a su amiga durante la jornada laboral. En la comida le susurró a Kait que iba a intentar que le dieran su propia columna.

Todos sus compañeros de la revista estaban muy emocionados por Kait, y también por la serie. A principios de mayo la cadena había hecho el anuncio oficial a bombo y platillo, por todas partes había grandes carteles con frases publicitarias y fotografías de Dan, Charlotte y Abaya para atraer al público joven; otros de Maeve, Agnes y Phillip Green, el actor que interpretaría a Loch, y aun otros que mostraban a todo el reparto junto. No se emitirían anuncios en televisión hasta principios de septiembre, cuando ya hubiera escenas filmadas. Estaban invirtiendo una fortuna en publicidad y la gente ya hablaba de *Las mujeres Wilder* con gran expectación. A Kait le daba un subidón de adrenalina cada vez que veía alguno de aquellos carteles, y Zack le contó que habían puesto grandes vallas publicitarias en el Sunset Boulevard de Los Ángeles.

Sus compañeros de la revista estaban tristes por su marcha, pero todos le desearon lo mejor en su nueva aventura.

Cuando partió hacia Wyoming, Kait estaba ansiosa por poder pasar una semana con sus hijos. La noche anterior Zack le había mencionado que el rancho de Nick Brooke, una finca inmensa con un montón de caballos, estaba a solo una hora de Jackson Hole.

—Quizá deberías llamarle para saludarlo —le sugirió el productor.

Hasta el momento habían mantenido en el más absoluto secreto su participación en el último episodio, ya que sería un magnífico reclamo para la segunda temporada. El apasionado romance entre Maeve O'Hara y Nick Brooke haría que los espectadores quisieran seguir viendo más. El actor había firmado un contrato para el episodio final, y otro provisional para la segunda temporada, en caso de que la serie se prolongara. Le habían pagado una cifra astronómica, pero Zack y Kait coincidían en que merecía la pena, puesto que atraería al público. Nick volvía locas a las mujeres de todas las edades.

Contaban con Dan para atraer al sector femenino más joven, pero Nick también era un poderoso reclamo. Tenía cincuenta y dos años, aunque no los aparentaba, y un aspecto rudo y masculino que hacía suspirar a las mujeres. Los espectadores varones podrían fantasear con Charlotte, Abaya o Maeve. Y los de más edad se quedarían extasiados al volver a ver a Agnes en pantalla. Tenían algo que ofrecer a todas las franjas de público. Y también grandes escenas de combates aéreos con aviones de la época. La serie lo tenía todo para convertirse en un gran éxito, y el papel de Nick sería fundamental para lograrlo. Estaba a punto de estrenar una película importante ese verano, y eso sería un magnífico preludio para su gran aparición sorpresa al final de la primera temporada.

—¿No pensará que soy un poco rara, llamándole así sin más, solo para saludarle? —le preguntó a Zack cuando él le sugirió que le telefoneara.

Sus escenas se filmarían a finales de agosto o principios de septiembre en un plató cerrado, y todos los miembros del equipo habían tenido que firmar acuerdos de confidencialidad para no revelar su participación en la serie.

—Por supuesto que no —respondió Zack—. Tú eres la coproductora ejecutiva. Puede que Nick tenga preguntas sobre su personaje, y estaría bien que os conocierais un poco.

Ambos habían mantenido un encuentro con Nick y su agente. Kait le había estrechado la mano y se había quedado impresionada por lo guapo que era. Era un hombre tranquilo y reservado, y Kait intuyó que no solía viajar a Los Ángeles, salvo por trabajo. Había nacido en una pequeña población de Texas, y cuando las cosas empezaron a irle bien adquirió un enorme rancho en Wyoming. Se decía que era muy profesional y que no causaba ningún problema durante los rodajes. Era muy celoso de su vida privada y había logrado mantenerla al margen de la prensa. Incluso después de confirmada su participación en la serie, se había mostrado reacio a ofrecer entrevistas.

—No tienes que pasar la semana entera con él —prosiguió Zack—, tan solo establecer contacto. Hacerle sentir que forma parte del proyecto, aunque solo aparezca en el episodio final de la temporada. Conocerle un poco más sería una buena manera de romper el hielo.

Zack se había enterado de que Nick había empezado su carrera como cantante country en Nashville, aunque en la serie no tenía que cantar. El actor decía que aquello era historia pasada, pero Zack había encontrado un viejo CD suyo y aseguraba que tenía una buena voz.

La vida privada de Nick era un misterio para todo el mundo excepto para sus amigos más cercanos, y su agente les había dicho que tenía intención de que siguiera siendo así. Nadie sabía si tenía novia, con quién salía o qué hacía cuando no estaba rodando, aparte de dedicarse al cuidado de su rancho, donde criaba caballos. En alguna ocasión se le había visto en subastas de alto nivel, comprando purasangres para su crianza. Los caballos eran su pasión, y los ejemplares que vendía se contaban entre los mejores de todo el estado.

Zack le envió un mensaje con su número a Kait, pero ella no estaba segura de si le llamaría o no. Tenía la intención de centrarse en sus hijos y no quería desperdiciar el tiempo que pasaría con ellos manteniendo reuniones de negocios relacionadas con la serie.

Iban a ir a Wyoming cada uno por su lado. Candace volaría de Londres a Chicago y de allí a Jackson Hole. Stephanie y Frank tomarían un vuelo directo desde San Francisco, y Tommy y su familia viajarían en el avión privado de su suegro. Kait volaría de Nueva York a Denver y de allí a Jackson Hole, y se reunirían todos en el rancho con apenas unas horas de diferencia. La única precaución que deberían tomar era evitar que Candace expusiera demasiado al sol las quemaduras todavía tiernas de los brazos. Por lo demás, pensaban montar a caballo y Kait había concertado algunas excursiones a la montaña con picnic incluido, una expedición de pesca guiada para Tommy y Frank, y también quería llevar a toda la familia a un rodeo. Por lo visto las noches de los miércoles se celebraba uno muy bueno, al que iba mucha gente de los alrededores y que encantaba a los turistas. Kait pidió a los gerentes del rancho que les organizaran la salida.

Acabó de escribir su próxima columna en el vuelo desde Nueva York. Era consciente de que muy pronto, cuando tuviera que pasarse los días y las noches en el set de rodaje, iba a tener que ingeniárselas para sacar el tiempo de donde fuera a fin de cumplir con sus lectores. Vio una película mientras almorzaba, y cuando aterrizaron se fijó en la gran cantidad de jets privados que había en una zona designada del aeropuerto de Jackson Hole. Se trataba de un entorno magnífico, un lugar de descanso para los ricos y famosos que no querían ir a sitios más habituales como Sun Valley o Aspen. Al bajar del avión, Kait contempló la majestuosa panorámica que ofrecían las montañas Teton.

Recogió el equipaje y fue a buscar al chófer que le había enviado desde el rancho. En el trayecto, el hombre le contó que Tommy y su grupo habían llegado hacía una hora y ya se estaban instalando. Kait sabía que el complejo vacacional contaba con piscina para las niñas, y que toda la familia se alojaría en un grupito de cabañas cercanas. Además, durante su estancia le asignarían a cada uno un caballo específico, de acuerdo con las habilidades ecuestres de cada cual. En Dallas, las pequeñas tenían sus propios ponis, se los había regalado su abuelo, y Maribeth era una experta amazona. Los hijos de Kait también sabían montar. No solían hacerlo muy a menudo, ya que se habían criado en Nueva York, pero tenían experiencia suficiente para disfrutar de su estancia en el rancho. Esa misma noche había programada una excursión a caballo durante la puesta de sol.

Cuando llegó, Tommy, Maribeth y las niñas la estaban esperando en el vestíbulo. Merrie fue corriendo a su encuentro y le dio un largo abrazo mientras Lucie Anne le explicaba que iba a montar en una yegua más grande que su poni, que se llamaba Rosie y era muy bonita.

—¿Vas a montar con nosotras? —le preguntó a su abuela.

La niña llevaba las botitas de cowboy rosa que le había enviado Kait, unos shorts y una camiseta con el mapa de Texas, también de color rosa. Tommy dio las gracias a su madre y le dijo que su cabaña era magnífica. Kait se quedó también muy complacida cuando vio la suya. Eran muy cómodas y lujosas, aunque estaban decoradas con sencillez. Al cabo de una hora llegaron Stephanie y Frank, cogidos de la mano y luciendo su vestuario habitual de ropa informal y botas de montaña, que era su uniforme para todas las ocasiones, incluido el trabajo. Un poco más tarde Stephanie le confesó a su madre en un susurro que Frank les tenía miedo a los caballos, pero que haría lo posible por estar a la altura.

—Estoy segura de que le darán un caballo dócil y tranquilo. Aquí deben de estar acostumbrados a tratar con gente de todos los niveles. Acuérdate de decírselo a los encargados de las caballerizas, y si no quiere montar con nosotros no tiene por qué hacerlo.

Kait deseaba que todos disfrutaran de su estancia y no quería forzar a nadie a hacer nada que no le apeteciera. Les contó a Tommy y a Frank que había organizado una excursión de pesca para ellos al día siguiente. A Tommy le encantaba pescar, siempre que tenía ocasión iba con su suegro a practicar su afición en las aguas profundas del golfo de México. Eso no era tan emocionante, pero también sería divertido, y Kait sabía que él simpatizaba con Frank y le complacería pasar un rato con él.

Candace llegó hacia las cuatro de la tarde. Se la veía pálida y cansada, pero también muy contenta de encontrarse con toda la familia. Una blusa de manga larga ocultaba las vendas que aún cubrían sus recientes quemaduras. Kait se fijó en que había perdido peso, pero no hizo ningún comentario. Después de todo lo que le había pasado, las vacaciones le sentarían bien. Todos estaban emocionados de estar allí y muy ilusionados con la idea de ir de excursión a caballo al atardecer. A las seis se dirigieron a las caballerizas, ataviados con tejanos y botas de montar. Les entregaron cascos y les presentaron a sus monturas. Las dos pequeñas estaban adorables en sus tranquilos caballos, y a Frank también le asignaron uno muy pacífico. Su guía era una estudiante de último curso de la Universidad de Wyoming, que trabajaba todos los veranos en el rancho. Los condujo por un sendero entre las colinas, rodeado de campos floridos, y les fue señalando algunos puntos de interés. La chica era de Cheyenne y les habló sobre los nativos norteamericanos que habían vivido en aquellas tierras hacía mucho tiempo. También los animó a que fueran al rodeo que se celebraba el miércoles.

—Y las noches de los viernes tenemos nuestro propio rodeo aquí en el rancho. Os habéis perdido el último, pero podéis apuntaros al de la semana que viene. Hasta podríais ganar una cinta —les dijo a las niñas, y estas le suplicaron a su madre que las dejara participar.

Regresaron a tiempo para la cena en la casa principal del rancho, donde habían dispuesto una mesa para ellos. Las pequeñas se lo estaban pasando muy bien con sus dos tías.

—Papá dice que hubo una explosión y te quemaste los brazos —le dijo Merrie muy seria a Candace, y esta sonrió.

—Sí, más o menos, pero ahora ya estoy bien.

La niña le enseñó algunos juegos en su iPad y luego fueron a servirse al bufet. Todas las noches había barbacoa, después encendían una fogata y dos empleados del rancho tocaban la guitarra e interpretaban canciones populares, y los huéspedes se animaban y cantaban con ellos. Aquello era justo lo que más deseaba, pensó Kait reclinándose en su asiento y contemplando a su familia con una apacible sonrisa en el rostro.

—Pareces muy feliz, mamá —le dijo Tommy al reparar en que los estaba observando.

—Siempre me siento feliz cuando estoy con vosotros.

Aquella era una ocasión muy especial para ella, ya que hacía bastantes años que no coincidían todos. Estaba muy agradecida de que todos hubieran hecho el esfuerzo para poder pasar una semana en familia.

Stephanie y Frank fueron los primeros en retirarse, y cuando Merrie empezó a bostezar Maribeth y Tommy se encaminaron a su cabaña para acostar a las niñas. Hacía rato que Lucie Anne estaba dormida en el regazo de su padre, así que no costó mucho llevarla en brazos hasta su cama. Candace y Kait se quedaron un poco más disfrutando de las canciones, y luego fueron al bar a tomar una copa de vino. Candace bromeó diciéndole a su madre que muchos de aquellos viejos vaqueros no le habían quitado el ojo de encima. Ella también se había fijado, pero no le había dado importancia. Dio por sentado que sentían curiosidad, pero que no estaban atraídos por ella.

—Eres una mujer muy guapa, mamá. Deberías salir más. Seguro que tu nueva aventura televisiva te vendrá muy bien.

—Voy a estar demasiado ocupada en el set lidiando con todo el reparto, los guiones y demás. No pienso ligar —replicó Kait, desestimando los comentarios de su hija.

—Serán ellos los que liguen contigo —repuso Candace sonriendo.

No pensaba reconocerlo, pero había echado de menos a su madre cuando esta se marchó de Londres. Por más que a veces la irritase que le estuviera tanto encima, era agradable saber que alguien se preocupaba por ella.

—¿Te encuentras bien? —le preguntó la madre—. Cuando has llegado parecías muy cansada.

—Ha sido un vuelo muy largo, y me aburro mucho atrapada en Londres. Echo de menos volver a viajar, rodar reportajes y documentales. El trabajo de oficina y el papeleo no están hechos para mí. Creo que el mes que viene me enviarán por fin a alguna parte. Además, resulta muy pesado tener que cambiarme los vendajes y todo eso, aunque ahora tengo una enfermera que viene a hacérmelo. Las quemaduras ya casi están curadas, pero les ha costado más tiempo de lo que esperaba.

—Confiaba en que te quedaras en Londres durante una temporada y te replantearas tu profesión. Eso de que tu vehículo pise una mina terrestre, como si fuera lo más normal del mundo, no es lo que quiero para una hija mía —dijo Kait con la mayor delicadeza posible. Era algo que llevaba atormentándola desde que se produjo el accidente—. Podrías haber sido uno de los que no tuvieron la suerte de salir con vida —le recordó. Este pensamiento le había rondado por la cabeza cientos de veces.

—Eso no ocurre normalmente, mamá —dijo Candace, y dio un sorbo a su copa de vino.

—Basta con una vez para que te maten —replicó Kait mirándola con expresión severa, y Candace se echó a reír.

—Mensaje recibido. Pero siempre voy con mucho cuidado. No sé qué ocurrió esta vez. Teníamos un guía muy malo.

—Eso puede volver a pasar. Tan solo te pido que me hagas el favor de pensártelo muy bien antes de que te envíen a otro lugar dejado de la mano de Dios.

Candace asintió, pero no prometió nada.

—Supongo que aún no sé lo que quiero ser cuando sea mayor. Stephanie siempre ha sido así, una friki total de la informática, y lo cierto es que se le da muy bien. Y Tommy parece muy contento con su vida en Texas, le complace la idea de convertirse en el magnate de la comida rápida cuando el padre de Maribeth se retire. Y yo no me veo de vuelta en Nueva York, sentada a una mesa. Siempre he querido hacer de este mundo un lugar mejor y combatir las injusticias, pero ya no estoy tan segura de cómo conseguirlo. Vemos tantas cosas terribles en nuestros viajes, y podemos hacer tan poco para cambiarlas... Los documentales son como una gota en el océano. Con demasiada frecuencia las mujeres que colaboran con nosotros y dejan que las entreviste después son duramente castigadas, lo que solo empeora las cosas.

Siempre había sido una idealista que quería acabar con la crueldad de los seres humanos hacia sus semejantes, pero estaba descubriendo que no era nada fácil conseguirlo. Una píldora amarga muy difícil de tragar para ella.

—Me siento tan culpable cuando estoy en Londres o Nueva York, llevando una vida tranquila en mi cómodo apartamento, o incluso aquí —continuó diciendo—. Has hecho que todo sea muy fácil para nosotros, pero mientras estoy aquí sentada hay niños muriendo de hambre en África, o en las calles de India, y guerras en las que la gente se mata por razones de lo más absurdas que no podemos cambiar, y quizá nunca podamos.

Había sido un descubrimiento doloroso y deprimente para ella, y a veces se sentía impotente.

—Tal vez una parte importante de crecer y madurar sea llegar a aceptar eso, Candy. —Su madre no la llamaba así desde que era una niña pequeña, y Candace sonrió—. Lo que haces es muy noble, pero si te matan no podrás seguir ayudando a esa pobre gente. Tan solo serías otra víctima más de sus guerras, y a mí me destrozarías el corazón —añadió en un susurro. Candace puso una mano sobre la de su madre. Las dos compartían un vínculo muy especial—. Por favor, ten cuidado. Te quiero mucho.

—Yo también te quiero mucho. Pero tengo que hacer lo que considero justo. No podré seguir haciéndolo toda la vida, algún día sentaré la cabeza.

Kait se preguntó cuándo sería eso. Su hija mediana era un alma inquieta, siempre lo había sido. Candace estaba buscando algo, pero aún no había averiguado qué era y tampoco sentía que hubiera hecho lo que había venido a hacer a este mundo. Y Kait sabía que, hasta que no estuviera en paz con ese anhelo interior, continuaría deambulando por el planeta haciendo lo que pudiera para ayudar al prójimo.

—Ojalá fueras más egoísta y no sintieras que debes curar las heridas del mundo entero.

—Tal vez he nacido para eso, mamá. Todos tenemos un camino que seguir en esta vida.

—¿Y el mío es hacer una serie de televisión? —dijo Kait, sonriendo a su pesar.

—Tu columna ha ayudado a mucha gente, y has hecho un trabajo maravilloso con nosotros. Tienes derecho a divertirte un poco.

Kait asintió pensativa, sabía que, por el momento, su hija no estaba dispuesta a renunciar a su peligroso trabajo. Apuraron sus copas de vino y caminaron de vuelta a sus respectivas cabañas, lujosas y hermosamente decoradas en aquel exuberante entorno natural; las montañas se recortaban con aire misterioso en el cielo nocturno estrellado que se cernía sobre ellas.

—Me alegro de que hayamos venido aquí —dijo Candace al despedirse de su madre con un beso de buenas noches.

—Yo también —respondió ella sonriéndole a la luz de la luna—. Te quiero.

Luego fueron a acostarse, cada una sumida en sus pensamientos.

A la mañana siguiente se reunieron todos a la hora del desayuno, excepto Tom y Frank, que habían salido muy temprano para ir a pescar. Se quedaron asombrados ante el enorme bufet provisto de tortitas, gofres y huevos de todas clases. El rancho ofrecía un desayuno sustancioso para poder afrontar con fuerzas las actividades de la jornada. Cuando estaban terminando, Tom y Frank llegaron de su expedición de pesca. Les dijeron que el personal de cocina se encargaría de limpiar el pescado y que si les apetecía se lo podían preparar para la cena.

Las niñas tenían una clase de equitación y las mujeres se fueron a Jackson Hole a dar una vuelta por el pueblo. Tom y Frank se quedaron para vigilar a las pequeñas mientras se bañaban en la piscina, y más tarde volvieron a reunirse todos para disfrutar de un magnífico almuerzo.

—Si sigo así voy a engordar cinco kilos en una semana —comentó Maribeth mientras se servía de postre una porción de tarta de manzana.

Candace solo había comido una ensalada. No tenía mucho apetito desde el accidente, pero para contentar a su madre cogió también un trozo de pastel de queso. La comida estaba deliciosa, y para contrarrestar sus efectos los adultos fueron a dar una caminata por la tarde. Las pequeñas se quedaron en una clase de manualidades con otros niños de su edad, de la cual salieron con cestitas y brazaletes que habían tejido, y una cadenita para las llaves que regalaron a su abuela, quien les prometió que la usaría siempre. Kait adoraba pasar tiempo con ellas y conocerlas un poco más, y les propuso que esa noche se quedaran a dormir en su cabaña, lo que, además, daría un respiro a sus padres.

Los días pasaban muy deprisa, y cuando llegó el miércoles, todos se prepararon con gran expectación para ir al rodeo y por la tarde fueron en coche a Jackson Hole. Aunque se celebraba todas las semanas, se trataba de un gran acontecimiento. Había exhibiciones de enlazar novillos y montar caballos salvajes, los llamados «broncos», y también payasos que distraían a los toros para que no embistiesen a los jinetes cuando caían de sus monturas. Se entregaban premios, sonaba música country por doquier, y había gente de todas las edades presenciando el evento. Ocuparon sus asientos justo antes de que empezara el himno nacional, y Kait se quedó de piedra cuando anunciaron por los altavoces que el encargado de cantarlo sería Nick Brooke. Tenía una voz poderosa y conmovedora, y solo entonces se acordó de que no le había llamado, pese a haberle prometido a Zack que lo haría, pero lo cierto era que se lo estaba pasando demasiado bien con sus hijos. Cuando Nick acabó de cantar, Kait se levantó y le dijo a su familia que volvería enseguida. Si conseguía alcanzarlo antes de que se marchara, sería la mejor manera de verle y hablar un poco con él. No tuvo que ir muy lejos. Lo divisó cerca de uno de los corrales, con su caballo amarrado a una de las vallas, hablando con otros hombres. Parecía un auténtico cowboy. Llevaba una camisa tejana, un gastado sombrero vaquero y chaparreras. Kait permaneció discretamente a un lado, esperando para hablar con él cuando quedara libre. Al cabo de unos minutos Nick se percató de su presencia, y entonces se acercó a Kait con aire inquisitivo.

—No quería molestarte —dijo ella en tono de disculpa—. Seguro que no te acuerdas de mí. Soy Kait Whittier, la coproductora ejecutiva de *Las mujeres Wilder*. Nos conocimos en una reunión con Zack Winter en Los Ángeles.

Mientras hablaba, él adoptó una expresión risueña y le tendió la mano para estrechar la suya.

—Por supuesto que me acuerdo de ti. Nunca me olvido de una mujer bonita. Aún no estoy muerto, ¿sabes? Y bien, ¿cómo va la serie?

Tenía una amplia sonrisa y unos brillantes ojos azules, su estilo era informal y afable. Se mostró más amistoso que en Los Ángeles, donde había estado algo tenso. Ahora se le notaba muy cómodo, en su propio terreno.

—Empezaremos a rodar dentro de dos semanas. Todo el mundo está muy ilusionado y los medios han recibido la noticia con entusiasmo. Tenemos a actores y actrices con mucho talento en el reparto, y estamos deseando que te unas a nosotros cuanto antes. La segunda temporada será aún mejor gracias a ti.

—Lo dudo. Será una experiencia nueva para mí. Nunca he hecho televisión, pero parece que es lo que se lleva ahora. Mi agente piensa que no debo perder esta oportunidad.

Kait solo esperaba que hubiera una segunda temporada para que él pudiera formar parte de ella. En la vida no había nada seguro, y mucho menos en televisión, donde todo dependía de la audiencia. Series tan buenas como la suya habían sido canceladas de forma prematura sin que nadie supiera muy bien el motivo, pero ella confiaba en que eso no ocurriera con *Las mujeres Wilder* y la serie pudiera disfrutar de un largo recorrido.

—Preferiría no tener que moverme de aquí, la verdad —le confesó Nick—. Estuve viviendo diez años en Los Ángeles, pero en el fondo soy un cowboy. —Mientras decía eso, uno de los hombres le hizo un gesto y él asintió—. Ahora vas a tener la oportunidad de verme quedar en ridículo.

Su sonrisa se hizo aún más amplia al calarse con fuerza el sombrero y encaramarse a la valla del corral que estaba junto a ellos.

—¿Qué vas a hacer? —preguntó Kait sorprendida, y él se echó a reír.

—Todas las semanas pruebo suerte montando uno de estos broncos. Eso me ayuda a que no se me suban mucho los humos —dijo sonriendo desde lo alto de la valla donde estaba sentado.

Kait recordó entonces que había una cláusula en el contrato de los actores protagonistas que les prohibía hacer paracaidismo o practicar deportes o actividades de riesgo. Pero montar caballos salvajes no estaba en la lista, y de pronto se descubrió sonriendo también.

—No se lo digas a nadie —le pidió Nick con gesto lastimero.

—No lo haré. Sé de qué va esto. Tengo una hija que no es feliz a menos que ponga en riesgo su vida.

—No empezaré a rodar hasta agosto o septiembre —le recordó él—. Entonces ya se me habrán curado las costillas rotas.

—¡Estás loco! —exclamó Kait riendo. Pero ella sabía muy bien que no estaba loco y que tampoco era estúpido. Tan solo estaba haciendo lo que le gustaba hacer y viviendo como le gustaba vivir—. Por cierto, iba a llamarte, pero no quería molestarte.

—Ven a cenar a mi rancho —la invitó Nick.

Entonces saltó al otro lado de la valla, enfiló por un estrecho pasadizo y luego trepó por una pequeña escalera hasta llegar al cajón donde se subiría al bronco que le tocaba montar ese día. Ella lo observó fascinada, era como si lo conociera de toda la vida después de su breve conversación. Solo esperaba que no acabara malherido. Al cabo de un momento anunciaron su nombre, y él y el caballo salieron en tromba del cajón. Consiguió mantenerse varios segundos sobre su montura antes de verse lanzado al suelo. Tres payasos bailotearon alrededor del bronco y unos hombres lo ayudaron a levantarse y lo llevaron fuera del ruedo. No pareció nada afectado por el brusco aterrizaje, y luego regresó a donde estaba ella con una sonrisa ladeada y ajustándose el sombrero.

—¿Ves lo que te decía? No hay nada comparable a esto en Los Ángeles —dijo en tono exultante.

Kait sacudió la cabeza, todavía alucinada. En ese momento dos mujeres que acababan de darse cuenta de que se trataba de Nick Brooke y no de un jinete cualquiera se acercaron a él para pedirle un autógrafo. Después de que el actor se lo firmara y posara con ellas para una foto, mostrándose de lo más agradable, Kait le preguntó:

—¿Te encuentras bien?

—Por supuesto. Hago esto constantemente.

—Tal vez deberías evitarlo durante un tiempo, sobre todo mientras estemos rodando —le sugirió Kait entre risas.

—No he visto que haya rodeos en la biblia de la serie.

—Eso es verdad —confirmó ella.

—¿Vendrás a cenar a mi rancho? —le preguntó Nick, mirándola directamente a los ojos y esperando su respuesta.

Kait vaciló.

—Me encantaría, pero somos demasiados. Estoy con mis hijos, sus parejas y mis dos nietas pequeñas.

—Por tu aspecto nadie diría que ya eres abuela —comentó él, admirándola desde su considerable altura.

—Si eso es un cumplido, gracias. En fin, no quiero darte el trabajo de tener que alimentarnos a todos, pero estás invitado a pasarte por nuestro rancho cuando quieras.

—Creo que conseguiré improvisar algo de cenar para toda tu familia —dijo Nick con gesto desenfadado—. ¿Mañana a las siete? —Kait no quiso mostrarse descortés declinando la invitación, así que asintió—. Rancho Circle Four. En el vuestro os sabrán decir cómo llegar. ¿Dónde os alojáis?

—En el Rancho Grand Teton.

—Un lugar magnífico —dijo él en tono de aprobación—.

Entonces nos vemos mañana. Nada elegante, podéis venir en tejanos. Las niñas podrán bañarse en la piscina mientras cenamos, si les apetece. Y los adultos también.

—¿Estás seguro?

Se sentía un tanto incómoda por importunarle presentándose con tanta gente.

—¿Te parece que soy un hombre que no sabe lo que quiere, o al que le asusten unos cuantos niños? —preguntó bromeando, y ella volvió a reír.

—No, la verdad es que no. ¡Y muchas gracias! —dijo Kait mientras él se alejaba agitando la mano. Anduvo unos pasos y se volvió para mirarla una vez más.

Era tremendamente guapo, su encanto natural hizo que las piernas le flaquearan mientras volvía a su asiento regañándose a sí misma por ello. Por Dios santo, pero si era una estrella de cine, se recordó a sí misma. Pues claro que era encantador. No obstante, lo último que necesitaba ahora era portarse como una tonta flirteando con él, o encaprichándose de él solo porque lo había visto montando un potro salvaje y estaba muy guapo con el sombrero de cowboy.

Se disculpó al regresar con su familia.

—Lo siento. Tenía que hablar con el hombre que ha cantado el himno.

Tommy se echó a reír.

—¿Te crees que no sé quién es, mamá? Es Nick Brooke, el actor. ¿Le conoces?

Estaba muy sorprendido. Su madre tenía ahora una vida completamente distinta, de la que desconocían muchas cosas.

—Será el protagonista de la segunda temporada, si es que llegamos tan lejos. Tendría que haberlo llamado durante la semana, pero se me olvidó. Nos ha invitado a todos a cenar mañana en su rancho, pero no sé cómo darle largas.

—¿Darle largas? —repuso Tommy—. ¡Yo quiero conocerlo!

—¿Conocer a quién? —preguntó Maribeth inclinándose hacia ellos.

Las niñas tenían la cara y las manos llenas de algodón de azúcar y se lo estaban pasando en grande.

—Mi madre conoce a Nick Brooke. Mañana vamos a cenar en su casa.

—¡Oh, Dios mío! No he traído nada elegante —exclamó Maribeth presa del pánico, y Candace se inclinó también hacia ellos al escucharla.

—Yo tampoco. ¿Adónde vamos?

—Vamos a cenar con una estrella de cine —respondió Tommy, encantado con la idea, ya que Nick era su actor favorito.

—Ya os prestaré yo algo —saltó Stephanie, y todos se echaron a reír al verla luciendo su atuendo habitual: unos tejanos agujereados y unas deportivas de caña alta hechas jirones.

—Creo que mejor se lo pediré a mamá —replicó Candace diplomáticamente.

—Nick me ha dicho que podemos ir en tejanos —dijo Kait—, y que mientras cenamos las niñas pueden bañarse en la piscina, y nosotros también, si queremos.

Tommy estaba francamente impresionado.

—Parece un tipo muy auténtico —comentó con admiración.

—Pero debe de estar loco —intervino Frank—. Casi me da algo viéndolo montar ese potro salvaje.

—A mí también —repuso Kait con cierto recelo—. Si se mata, nos quedamos sin protagonista para la segunda temporada.

Charlaron animadamente mientras contemplaban el resto de la exhibición. En el camino de vuelta al rancho, siguieron hablando de la cena con Nick. Estaban todos muy ilusionados y no dejaba de sorprenderles que su madre conociera a un personaje tan famoso.

—Está claro que tu vida se ha vuelto de lo más interesante, mamá —comentó Tommy, y ella se echó a reír.

—Supongo que sí —admitió.

Todavía no se había parado a pensar en ello, pero en los últimos cuatro meses había conocido a un montón de actores importantes y se había hecho buena amiga de Maeve. Apenas había tenido trato con Nick Brooke, aparte de un apretón de manos y una breve conversación. Y ahora iba a ir toda su familia a cenar a su rancho. Sabía que eso no significaba nada, pero al menos había servido para impresionar a sus hijos y sus parejas. Ya era algo.

El recepcionista del rancho donde se alojaban les dio las indicaciones para llegar al de Nick. Se pusieron en camino y Kait no sabía qué esperar de su visita. Todos vestían camisas y vaqueros gastados, y los que tenían botas de cowboy también se las pusieron. La rama texana del clan iba equipada apropiadamente, y hacía un par de días Candace se había comprado unas botas en Jackson Hole. Stephanie y Frank calzaban sus Converse de caña alta llenas de agujeros, pero todos presentaban un aspecto bastante decente cuando llegaron a las puertas del rancho. Tras anunciarse por el interfono, las verjas se abrieron para dejarlos pasar. El coche avanzó por lo que parecieron kilómetros a través de grandes prados donde pastaban los caballos, hasta llegar a la casa principal. El lugar transmitía una sensación de paz y los terrenos de alrededor parecían extenderse hasta el infinito. La vivienda era una construcción tipo rancho situada en lo alto de una colina, con un patio inmenso y un enorme cobertizo no muy lejos que servía de caballeriza, donde el actor albergaba sus mejores caballos.

Nick los estaba esperando y les ofreció todo tipo de bebidas y cervezas, así como refrescos para las niñas. Desde el patio se disfrutaba de una espectacular panorámica de la finca, que se extendía más allá de donde alcanzaba la vista. Kait podía imaginarse sentada allí durante horas, admirando el paisaje. También había una piscina inmensa, con mesas, sillas y sombrillas a su alrededor. Más que una casa, parecía un pequeño hotel.

—Me paso casi todo el tiempo aquí —explicó Nick—. Este es mi hogar.

Charló un poco con Frank y Tom, les hizo algunas bromas a las niñas, y luego los invitó a tomar asiento a la mesa. Un cocinero se encargaba de la barbacoa, mientras un joven con tejanos y camisa a cuadros les servía aperitivos y sándwiches de queso caliente cortados en bocados diminutos. Nick preguntó si había algún vegetariano en el grupo. Stephanie levantó la mano y el anfitrión encargó que le prepararan una comida especial. Charlaron agradablemente durante una hora, Nick les habló de sus caballos mientras contemplaban una espectacular puesta de sol. A petición de Tommy, el actor los llevó a ver las caballerizas. Todo en las cuadras estaba mecanizado con alta tecnología. Saltaba a la vista que los animales eran purasangres.

—Mi suegro tiene caballos de carreras —comentó Tommy—, pero yo no sé nada sobre el tema.

Empezó a hacerle preguntas a Nick, y este respondió educadamente a todo lo que quería saber. Luego volvieron caminando a la casa, donde les esperaba la cena, comida sencilla que solía gustar a todo el mundo: pollo frito al estilo sureño, costillas a la barbacoa, mazorcas, puré de patatas, judías, una ensalada enorme y un plato vegetariano para Stephanie. Y de postre, una tarta que había elaborado el propio Nick con melocotones de sus frutales. Había sentado a Kait a su lado para poder hablar con ella, sin descuidar tampoco al resto de los invitados. Él y Tom conectaron muy bien. Por supuesto Nick dijo que sabía quién era su suegro cuando le comentó que trabajaba para él. El actor era oriundo de Texas y por aquellos lares todo el mundo sabía quién era Hank Starr.

—¿Y a quién de vosotras le gusta vivir siempre al borde del peligro? —preguntó en tono afable, mirando directamente a Candace, que se echó a reír.

—Supongo que podría decirse así, o al menos así es como lo ve mi madre. Tan solo hago mi trabajo —repuso la joven, lanzando a su madre una mirada entre benévola y avergonzada por haber hecho confidencias sobre ella.

—¿Que consiste en...? —quiso saber Nick.

Kait sospechó que quizá se sintiera atraído por ella, aunque fuera veinte años más joven. Sin embargo, no había nada lascivo en su expresión. Tan solo admiraba a las mujeres hermosas, y Candace lo era. De hecho, parecía más interesado en la propia Kait y hablaba con ella en voz baja siempre que tenía ocasión, como si se conocieran más de lo que en realidad se conocían.

—Producir documentales para la BBC —respondió Candace—. A veces vamos a lugares muy remotos y conflictivos.

—Hace tres meses estalló una mina a su paso cerca de Mombasa —le informó Tom, y Nick asintió.

—Sí, sin duda un lugar muy remoto y conflictivo. ¿Y ya estás bien? —preguntó él con sincero interés.

—Se le quemaron los brazos y aún tiene que llevar vendas —explicó Merrie, y Candace le lanzó una mirada para que callara.

—Estoy bien —respondió—. Mamá vino a Londres y cuidó de mí.

Al decirlo, sonrió a su madre como si aquello por lo que había pasado fuera algo de lo más normal.

—Y estás deseando volver cuanto antes a por más, ¿no? —la provocó Nick, y ella asintió riendo. Kait no dijo nada—. Estás tan loca como yo. Yo monto broncos todas las semanas, aunque ya he renunciado a los toros. Pero al menos en el ruedo no hay minas terrestres —le soltó en un tono más serio. Ella se limitó a encogerse de hombros y él no quiso ahondar en la cuestión. Nick no se andaba por las ramas, decía claramente lo que pensaba. Además, no era un simple cowboy. Tenía también un gran conocimiento científico sobre los métodos y técnicas de crianza—. Aquí criamos algunos de los mejores caballos de toda la región —dijo.

Después de la cena, mientras los demás se bañaban en la piscina, Nick y Kait se sentaron en el patio para charlar tranquilamente y contemplar el paisaje. Él le sonrió.

—Me gusta tu familia, Kait. Tom es un buen hombre. No es fácil educar a hijos así en estos tiempos. Debes de pasar mucho tiempo con ellos.

—Antes sí, cuando eran más jóvenes. Ahora están los tres desperdigados por el mundo y no nos vemos mucho. Al menos no todo lo que me gustaría a mí. —Trató de no parecer melancólica, y menos en ese momento en que estaba disfrutando de unas vacaciones con toda su familia. La velada con Nick suponía un regalo extra, que le permitía conocerlo un poco más antes de que empezara su intervención en la serie—. Y tú, ¿tienes hijos? —preguntó con cautela.

Esa era en ocasiones una pregunta indiscreta, aunque no parecía que Nick tuviera muchos secretos. Era reservado por naturaleza, pero no daba la sensación de que ocultara nada.

—No, no tengo. No estoy muy seguro de que hubiera sido un buen padre. Cuando era joven no quería tener hijos; ahora desearía haberlos tenido, pero ya soy demasiado mayor para eso. Me gusta mi vida de ahora, hacer lo que me apetece. Para tener hijos hay que renunciar a todo egoísmo, y en su momento no lo hice. El mundo de la interpretación es muy exigente, si quieres ser serio y profesional en tu trabajo. Y cuando era joven me entregué a mi carrera en cuerpo y alma. Ahora soy más selectivo y escojo bien lo que quiero hacer. Este oficio no te deja mucho tiempo para tener hijos, o al menos yo no lo encontré cuando era el momento de tenerlos. No hay nada peor que unos malos padres. Y yo ya tuve los míos.

»Viví en un rancho hasta los doce años. Luego, tras la muerte de mi padre en una pelea de borrachos, estuve en una institución pública durante cuatro años. Nunca conocí a mi madre. A los dieciséis me marché a Nashville con la intención de convertirme en cantante de country, pero allí descubrí que aquel no era el tipo de vida que yo quería. Aquello estaba lleno de gente sórdida que pretendía controlar la carrera de los chicos nuevos que llegaban. Durante un año apenas vi la luz del día. Acabé marchándome a Los Ángeles, y allí tuve la suerte de que me ofrecieran un papel. El resto es historia. Estudié interpretación, por las noches iba a la universidad, trabajé muy duro y gané bastante dinero, y en cuanto vi la oportunidad regresé a lo que es el mundo real. Y ahora aquí estoy, feliz al fin. Si hubiera obligado a un hijo mío a pasar por todo eso, habría hecho de él un desgraciado. Hay que pagar un precio muy alto por el éxito. Yo renuncié a tener hijos, y no me arrepiento.

—Nunca es demasiado tarde —dijo Kait sonriendo.

Nick todavía era joven, tenía dos años menos que ella.

—No soy de esa clase de tíos —repuso él—. No quiero ser el hombre mayor con una chica de veintitantos años y un crío. Me llevó mucho tiempo crecer y madurar, y ahora por fin estoy aquí. Ya no necesito demostrar nada a nadie, ni tampoco ir por ahí alardeando de estar con una jovencita que podría ser mi nieta y que se largará al cabo de unos años dejándome hecho polvo. Me gusta mi vida tal y como es ahora. Un buen papel en una película de vez en cuando, rodearme de buena gente y buenos amigos, y disfrutar de una vida estupenda aquí. El ambiente de Los Ángeles no es para mí. Nunca lo ha sido.

—¿Y nunca te casaste?

—Sí, una vez. Hace mucho tiempo. Fue como en una de

esas canciones country sobre corazones engañados y sueños rotos. —Sonrió al decirlo—. Yo era joven e inocente, y ella era mucho más lista y avispada que yo. Me robó el corazón, y también las tarjetas de crédito. Me vació la cuenta bancaria y se largó con mi mejor amigo. Entonces me marché de Nashville y fui a Los Ángeles. Después de aquello me centré en mi carrera, y creo que no me ha ido mal.

Ella se rio por cómo lo dijo.

—Desde luego que no.

—No lo digo en el sentido en que estás pensando —trató de explicarse, mirándola directamente a los ojos—. Está muy bien recibir un Oscar como recompensa por tu duro trabajo. Pero lo bueno está aquí —añadió haciendo un gesto en dirección a las colinas que los rodeaban y las montañas de más allá—. Aquí es donde vivo y esto es quien soy. —Era un hombre honesto, sin artificios ni pretensiones, que sabía quién era y lo que quería, y que había trabajado muy duro para llegar hasta allí. Y lo estaba disfrutando en toda su plenitud—. Y tú, ¿estás casada, Kait? —preguntó, mostrando interés y curiosidad.

—Lo estuve. En dos ocasiones. La primera, también era demasiado joven. Él no me robó las tarjetas de crédito, simplemente no supo crecer y madurar, y se largó. Así que mis hijos se criaron conmigo y él salió de sus vidas. La segunda, yo ya era algo mayor, pero debería haber tenido más ojo. Hubo un malentendido sobre quiénes éramos cada uno de nosotros. Y cuando él dejó las cosas claras, el matrimonio llegó a su fin muy deprisa.

Nick asintió preguntándose por el motivo de la ruptura.

—¿Otra mujer? —dijo directamente.

—Otro hombre —se limitó a responder Kait sin ira ni amargura, con la mayor naturalidad—. Fui estúpida por no haberlo visto antes.

—En ocasiones todos somos estúpidos. Necesitamos serlo para poder seguir adelante. A veces cuesta mucho soportarse a uno mismo. Es duro —sentenció con considerable sensatez, y ella asintió. Tenía mucha razón.

Cuando los demás dieron por finalizado el baño en la piscina se acercaron a ellos y agradecieron a Nick la magnífica velada. Poco después se prepararon para marcharse.

—¿Quieres venir mañana a cenar con nosotros en el rancho? —le invitó Kait antes de subirse en el coche.

—Sería un auténtico placer para mí —contestó, y parecía muy sincero—, pero lamentablemente mañana voy a Laramie, donde se celebra una subasta de caballos, a ver si compro alguno. Estaré de vuelta el domingo.

—Justo el día en que nosotros nos marchamos —dijo ella con pesar, ya que le había encantado conocerlo un poco más—. Hemos pasado una velada maravillosa.

—Yo también —respondió él sonriendo—. Me pasaré algún día por Nueva York para ver cómo va el rodaje. Quiero impregnarme un poco del ambiente que se respira por allí, antes de incorporarme en el último episodio como avance de la segunda temporada.

Kait sonrió al oírlo.

—Nos veremos entonces.

—Y buena suerte con la serie —dijo Nick afectuosamente cuando ella se subía al coche.

Él los despidió agitando la mano cuando el coche arrancó y luego ellos vieron que daba media vuelta y se encaminaba hacia su casa.

—¡Qué tipo tan grande! —exclamó Tommy al incorporarse a la carretera de regreso al rancho en el que se hospedaban.

—Le gustas, mamá —comentó Stephanie con una perspicacia extraña en ella.

Stephanie y Frank se habían quedado impresionados por el sofisticado sistema informático instalado en su despacho;

los demás, por las obras de arte que coleccionaba. Candace observó a su madre con una mirada cargada de intención.

—Steph tiene razón.

—A mí también me gusta —dijo Kait—. Es un hombre muy agradable. Vamos a trabajar juntos y él quería conocer un poco más a la coproductora ejecutiva —añadió en tono despreocupado, y los demás se burlaron entre risas.

—Sería un hombre estupendo para ti, mamá —comentó Tommy alegremente.

—No digas tonterías. Es una estrella de cine. Podría tener a quien quisiera, y seguro que sale con chicas a las que dobla la edad —dijo Kait, aunque él le había dicho lo contrario.

No obstante, sabía que debía quitarse por completo ese pensamiento de la cabeza. Enamorarse de él supondría un problema para la buena marcha del rodaje de la serie. Su relación era estrictamente profesional, y así debía ser. No sería tan tonta de fantasear o caer rendida ante superestrellas como Nick Brooke.

—Si quieres casarte con él, mamá, tienes nuestra total y unánime aprobación —bromeó Candace.

Kait hizo caso omiso y se puso a mirar por la ventanilla tratando de no pensar en Nick. Estaba muy muy lejos de su alcance, era consciente de ello. De todas formas, había sido una velada maravillosa. Cuando llegaron al rancho, Kait no volvió a mencionar a Nick, se desearon buenas noches unos a otros y se fueron todos a la cama.

11

El final de las vacaciones llegó demasiado deprisa y resultó doloroso tener que despedirse. Los vuelos de las chicas y de Kait salían con apenas una hora de diferencia uno de otro, y Frank y ella tres fueron juntos al aeropuerto. Tom, Maribeth y las niñas se habían marchado esa misma mañana en el avión privado de Hank. Aquella semana había sido tal como Kait esperaba, había tenido todo lo que deseaba compartir con su familia, y los ojos se le llenaron de lágrimas mientras abrazaba y besaba a cada uno de ellos. Las niñas de Tom también habían llorado al despedirse.

Candace fue la última de sus hijas en tomar el vuelo; Kait la abrazó con fuerza y le pidió que tuviera mucho cuidado. Las dos mujeres se miraron fijamente a los ojos durante un momento.

—Por favor, no hagas ninguna locura —le suplicó Kait, y la estrechó con más fuerza entre sus brazos antes de soltarla.

—No la haré, te lo prometo —respondió Candace en un susurro. No le contó que esa mañana había recibido un mensaje comunicándole que la enviaban a una remota zona de Oriente Próximo, donde se había producido una brutal matanza de lugareñas por no seguir las órdenes de su líder religioso, como advertencia para las demás mujeres del poblado.

El reportaje formaría parte de un documental en el que llevaba trabajando durante meses, y por supuesto ella estaba dispuesta a ir—. Te quiero, mamá —dijo muy seria—. Gracias por esta semana tan fabulosa. —Y luego, para aligerar un poco el momento, añadió—: Creo que no deberías dejar escapar a Nick Brooke.

—No seas ridícula —respondió la madre.

Ambas rieron, y Kait se despidió de Candace agitando la mano mientras se alejaba a toda prisa para tomar su vuelo a Nueva York. Habían sido unas vacaciones que ninguno de ellos olvidaría. Kait quería reunirlos más a menudo, y cuando se lo propuso a sus hijos antes de partir, los tres se mostraron de acuerdo. Era su recompensa por haberlos criado tan bien. Podían pasar momentos maravillosos juntos, aunque resultara muy difícil hacer coincidir las fechas. Había sido una semana mágica que había ayudado a fortalecer los vínculos afectivos entre ellos.

Se sintió muy triste y sola esa noche, en su apartamento. Los echaba muchísimo de menos. Tommy le había enviado un mensaje cuando llegaron a Dallas, Candace estaba volando a Londres y Stephanie la había llamado para darle las gracias una vez más.

A la mañana siguiente, la realidad se impuso. Maeve la llamó a las siete y media, y cuando Kait respondió y oyó su voz, la notó muy abatida.

—Ian tiene un resfriado muy fuerte. Los pulmones se le han congestionado y apenas puede respirar. Esto podría conducirlo a la muerte —dijo entre lágrimas—. Si contrajera una neumonía, podría ser el fin.

—¿Puedo hacer algo para ayudarte? —se ofreció Kait.

—Nada —respondió Maeve—. Pero si sigue tan enfermo, no podré empezar a rodar dentro de dos semanas.

—Esperemos a ver cómo evoluciona. Podemos comenzar filmando escenas en las que tú no salgas. Becca ya ha hecho la planificación de los guiones por si se produjera alguna eventualidad.

Lo cierto era que Maeve aparecía en la mayoría de las secuencias de la serie, salvo en las escenas de guerra, donde Loch solía estar solo. Pero, si era preciso, filmarían estas primero.

—Lo siento muchísimo, pero tenía que avisarte. Hoy van a hospitalizarlo.

—¿Tus hijas están bien?

—Tamra y Thalia también están muy afectadas. Lo sobrellevan como pueden. En fin... ¿Cómo te han ido las vacaciones? Detesto tener que amargarte con esto justo a tu vuelta.

—Vamos a ver cómo evoluciona todo —volvió a decir Kait, y Maeve prometió mantenerla informada.

Después de colgar, Kait llamó a Zack para comunicarle la noticia. El productor tuvo la misma reacción que ella: no dejarse llevar por el pánico hasta que no quedara otra alternativa. Ambos eran conscientes desde el principio de que podrían surgir problemas este tipo, ya que la enfermedad del marido de Maeve era muy grave y podía empeorar en cualquier momento.

—Por cierto, ¿llamaste a Nick Brooke? —le preguntó Zack.

—No fue necesario, coincidí con él en el rodeo. Era el encargado de cantar el himno y fui a saludarle. Invitó a toda mi familia a su rancho. Es un hombre estupendo, creo que aportará mucho a su personaje.

—Pues sí. Lo tiene todo: atractivo, talento y es un gran nombre. No creo que nos perjudique mucho contar con él —repuso Zack con ironía.

Kait no añadió ningún comentario . Estaba deseando volver a verlo y se sentía tonta por haber caído, a su edad, rendida a los encantos de una estrella de cine. No obstante, estaba convencida de que en cuanto empezaran a trabajar juntos se le pasaría. Hacía unos meses podría haberse enamorado de Zack y ahora solo eran buenos amigos. Eso era todo lo que quería de Nick Brooke, una amistad. No iba a convertir su lugar de trabajo en un nidito de amor, y tampoco quería utilizarlo como una oportunidad para conocer hombres, y mucho menos estrellas de cine que estaban totalmente fuera de su alcance. Ya tendrían bastantes quebraderos de cabeza con Dan Delaney y Charlotte Manning, que transformaban los sets de rodaje en gigantescas camas redondas y se acostaban con quien se les antojaba.

En los tres días siguientes los informes de Maeve sobre el estado de Ian fueron desalentadores, pero hacia finales de semana, milagrosamente, empezó a mejorar. Y una semana después de haber sido hospitalizado, su salud se estabilizó y lo mandaron a casa. Ya no estaba en alerta roja. Las hijas de Maeve se portaban muy bien y procuraban no apartarse de su lado por si las necesitaba.

Kait también llamó a Agnes para ver cómo seguía y la encontró en plena forma. Había incorporado una clase de yoga y otra de pilates a su rutina de reuniones diarias en Alcohólicos Anónimos, y se la notaba muy recuperada. Le dijo que estaba deseando que empezara el rodaje. No tenía nada que ver con la vieja ermitaña alcoholizada que Kait había conocido hacía apenas unos meses. Volvía a ser la célebre y maravillosa actriz de otros tiempos, totalmente preparada y deseosa de retomar el trabajo cuanto antes. Ella atribuía a Kait todo el mérito de su transformación, y siempre que lo hacía esta le recordaba que era ella y solo ella quien había encontrado las fuerzas para salir del pozo.

En los días previos al comienzo del rodaje, Kait trabajó estrechamente con Becca para ultimar los guiones; la emocionaba comprobar lo fieles que estos eran a la esencia de la biblia que había escrito. El material era muy potente y la trama estaba desarrollada con gracia y elegancia. Zack había acertado al cien por cien con Becca, Kait no tenía ningún reparo en admitirlo, especialmente delante de la propia interesada.

Lally Bristol ya lo tenía todo dispuesto, y todos los miembros del reparto habían hecho las pruebas de vestuario, maquillaje y peluquería, sobre todo las pelucas y postizos capilares tenían que ajustarse bien a la moda de la época. Como era habitual, Maeve y Agnes se habían presentado puntualmente a todas las pruebas y ensayos, al igual que Abaya Jones. Tan solo Charlotte Manning había pedido que fueran a su apartamento con las pelucas y demás; también había cancelado algunas reuniones y con frecuencia se olvidaba de sus diálogos en los ensayos, lo que desquiciaba a todo el mundo. Y Dan Delaney, por su parte, tampoco era mucho mejor. Durante las pruebas de vestuario le había tirado los trastos a Lally Bristol, algo que divirtió enormemente a la diseñadora.

—Voy a decírtelo solo una vez para ahorrarte un montón de tiempo y problemas —le soltó Lally—. Soy lesbiana y tengo una pareja fabulosa que es más hombre que tú y que está embarazada de nuestro hijo. Así que para el carro, muchachote, y vamos a centrarnos en el vestuario. ¿Cómo te queda la chaqueta? ¿Demasiado ajustada bajo el brazo? ¿Puedes moverte bien?

—Lo siento, no lo sabía —dijo Dan, excusándose por su torpe intento de ligársela.

Ella no le dio la menor importancia. Ya se las había tenido que ver en muchas ocasiones con tipos como él. Y cuando el actor salió de la habitación después de que Lally le hubiera ensanchado un poco la chaqueta bajo los brazos y en el pecho, todo el mundo estalló en carcajadas. No era más que un hombretón con el cerebro pequeño y un ego enorme, como le comentó la diseñadora a su ayudante.

—Muy buena esa, Lally —le dijo uno de los técnicos de sonido, y ella se echó a reír.

Habían planeado filmar la primera escena en la pista de aterrizaje que habían alquilado en Long Island junto con los aviones de época. Rodarían todas las secuencias localizadas allí antes de trasladarse con todo el equipo a la casa familiar al norte del estado.

El día que empezó el rodaje, todo el mundo estaba preparado. Kait permaneció sentada a un lado junto a Becca, revisando el guion cuidadosamente mientras los actores recitaban sus diálogos. Maeve aparecía en la primera escena con Dan Delaney y Phillip Green, el actor que interpretaba a Loch, el marido de Anne. Phillip estuvo impecable, mientras que Dan se equivocó una y otra vez, lo que hizo perder el tiempo a todo el equipo. Y como era de esperar, Maeve llenó por completo la escena. Nancy Haskell la dirigió con maestría, logrando extraer de ella toda la emoción que requería su interpretación. Cuando Nancy dio la señal de «¡Corten!» al cámara, Kait tenía lágrimas en los ojos.

El día era muy caluroso, y los encargados de la logística no paraban de llevar garrafas de agua y de ofrecer refrescos, té helado y limonada a los miembros del equipo. Cuando pararon para comer, Nancy parecía satisfecha. Aquella mañana, después de conseguir que Dan dijera bien por fin sus diálogos, habían logrado filmar dos escenas.

Kait fue a ver a Maeve a su caravana para felicitarla por su maravilloso trabajo. Agnes estaba en la suya, viendo culebrones mientras esperaba para seguir rodando por la tarde. Kait también pasó a verla y la encontró estupenda, con su bata de satén y la peluca puesta. Tenía el aspecto de las grandes estrellas de cine. No cabía duda de que Maeve y Agnes elevarían el listón de la serie a un nivel superior. Kait se sentía agradecida por tenerlas en el proyecto, y ellas por estar en él. Se había establecido un profundo vínculo entre las dos actrices, la directora y Kait. Maeve y Agnes habían asimilado el material y los diálogos a un nivel visceral y emocional. Cuando empezaron a rodar tenían sus personajes totalmente interiorizados, tras meses de estudiar los guiones y semanas de ensayos.

El rodaje transcurrió sin incidentes los tres primeros días, pero al cuarto hubo un parón porque Charlotte tuvo un ataque de ira: no le gustaba su peluca, la arrojó con rabia al suelo y se negó a filmar la escena prevista hasta que se la cambiaran. Nancy Haskell reaccionó con toda la calma del mundo y decidió pasar a la siguiente secuencia del plan de rodaje, en la que aparecían Maeve y Agnes y que ambas estaban preparadas para rodar. Solo fueron necesarias dos tomas, y cuando finalizaron Nancy fue a ver a Charlotte a su caravana. La joven actriz estaba furiosa todavía por lo de la peluca, y a su alrededor se afanaban frenéticamente dos peluqueras, una de las cuales estaba llorando porque Charlotte le había lanzado una lata de Coca-Cola. Tenía una magulladura en un brazo y amenazaba con marcharse. Una escena típica de Charlotte, y la razón por la cual todo el mundo detestaba trabajar con ella.

La directora entró en la caravana y cerró silenciosamente la puerta. Charlotte levantó la vista, sorprendida. Nancy se plantó frente a ella con aspecto intimidante y empezó a hablar con una voz tan suave que daba miedo:

—Tú apareces en la siguiente escena. Francamente, me importa un comino si tienes que salir calva, pero más vale que levantes tu culo de esta silla ahora mismo. Y si vuelves a tirarle algo a cualquier miembro del equipo, llamaré a los abogados. Aún estamos a tiempo de reescribir el guion para prescindir de tu personaje. ¿Te ha quedado claro?

Charlotte asintió, anonadada. Nadie le había hablado nunca así, y todos se quedaron estupefactos cuando, al cabo de diez minutos, la vieron salir de su caravana con la peluca puesta y dócil como un corderito. Hizo su escena sin olvidarse ni de una sola línea de diálogo. Nancy le guiñó un ojo a Kait mientras pasaban a la siguiente escena con Maeve y Agnes, a las que siempre era un placer ver actuar. Por la noche revisaron lo que habían filmado durante el día y todo el mundo quedó muy satisfecho. Zack se encontraba en Los Ángeles cerrando otro acuerdo y Kait lo llamó para informarle de lo bien que iba todo en Nueva York. Ian volvía a estar estable y, por el momento, fuera de peligro, era lo mejor que se podía esperar, tanto para él como para Maeve.

Abaya estaba incluso mejor de lo esperado en su papel de Maggie. Trabajaba de forma brillante en sus escenas con Maeve, quien le había enseñado algunos truquillos de interpretación. Era una profesional intachable y muy buena actriz, a pesar de su escasa experiencia, y estaba demostrando que no se habían equivocado al darle aquella oportunidad. El único que la incordiaba era Dan Delaney, que no paraba de intentar ligar con ella. En una ocasión entró en su caravana sin llamar cuando ella salía de la ducha. Abaya se cubrió con una toalla y le pidió que se marchara.

—Esto se pondrá duro —le dijo él maliciosamente—. No sé si lo captas —añadió señalándose la entrepierna.

—¿Dónde te crees que estamos, en el instituto? ¿Quién te ha dicho que eso tiene gracia?

Abaya lo consideraba grosero y ofensivo, y rechazó todas sus invitaciones para salir con él. Así que Dan fue a por su siguiente presa, y pronto empezó a perseguir a una peluquera y luego a una de las extras, que encontraba al actor irresistible. Un día, a la hora de comer, se acostaron en su caravana y luego, en el plató, él fue contándoselo a todo el mundo.

—O es un adicto al sexo, o la tiene pequeña e intenta demostrar algo —le comentó Abaya a Maeve, indignada.

Temía que llegara su siguiente escena con él, pero como en la serie eran hermanos no tendría oportunidad de manosearla mucho, para gran alivio de la joven actriz. De hecho, Dan era un buen actor, aunque no tenía tanto talento como Abaya. Sin embargo, en la vida real era un tipo asqueroso y ella no lo soportaba. Conflictos como ese eran habituales en cualquier set, le explicó Maeve a Kait. Siempre había odios y rencillas entre los actores, y también mucho sexo entre los miembros del equipo.

El entusiasmo general llegó a su apogeo cuando acabaron de rodar en Long Island las escenas del primer episodio. Todo había salido exactamente como Kait esperaba. Maeve estaba sencillamente fabulosa, Agnes encarnaba de forma brillante a Hannabel, y Phillip Green estaba perfecto en el papel de Loch. Dan Delaney consiguió mantener los pantalones en su sitio el tiempo suficiente para realizar unas interpretaciones creíbles, y en la escena final, en la que Maggie volaba junto a su padre, Abaya hizo una interpretación prodigiosa. Todo el mundo aplaudió cuando acabaron de rodar la última toma, y a Kait casi se le saltaron las lágrimas de felicidad. Charlotte y Brad, que interpretaban a los conflictivos hijos menores, aparecían muy poco en el primer episodio, de modo que no habían tenido ocasión de fastidiar nada, y hasta el momento Brad no había causado el menor problema. Por lo que Kait había podido ver, el comienzo de *Las mujeres Wilder* iba a ser espectacular, y lo sería aún más cuando añadieran las escenas rodadas en la casa al norte del estado.

Kait estaba flotando en una nube cuando llegó aquella noche a su apartamento. Cada vez que pensaba en la serie se le escapaba una sonrisa, pero su euforia se disipó rápidamente cuando Candace la llamó para comunicarle que esa misma noche partía para otra misión peligrosa. Era la primera noticia que tenía de ese viaje de su hija, y el corazón se le encogió.

—¿Cuánto tiempo vas a seguir haciendo esto? Estás tentando demasiado a la suerte. ¿No tuviste bastante con la última vez?

—Esto no va a durar toda la vida, mamá. Te lo prometo. Pero antes quiero estar segura de que he hecho todo lo que está en mi mano. Esos documentales hacen que la gente abra los ojos a lo que está ocurriendo en el mundo.

—Me parece estupendo —replicó Kait en tono airado—. Pero podrías dejar que lo hagan otros. No quiero perderte. ¿Es que no lo entiendes?

—Claro que lo entiendo, pero tengo veintinueve años y quiero vivir de un modo que tenga sentido para mí. No puedo aceptar un trabajo en el que me muera de aburrimiento solo porque tú temes por mi seguridad. Además, no me va a pasar nada, mamá.

Se mostraba tan inflexible en sus convicciones como su madre, a quien las lágrimas le corrían ya por las mejillas.

—Tú eso no lo sabes. En esta vida no hay nada seguro. Cada vez que te embarcas en una de esas misiones pones tu vida en riesgo.

—Deja de preocuparte tanto por mí. Me estás presionando demasiado. Tienes que dejarme hacer mi trabajo.

Kait no sabía qué más decir para convencerla, de todos modos, era consciente de que no conseguiría nada. Nunca ganaría esa batalla con Candace.

—Ten mucho cuidado —dijo finalmente en tono resignado y abatido—, y llámame en cuanto puedas. Te quiero. Es todo lo que puedo decirte.

—Yo también te quiero, mamá. Cuídate tú también.

Ambas colgaron sintiéndose frustradas e infelices. Kait estuvo llorando un rato y luego llamó a Maeve.

—Candace vuelve a marcharse a algún sitio dejado de la mano de Dios, donde alguien intentará matarla. Se arriesga a que le pase algo malo en cualquier momento, pero no quiere verlo. A veces odio a mis hijos porque los quiero demasiado.

Maeve entendía muy bien lo que quería decir, y sintió lástima por su amiga.

—Estoy segura de que no le pasará nada. Creo que existe un ángel de la guarda especial para los hijos estúpidos y cabezotas —dijo cariñosamente.

—No siempre —repuso Kait con desesperación—. Ella no escucha. Está demasiado ocupada intentando salvar el mundo.

—Al final se cansará de intentarlo —trató de animarla Maeve, quien se imaginaba lo difícil que debía de ser todo aquello para Kait. Hacía apenas unos meses su hija había resultado herida y había escapado de la muerte por los pelos.

—Espero que tengas razón —dijo Kait—, y que Candace pueda vivir para contarlo.

—Así será —aseguró la actriz con firmeza.

Luego siguieron hablando de las excelentes escenas que habían rodado aquel día y de lo fabuloso que quedaría el primer episodio cuando estuviera acabado. Le habían enviado a Zack el material digitalizado y él la llamó más tarde totalmente entusiasmado. Cuando respondió a la llamada del productor, Kait estaba todavía pensando en Candace.

—¿Por qué estás tan triste? —le preguntó él—. El primer episodio es fantástico.

—Lo siento. No me pasa nada. Asuntos familiares. A veces mis hijos me sacan de quicio.

—¿Es algo grave?

Zack se preocupaba mucho por ella, y eso la conmovía.

—Aún no, y espero que nunca lo sea.

—No es que quiera cambiar de tema, pero ¿qué le hiciste a Nick Brooke? Me ha llamado hoy y no ha parado de hablarme de ti y de lo maravillosa que eres. Me parece que está coladito por ti.

—No lo creo. Él puede tener las mujeres que quiera —dijo muy halagada, aunque sin tomárselo en serio—. Pasamos una agradable velada en su casa y es una persona estupenda.

—Pues él piensa lo mismo de ti. Me ha dicho que va a venir pronto para ver el rodaje y cómo van las cosas por aquí. Pero, con franqueza, tengo la impresión de que viene a verte a ti.

—No digas tonterías —replicó ella en tono desenfadado.

—Creo que estoy celoso.

Kait sabía que eso no era cierto. Había oído rumores de que últimamente Zack se veía en secreto con una actriz muy famosa, y se alegraba mucho por él.

Volvieron a hablar del primer episodio y él la felicitó porque tenía toda la pinta de convertirse en un estreno fabuloso. Le dijo que los directivos de la cadena se volverían locos cuando lo vieran. Aunque era difícil equivocarse contando con dos grandes actrices como Agnes y Maeve. El resto solo era la guinda del pastel. Y Nancy era una excelente directora, sabía cómo entretejer sus actuaciones, hacía magia en el plató.

Cuando se metió en la cama aquella noche, Kait trató de pensar en el éxito del rodaje del primer episodio, sin embargo, su mente no paraba de volver a Candace y su nueva y peligrosa misión. El pensamiento le resultaba insoportable, aun así no podía hacer nada por ahuyentarlo. En momentos como ese, en los que se sentía totalmente impotente ante el curso de los acontecimientos, se daba cuenta de lo duro que es ser madre, especialmente cuando los hijos son adultos. Pero, aun así, sus hijos eran lo que ella más amaba en esta vida.

12

Las escenas que habían filmado en la pista de aterrizaje de Long Island eran extraordinarias, y el ambiente en el plató había sido positivo, entusiasta y muy fructífero. En la tercera semana de rodaje se trasladaron al norte del estado de Nueva York para filmar las escenas localizadas en la casa familiar, y fueron recibidos por una terrible ola de calor que hizo que todos se sintieran incómodos, irritables y malhumorados, incluso Maeve, que era una profesional consumada, y también Abaya, que normalmente era una chica angelical. Aquel asfixiante calor tenía a todo el mundo chafado, y en cuanto llegaron al nuevo set, Charlotte empezó a sufrir vómitos. Ella culpaba al servicio de catering y a la deficiente refrigeración del remolque habilitado como cantina. Telefoneó a su agente para quejarse e insistió en que llamaran a un médico. La joven aseguraba que tenía salmonela.

—¿Cuál es el problema ahora? —preguntó Zack cuando llamó a Kait.

—Charlotte cree que la estamos envenenando —respondió ella en tono cansado. El calor también la estaba afectando—. Aquí estamos a más de cuarenta grados y la casa no tiene aire acondicionado.

Para paliar el calor, todo el mundo se refugiaba en sus caravanas, que estaban refrigeradas, hasta que los convocaban para rodar.

—De verdad que me gustaría envenenarla —replicó Zack, exasperado—. ¿Se ha puesto enfermo alguien más?

—No, nadie más —confirmó Kait, que intentaba que los ayudantes de producción se encargaran de lidiar con Charlotte, aunque de vez en cuando se sentía obligada a intervenir ella misma.

—¿Y qué crees que quiere? —le preguntó Zack.

El productor cada vez confiaba más en el criterio de Kait, ya que opinaba que tenía un gran instinto para conocer la naturaleza humana.

—No tengo ni idea —admitió ella—. Más dinero, tomarse unos días libres, una caravana mejor, que su nombre aparezca más arriba en los créditos... A saber lo que tiene esa chica en la cabeza.

Kait se estaba convirtiendo en una experta en los caprichos y excentricidades que solían acompañar a la filmación de una serie.

—¿Crees que está realmente enferma? —preguntó Zack muy preocupado, pues Charlotte aparecía en muchas escenas y su indisposición podría provocar retrasos en el rodaje.

Kait se quedó pensativa durante unos segundos.

—No estoy segura. Tiene buen aspecto, pero podría haber pillado alguna bacteria o algún virus intestinal. No creo que sea una intoxicación alimentaria, ya que entonces estaríamos todos enfermos. Puede ser por el calor. Ya hemos llamado a un médico, vendrá dentro de un rato. Le hemos puesto el termómetro y no tiene fiebre.

Zack se rio al oír eso.

—Pareces la directora de un campamento para chicas descarriadas.

—Así es como me siento. Menos mal que ella es la única niña díscola que tenemos en el plató.

—De algo te tiene que servir ser madre. Llámame cuando la haya visitado el médico, espero que no le dé la baja para un par de semanas. Hasta ahora hemos cumplido el plan de rodaje. No me haría ninguna gracia que ella lo fastidiara.

—A mí tampoco —replicó Kait muy seria.

Tras colgar el teléfono, Kait se dirigió de nuevo a la caravana de Charlotte. La actriz había vuelto a vomitar y estaba tumbada en la cama con un paño húmedo sobre la frente.

—¿Qué crees que te pasa? —le preguntó Kait sentándose a su lado y acariciándole la mano suavemente. De pronto, Charlotte la miró con los ojos muy abiertos y anegados en lágrimas. Era evidente que estaba muy asustada y Kait sintió lástima por ella pese a lo fastidiosa que podía ser a veces—. Tal vez solo sea el calor —dijo intentando tranquilizarla.

Charlotte negó con la cabeza y salió porque volvía a tener arcadas. Las cosas no pintaban bien. La chica continuaba llorando cuando al cabo de cinco minutos regresó y se sentó delante de Kait.

—No sé cómo ha podido pasar... —dijo Charlotte en tono muy desdichado—. Creo que estoy embarazada —musitó, y acto seguido rompió en sollozos y se abrazó muy fuerte a Kait, que se quedó mirando al frente sin dar crédito a lo que acababa de oír, aunque sin duda parecía muy real.

—¿Estás segura? —le preguntó, tratando de calmarla.

Charlotte asintió y se sonó en el pañuelo de papel que Kait le había ofrecido.

—Muy segura.

—¿Quién es el padre? —dijo Kait con voz ahogada, y la joven actriz se la quedó mirando.

—El batería de una banda con el que salgo de vez en cuando.

—¿Estás segura? —volvió a preguntar Kait.

—Casi segura. Creo que es el único con el que me he acostado en los últimos tres meses, aunque, la verdad, no me acuerdo muy bien. Me desmeleno mucho cuando salgo por ahí, pero solo llego hasta el final con unos pocos tíos que conozco, y dos de ellos últimamente han estado trabajando en Los

Ángeles. —A Kait le parecía que eso no garantizaba nada, pero al menos Charlotte creía saber quién era el padre—. Casi segura —repitió.

—¿Has pensado qué quieres hacer?

—No lo sé. Creo que voy a tenerlo. No estaría bien deshacerse de él, ¿verdad que no?

A Kait por poco se le escapó un gemido. ¿Qué pasaría con su personaje? Aquel era sin duda el menor de los problemas de Charlotte, pero para Kait era fundamental, y sabía que a Zack le daría un ataque cuando se enterara.

—Tienes que tomar esa decisión por ti misma —respondió con voz suave.

En esas estaban cuando llegó el médico. Kait los dejó a solas y regresó a la caravana que hacía las veces de oficina, apoyó los codos en la mesa y se llevó las manos a la cabeza. No oyó entrar a Agnes.

—Esto no tiene buena pinta —dijo la actriz en voz alta.

Kait se sobresaltó y le respondió sonriendo:

—No, no la tiene.

—¿Puedo ayudar en algo?

—No, pero gracias. Ya veré cómo resolverlo.

En ese momento la ayudante de Charlotte entró en la caravana en busca de Kait, quien se excusó ante Agnes y se marchó a toda prisa. El médico ya se había ido y había confirmado el diagnóstico de Charlotte. Por la mañana la actriz había mandado a su ayudante a una farmacia cercana para comprar el kit y se había hecho la prueba del embarazo.

—Voy a tenerlo —dijo la joven, mirando a Kait con ojos muy abiertos y mirada inocente—. No quiero pasar por otro aborto.

—¿Y qué piensas hacer con la serie?

Charlotte debía solucionar sus problemas. La preocupación de Kait era que el proyecto saliera adelante.

—Yo quiero seguir. ¿Puedo hacerlo? —Sus ojos se llenaron de lágrimas al preguntarlo—. Este papel es muy importante para mí.

Kait se dio cuenta de que las palabras de la chica eran sinceras. Pero ¿qué pasaría con el personaje de Chrystal?

—¿De cuánto estás?

—De unos tres meses, creo. Por un tiempo no se me notará. La última vez la barriga no me creció hasta el quinto mes.

—¿Tienes hijos? —preguntó Kait estupefacta.

—Me quedé embarazada en el instituto, entonces tenía quince años y di al bebé en adopción. Luego tuve dos abortos, y no me apetece volver a pasar por eso. Ahora tengo veintitrés años, edad suficiente para tener un hijo, ¿no crees?

—Eso depende de si estás preparada para asumir esa responsabilidad —respondió Kait muy seria.

—Supongo que mi madre me ayudaría.

A Kait todo aquello le parecía una locura: tener un hijo con un batería que ni siquiera era su novio oficial, sino alguien con quien se acostaba de vez en cuando, y sin siquiera tener la certeza de que fuera el padre. Charlotte estaba «casi» segura, pero no al cien por cien.

—Tengo que hablar de eso con Zack —dijo Kait, muy estresada.

Al cabo de un minuto salió de la caravana, se dirigió a su oficina y lo llamó. Lo pilló en su despacho cuando estaba a punto de salir a almorzar.

—Tenemos un problema —soltó Kait a bocajarro.

—¿La han envenenado de verdad?

—Está embarazada, de tres meses. Quiere tener el bebé y continuar en la serie. —Hizo un cálculo rápido—. Eso significa que cumplirá en enero. En ese momento estaríamos en un descanso entre temporadas, así que después de dar a luz podría volver a la serie, si es que quiere seguir. Incluso podríamos filmar una escena de ella alumbrando al niño. Asegura que no empezará a notársele hasta dentro de dos meses, lo cual nos da un margen de tiempo hasta finales de septiembre, cuando ya deberíamos haber acabado el rodaje. Podemos adelantar la filmación de todas sus escenas para que no se le note el embarazo en pantalla, y después de que dé a luz podemos decirle que vuelva, si es que así lo quieres. O podemos despedirla y sustituirla por otra actriz.

Kait estaba pensando a toda velocidad para intentar salvar la serie.

—Ah, por todos los santos, ¿me estás tomando el pelo? ¿Quién es el padre? ¿Lo sabe siquiera?

—No lo sé. Ella cree que es uno de los tipos con los que se acuesta a veces, aunque no está del todo segura. Si quiere tener el bebé, podríamos incorporarlo a la trama. Como ella es la chica mala, la cosa podría funcionar. Estamos hablando de los años cuarenta. Chrystal podría decidir tenerlo, esa era una decisión muy valiente en esa época y encajaría muy bien con la esencia de la serie. Tendríamos que incorporar a un chico para el papel del padre —concluyó Kait, con la mente funcionando a un ritmo vertiginoso.

—No, no lo haremos. Chrystal no sabrá quién es el padre, pero aun así decidirá tenerlo. Eso sí que será muy valiente, y seguramente a la audiencia le encantará que haya un bebé y una madre soltera. Creo que funcionará, será mucho mejor que despedirla. Es una actriz con mucho tirón, aunque a veces nos saque de quicio. ¡Santo Dios...! Dile a Becca que se ponga enseguida a trabajar en los guiones. En el próximo mes grabaremos las escenas anteriores al embarazo, y después rodaremos aquellas en las que ya se le note.

Kait se mostró plenamente de acuerdo con él, era como si sus mentes estuvieran sincronizadas.

—Ahora bien, deja que te diga una cosa: la próxima vez que la vea puede que la mate. Y tendremos que comunicar a la aseguradora que tenemos a una embarazada en la serie.

—Entonces, ¿qué le digo a Charlotte?

—Que es la mujer más afortunada del mundo de la televisión y que seguiremos contando con ella. Te juro por Dios que si hubiera sabido que estaba embarazada no la habría contratado, pero puede que, después de todo, su situación nos sea favorable. El giro argumental encaja muy bien con una chica promiscua. Si a Becca y a ti os parece bien, podríamos buscarle a un chico malo que no salga en pantalla y que huya en cuanto se entere de su embarazo.

—Ya buscaremos la mejor manera de resolverlo.

—Genial. Llego tarde a la comida con los directivos de la cadena, te llamaré luego. Y dile a Charlotte que se centre en el trabajo y no ande por ahí gimoteando por lo que le ha pasado. Es joven y está sana, ¡que se ponga las pilas!

—Estupendo. Te mantendré informado.

Kait regresó a la caravana de Charlotte. La chica tenía mejor aspecto y su cara había recuperado el color.

—¿Qué te ha dicho Zack? —preguntó con expresión aterrada, convencida de que la iban a despedir.

—Incorporaremos tu embarazo a la trama, si quieres seguir en la serie.

—Claro que quiero, de verdad, y te prometo que el embarazo no será ningún problema. La última vez no sufrí náuseas ni mareos. Lo que tengo ahora debe de ser por el calor. Acabo de llamar a mi agente y se lo he contado todo.

—Ya lo arreglaremos —la tranquilizó Kait—. Lo primero que haremos será rodar las escenas en las que no estás embarazada. Y cuando se te empiece a notar, iremos modificando los guiones de acuerdo con tu estado. Becca y yo nos encargaremos de eso. ¿Cómo te encuentras ahora? ¿Estás lista para volver al plató?

Charlotte asintió con aire sumiso, profundamente agradecida a Zack y Kait.

—Gracias por no despedirme —dijo, dócil como un corderito.

—Ninguna pataleta más por hoy, ¿de acuerdo?

—Lo prometo. Haré todo lo que me digas.

—Pues ve ahora mismo a maquillaje y peluquería. Debes estar lista para rodar en media hora.

Más adelante habría que adaptarle también el vestuario. Kait tenía la sensación de que la cabeza le iba a estallar cuando fue a buscar a Becca para avisarla de lo que se les venía encima. Tendrían que pasar juntas largas y calurosas noches ajustando los guiones para incorporar a la trama al hijo ilegítimo de Chrystal. Por el camino se cruzó con Maeve.

—¿Cómo está la princesita? —preguntó lanzando una mirada de hastío en dirección a la caravana de Charlotte.

En su opinión, la presencia de la joven actriz no compensaba todos los problemas que causaba.

—Tengo malas noticias para ti —dijo Kait con el rostro muy serio.

—Vaya, ¿qué pasa ahora? ¿Quiere que le hagan la pedicura antes de volver a plató?

—Señora Wilder, lamento informarle de que Chrystal, su hija de catorce años, está embarazada. Dará a luz al principio de la segunda temporada. Va a tener el bebé, y puede que no esté del todo segura de quién es el padre.

A Maeve le llevó un buen rato registrar la información, pero de pronto pareció comprender lo que Kait le decía y se quedó mirándola estupefacta.

—¿Me tomas el pelo? ¿Está embarazada? ¡Santo cielo! ¿Qué ha dicho Zack?

—Ha aceptado mantenerla en la serie e incorporar su estado a la trama. El bebé podría nacer en el plató, o quizá rodar la escena del parto; tú y Agnes la ayudaréis a traer al bebé al mundo.

Maeve estalló en carcajadas al pensar en ello.

—Bueno, podría ser interesante. Estoy deseando que se lo cuentes a Agnes. No creo que se vea haciendo de comadrona.

—Tendremos que adelantar la filmación de las escenas en las que no se le note el embarazo, y eso alterará un poco el plan de rodaje, pero aun así creo que podremos sacarlo adelante sin retrasos. Becca y yo tenemos mucho trabajo por delante —dijo Kait al ver a lo lejos a la guionista, a la que saludó con la mano—. Siento haberle dado tan malas noticias acerca de la casquivana de su hija, señora Wilder.

Maeve volvió a reírse y luego fue en busca de Agnes para comunicarle las novedades sobre Charlotte.

Al día siguiente, la buena nueva había circulado por todo el plató. Charlotte parecía un tanto avergonzada. Algunos se atrevieron a felicitarla, y Lally Bristol, la diseñadora de vestuario, le dijo que también ella esperaba un bebé que nacería en septiembre.

Tras conocerse la noticia del embarazo, hubo que ponerse a trabajar en serio para adaptarse a la nueva situación. Becca ya estaba haciendo ajustes en las escenas en las que aparecía Charlotte y escribió un nuevo guion para el episodio en el que Chrystal le contaría a su madre que estaba encinta. Kait estaba agradecida por no haber tenido que enfrentarse nunca a ese problema, y más aún por que Charlotte no fuera su hija. Ninguna de sus dos hijas le había dado semejante disgusto, mientras que la joven actriz, a sus veintitrés años, era ya la cuarta vez que se quedaba embarazada, y ni siquiera estaba segura de quién era el padre.

Por el momento Kait solo tenía que preocuparse de modificar los guiones. Tal como le dijo a Becca, aquello daría una nueva vuelta de tuerca a la trama, y el hecho de que Chrystal decidiera tener el bebé, y que su madre la apoyara, resaltaría el valor de aquellas mujeres en una época tan difícil. En los años cuarenta, tener el bebé en estas condiciones y reconocerlo era una decisión muy valiente y bastante insólita. Y Hannabel también tendría mucho que decir al respecto. Agnes estaba ansiosa por rodar aquellas escenas y tenía algunas ideas propias que aportar sobre el tema. Anne y su madre tendrían un par de fuertes discusiones, Loch no se enteraría hasta su regreso de Inglaterra, y se mostraría conmocionado por la decisión de Anne de permitir que su hija siguiera adelante con el embarazo. En aquellos tiempos, ningún hombre cabal se casaría con ella en tales circunstancias. Kait había previsto que necesitarían un bebé para la segunda temporada, aunque eso no supondría mayor dificultad, ya había pensado en todo.

Desde que la noticia salió a la luz, Charlotte se comportó de manera ejemplar en el set. Ya no hubo más quejas por la peluca, por el vestuario ni por el maquillaje. No puso la menor objeción, solo vomitó una vez y volvió enseguida al plató.

—Puede que esto sea lo mejor que nos podría haber pasado —le confió Maeve a Kait en un susurro—, si sirve para calmarla un poco.

Charlotte estaba tan agradecida por poder continuar en la serie que no causó más problemas durante al menos una semana, lo cual era mucho más de lo que habían conseguido hasta entonces. Y los guiones que escribió Becca incorporando el embarazo eran de los mejores que había leído Kait. Parecía cumplirse el proverbio que dice que no hay mal que por bien no venga, sobre todo para la joven actriz.

La noticia del embarazo de Charlotte pronto se vio eclipsada por una mucho más importante. Zack llamó para comunicar que se había reunido con el presidente y los directivos de la cadena y que, basándose en el metraje sin editar que habían revisado cuidadosamente, y en el potente elenco que habían reunido, habían dado luz verde a la filmación de nueve episodios más. Tendrían que trabajar a marchas forzadas para escribir los nuevos guiones, pero se trataba sin duda de una fantástica noticia y fue recibida con gran júbilo por todos los miembros del equipo.

Kait estaba tan ocupada con los cambios para incorporar el embarazo de Charlotte a la trama, y con la escritura junto a Becca de nuevos guiones, que fue la última en darse cuenta de las frecuentes visitas que Dan hacía a la caravana de Abaya. Agnes la puso al corriente con expresión divertida, pero Kait se inquietó al saberlo y al día siguiente fue a ver a la joven durante una pausa en el rodaje. Sabía lo mucho que Abaya había despreciado hasta entonces a Dan por cómo la había acosado y presionado para que saliera con él.

—¿Qué pasa entre vosotros? ¿Te está molestando? —le preguntó, tratando de parecer despreocupada.

—No, en absoluto —empezó diciendo Abaya—. Bueno... puede que sí esté pasando algo. —Se ruborizó—. La verdad es que sí. Esta semana hemos salido a cenar un par de veces juntos.

—¿Ya no piensas que es un adicto al sexo y un pervertido? ¿Qué te ha hecho cambiar tan rápidamente de opinión? —Ahora Kait sí parecía preocupada.

—Dan dice que nunca ha conocido a nadie como yo y que está loco por mí. No para de enviarme flores. Además tuvo una infancia muy difícil.

El hermoso rostro de Abaya traslucía confianza e inocencia; al oírla Kait sintió que se le encogía el corazón.

—Dan parece un chico bastante ocupado —insinuó, refiriéndose a la media docena de mujeres con las que ya se había acostado en el plató.

Trató de decírselo de la forma más suave y delicada que pudo. No quería que ella fuera la siguiente de la lista y Dan acabara haciéndole daño.

—Esta vez es diferente, lo sé. Él me respeta.

A Kait casi se le escapó un gemido. Le entraron ganas de zarandear a la joven para que espabilara, pero no tenía ningún derecho a entrometerse en su vida privada y volvió a advertirle que tuviera mucho cuidado. Al salir de la caravana de Abaya se cruzó con Dan y le lanzó una mirada furibunda.

—Si le haces daño, juro que te mataré —lo amenazó en voz muy baja para que solo él pudiera oírlo—. Es una chica encantadora y una buena persona, si es que eso significa algo para ti.

—Me he enamorado de ella —dijo él tratando de parecer honesto.

Kait no le creyó en absoluto. Trabajar en la serie también le estaba enseñando a distinguir quién era sincero y quién no.

—Te lo digo muy en serio. No juegues con ella. Tú puedes tener a quien quieras. No te atrevas a fastidiarle la vida solo porque te has encaprichado de ella.

—¿Por qué no te metes en tus asuntos, Kait? —le espetó Dan con brusquedad, y la apartó de un empujón para entrar en la caravana de Abaya.

Kait estaba aún muy furiosa cuando fue a ver a Maeve, que estaba tomando un té helado con Agnes mientras esperaban a pasar por maquillaje y peluquería, antes de la siguiente escena.

—Odio a ese tipo —dijo nada más entrar en la caravana, tras dejarse caer en una silla.

Las tres mujeres se habían convertido en grandes amigas.

—¿A quién? —preguntó Maeve, sorprendida por aquel tono vehemente tan impropio de Kait.

—A Dan. Va a romperle el corazón a Abaya. Ella no le importa para nada. Solo quiere conquistarla porque ella le rechazó.

—No hay furia en el infierno comparable a la de un actor narcisista que ha sido rechazado —sentenció Agnes sabiamente.

Maeve asintió. A lo largo de los años, ambas habían visto aquello en cientos de ocasiones.

—Abaya cree que él se ha enamorado de ella y que la respeta —dijo Kait, muy preocupada por la joven actriz. Estaba convencida de que la engañaría en cuestión de solo unos días, si es que no lo estaba haciendo ya.

A pesar de todo, pese a contar con tantas celebridades en el reparto, pese al embarazo de Charlotte y el romance en ciernes entre Dan y Abaya, el rodaje seguía sin mayores contratiempos gracias a la profesionalidad de todo el equipo. Y para gran satisfacción de Zack, iban adelantados con respecto al plan previsto, lo que les proporcionaría más tiempo para filmar los nueve episodios adicionales.

Las actuaciones de Maeve y Agnes eran extraordinariamente poderosas, y los guiones de Becca funcionaban a la perfección. Todavía les quedaba la baza sorpresa de Nick Brooke para el final de temporada, pero antes tenían que encajar los nueve episodios extras, en los que Kait y Becca ya estaban trabajando.

A mediados de agosto ya habían acabado de rodar las escenas anteriores al embarazo de Charlotte, en las que la joven actriz estaba estupenda. Por su parte, Abaya estaba absolutamente deslumbrante. Ella y Dan se habían vuelto inseparables tanto dentro como fuera del plató. Al cabo de dos semanas regresarían a Long Island para continuar el rodaje, idea que complacía a todo el mundo, ya que al norte de Nueva York seguía haciendo un calor abrasador.

A Kait le sorprendió que Agnes no se presentara una mañana en que le tocaba rodar una escena. Fue a buscarla, pero no la encontró en su caravana, y en maquillaje y peluquería le dijeron que no había pasado por allí. Era la primera vez que llegaba tarde y a Kait le preocupó que le hubiera pasado algo, así que cogió el coche y recorrió los pocos kilómetros que separaban el plató del motel un tanto desangelado en que se alojaba. Al llamar a su puerta no respondió, de modo que fue a por una llave para poder entrar. Encontró a Agnes totalmente borracha, tirada en el suelo junto a una botella de bourbon. La anciana trató de incorporarse al ver a su amiga pero no lo consiguió, y Kait la llevó a la cama mientras Agnes balbuceaba de forma incoherente. No paraba de hablar de un tal Johnny, como si Kait supiera a quién se refería. Pensó que quizá se trataba del joven piloto que aparecía en la serie, pero sus desvaríos no tenían sentido. Le envió un mensaje a Maeve, que llegó al cabo de veinte minutos, y entre las dos la metieron en la ducha totalmente vestida. Cuando volvieron a tenderla en la cama estaba algo más sobria y la vistieron con ropa seca. De pronto Agnes se incorporó y se las quedó mirando fijamente.

—Volved al plató —les dijo muy seria—. Hoy voy a tomarme el día libre. —Acto seguido se arrodilló en el suelo para buscar a tientas la botella de bourbon, de la que Kait ya se había deshecho. Estaba casi vacía y Kait supuso que se la habría bebido a lo largo de la noche.

—Salgamos a que te dé un poco el aire —dijo Maeve, y entre las dos la llevaron afuera medio a rastras, pero el calor resultaba tan opresivo que volvieron a entrar.

—Sabéis qué día es hoy, ¿no? Él salió en el barco con Roberto. Pero Roberto no tuvo la culpa. Cuando regresaban a tierra les sorprendió una tormenta. —Kait y Maeve intercambiaron una mirada, pero no hicieron ningún comentario y volvieron a acostarla en la cama—. ¡Dejadme sola! —les ordenó con voz autoritaria, y ellas salieron un momento para hablar de lo ocurrido.

—¿Qué le pasa? —le preguntó Kait a Maeve en un susurro—. ¿Quién es Johnny? —Ya le había quedado claro que no se refería al piloto de la serie, sino a otra persona.

—Agnes y Roberto tuvieron un hijo —dijo Maeve en tono confidencial—, y lo mantuvieron en secreto. En aquella época se habría armado un gran escándalo que habría perjudicado mucho su carrera si se hubiera sabido que Agnes había tenido un hijo fuera del matrimonio. No sé qué pasó exactamente, pero lo cierto es que un día Roberto y el pequeño salieron a navegar en su velero. Cuando regresaban se desató una tempestad, el barco volcó y el niño pereció ahogado. Tenía ocho años. Hoy debe de ser el aniversario de su muerte, y por eso habrá vuelto a beber. Sé que después de la tragedia Agnes estuvo un par de años sin trabajar. Y, según Ian, Roberto siempre se culpó de lo sucedido. Agnes nunca volvió a ser la misma después de aquello. Nunca ha reconocido haber tenido un hijo y que este murió. Yo lo sé todo por Ian. Esa fue una de las dos grandes tragedias de su vida, la otra fue la muerte de Roberto.

Mientras escuchaba a Maeve, Kait sintió que su corazón se desgarraba de dolor por Agnes y lamentó no haber sabido nada de aquella historia hasta entonces. Maeve volvió a la habitación, donde Agnes ya dormía, y Kait fue a la recepción para preguntar por alguna asociación local de Alcohólicos Anónimos. Le dijeron que todas las noches se reunían en la iglesia que había a algo menos de un kilómetro en aquella misma calle. Tras dar las gracias al recepcionista, Kait fue a buscar a Maeve.

—Tendrías que volver al set —le dijo Kait—. Esta mañana tienes que rodar una escena con Abaya. Yo me quedaré con Agnes. Hoy pueden arreglárselas sin mí.

Maeve asintió.

—Volveré cuando hayamos acabado de rodar. Lo mejor será que dejemos que duerma la borrachera —dijo con tristeza, y Kait se mostró de acuerdo.

—Esta noche la llevaré a una reunión de Alcohólicos Anónimos. Hay una asociación un poco más abajo, en esta misma calle.

—Tal vez no quiera ir —dijo Maeve mirando a la anciana.

—La obligaré. Ahora la dejaré dormir y cuando se despierte intentaré que coma algo. Dile a Nancy que rodaremos las escenas de Agnes mañana. Hoy puede filmar contigo y con

Abaya. Y estaría bien que Dan dedicara el día a aprenderse sus diálogos para mañana.

—No te preocupes por eso —dijo la actriz, y ambas se miraron con gesto comprensivo.

Poco después, Maeve se marchó.

Agnes no se despertó hasta las cinco, y cuando lo hizo vio a Kait sentada en una silla en una esquina de la habitación, observándola.

—Siento haber recaído —dijo con un gruñido ronco.

Se la veía muy vieja y deteriorada, como la primera vez que la vio. Kait no le preguntó el motivo. Ya sabía suficiente por Maeve.

—Suele pasar. Pero volverás a recuperarte. —Kait se acercó y se sentó en el borde de la cama—. ¿Quieres comer algo?

—Tal vez más tarde. Gracias, Kait, por no decirme que soy una fracasada.

—No eres una fracasada. Estoy segura de que tienes tus razones —dijo en voz baja, sin juzgarla.

Agnes permaneció tumbada en la cama durante un buen rato, mirando al techo.

—Roberto y yo tuvimos un hijo. Se ahogó en un accidente de barco un día en que salió a navegar con su padre. Tenía ocho años. Hoy es el aniversario de su muerte.

Kait no le dijo que ya lo sabía, y le dio unas palmaditas cariñosas en la mano.

—Lo siento mucho. No hay nada peor que perder a un hijo. Debió de ser terrible para Roberto y para ti.

—Creí que Roberto se suicidaría. Era tan dramático... Antes de que ocurriera aquello intentó divorciarse para que pudiéramos casarnos, pero su mujer no le concedió el divorcio. De todas formas por aquel entonces no era legal en Italia, así que trató de obtener la anulación. Cuando murió nuestro hijo, renunció a intentarlo. Roberto renunció a muchas cosas, nunca volvió a ser el mismo. Eso fue bueno para su trabajo y su obra, pero no lo fue para nosotros. Empezamos a beber y a emborracharnos para poder soportarlo. Al final él fue a Alcohólicos Anónimos y logró dejarlo, pero yo nunca lo conseguí del todo. Dejé de beber durante un tiempo, pero luego volví a recaer. El día de hoy siempre es muy duro, para mí es el peor día del año.

—Deberías habérmelo contado.

—¿Para qué? Nada de lo que puedas hacer cambiará lo ocurrido —dijo con una profunda desesperación en la voz—. Y ahora los dos se han ido.

—Podría haber pasado la noche contigo.

Agnes sacudió la cabeza, impotente. Poco después se levantó de la cama y empezó a caminar nerviosamente por la habitación.

—Vamos a comer algo —propuso Kait.

Había una cafetería y un 7-Eleven al otro lado de la calle. Kait estaba hambrienta. No había comido nada en todo el día, pues no había querido dejar sola a Agnes.

—Mejor vamos a beber algo —dijo la actriz medio en broma.

—A la siete iremos a una reunión de Alcohólicos Anónimos —dijo Kait con firmeza.

—¿Hay una asociación aquí? —preguntó Agnes, y pareció sorprendida cuando Kait asintió con la cabeza.

—Voy a acompañarte, pero antes tengo que comer algo.

Agnes se peinó un poco y se lavó la cara. Aun así, se la veía muy ajada cuando salió del baño vistiendo unos pantalones negros, una blusa blanca y sandalias.

Cruzaron la calle para ir a la cafetería. Kait pidió una ensalada y Agnes, huevos revueltos, tortitas de patata y café. Parecía que estaba algo mejor, pero se la veía terriblemente triste y apenas dijo nada. A las siete menos cuarto fueron a por el coche de Kait.

La reunión tenía lugar en el sótano de una iglesia, y Agnes

pidió a Kait que la acompañara. El encuentro fue muy conmovedor. La anciana actriz habló de la muerte de su hijo y de cómo había recaído tras cinco meses estando sobria, pero al final de la reunión se encontraba bastante mejor y se quedaron un rato para charlar unos minutos con los demás. Entonces todos los asistentes le expresaron su comprensión y solidaridad, ya que mientras Agnes, entre lágrimas, contaba su historia, nadie más podía hablar.

Al finalizar la reunión, Kait la llevó de vuelta al motel y se quedó haciéndole compañía en su habitación. Poco después llegó Maeve. Las tres mujeres hablaron durante un rato y luego Agnes encendió el televisor. Les dijo que ya se encontraba mucho mejor, pero Kait sabía que solo tenía que cruzar la calle para comprar una botella de alcohol en el 7-Eleven y no pensaba permitir que eso ocurriera.

—Te guste o no —le dijo—, esta noche me quedo contigo.

—Mañana ya estaré bien y podré volver al plató.

—De todas formas me quedo —repuso Kait con firmeza, y Agnes le sonrió.

—No te fías de mí.

—Tienes razón, no me fío —dijo, y las tres se echaron a reír.

—Muy bien, si es eso lo que quieres... —replicó Agnes, pero en el fondo le estaba muy agradecida.

Media hora más tarde, Maeve se marchó al hotel donde Kait y ella se alojaban. No habían encontrado habitaciones suficientes para todo el equipo en un solo hotel, así que habían tenido que buscar alojamiento en pequeños moteles algo sórdidos de la zona.

Kait acompañó a Maeve hasta su coche, y ambas se giraron al oír voces procedentes de una habitación, cuya puerta se abrió y de la que salieron dos personas. A Kait y Maeve no les cupo la menor duda de quiénes eran: Dan y una de las peluqueras con las que solía acostarse antes de salir con Abaya.

El joven se quedó de piedra al verlas y dirigió a Kait una mirada desafiante y aterrada a la vez. No había tardado mucho en engañar a Abaya. Kait le dio la espalda y Dan se escabulló a toda prisa, como la rata que era, hacia su coche. Las dos mujeres intercambiaron una larga mirada.

—Era lo que me temía. Sabía que la engañaría —comentó Maeve con tristeza.

—Yo también. Detesto a ese tipo. Abaya no se merece esto —repuso Kait, airada.

—¿Se lo contarás?

Kait no respondió.

—¿Y tú? —le preguntó a Maeve, indecisa sobre lo que debería hacer.

La actriz negó con la cabeza.

—Abaya no tardará en enterarse. Alguien se lo dirá, o ella misma lo pillará in fraganti. Hoy Dan no tenía rodaje. Seguramente lleva aquí toda la tarde.

—Le detesto por lo que le está haciendo a Abaya —dijo Kait con vehemencia.

Maeve asintió, se montó en el coche y se marchó. Kait regresó a la habitación de Agnes sintiendo náuseas por lo que acababa de ver. Dan no se merecía que guardaran silencio para protegerlo, pero contárselo a Abaya sería incluso peor. Aquel tipo era un canalla, Kait lamentaba haberlo contratado para la serie. Hicieran lo que hiciesen, tanto si callaban como si se lo contaban, Abaya sufriría mucho, Dan le destrozaría el corazón.

13

Con la ayuda de las reuniones nocturnas de Alcohólicos Anónimos tras su pequeña recaída, Agnes se recuperó muy pronto. Era una mujer fuerte. No volvió a hablar de su hijo, pero dio las gracias a Kait por haberla salvado una vez más.

Todo el equipo estaba ansioso por volver a la ciudad. El calor era asfixiante, el pueblo resultaba muy aburrido y empezaba a haber pequeños roces entre los miembros del reparto, lo cual no era de extrañar. Necesitaban un descanso. Nancy les había hecho trabajar duro, y todos deseaban volver a Nueva York con sus seres queridos y empezar a rodar cuanto antes en Long Island. Al menos allí soplaba la brisa del océano, y algunos podrían regresar a sus casas al acabar la jornada.

Una semana antes de finalizar el rodaje al norte del estado, Maeve recibió una llamada del médico de Ian. Había dejado de responder a los medicamentos y su estado empeoraba poco a poco, no había alcanzado un punto crítico, pero podría precipitarse en cualquier momento. Sus hijas se turnaban con las enfermeras para cuidarlo, lo que proporcionaba cierto alivio a Maeve y le permitía seguir trabajando, aunque estaba lista para marcharse en cuanto recibiera aviso de una posible crisis. Aquello añadía una nueva capa de tensión al ambiente, algo que sin embargo no se reflejó en la interpretación de Maeve. Era una auténtica profesional, y se había preparado para rodar los nuevos episodios en los que su hija Chrystal le comunicaba que estaba encinta y que el chico de dieciséis años que la había dejado embarazada había huido al enterarse, aunque la chica no estaba muy segura de que él fuera el padre. Había una escena enternecedora en la que Chrystal decidía tener el bebé y Anne prometía ofrecerle todo su apoyo. No era lo que la madre quería para su hija, pero estaba dispuesta a afrontarlo junto a ella. También había una secuencia extraordinaria entre abuela, madre e hija, en la que Agnes brindó una actuación inolvidable. Hannabel le suplicaba a su hija que no dejara que Chrystal destrozara la familia y que la enviara a algún lugar lejano para dar a luz, pero Anne se negaba.

El guion que Becca había escrito para aquel momento cumbre exigía que las actrices dieran lo mejor de sí mismas, y las tres ofrecieron unas actuaciones prodigiosas. Nancy las dirigió como si fueran instrumentos perfectamente afinados, Kait incluso lloró durante el rodaje.

Desde que vio a Dan en el motel, él la había evitado por todos los medios. El joven actor estaba convencido de que ella se lo contaría a Abaya, pero Kait no tenía valor para hacerlo y decidió dejar que lo descubriera por sí misma. Solo era cuestión de tiempo que Abaya se enterara, y Maeve se mostró de acuerdo. De todas formas, Dan no permanecería mucho tiempo en la serie, ya que su personaje moría en la primera temporada.

Un día en que Kait estaba revisando uno de los nuevos guiones con Becca y comentando posibles enfoques para mejorarlo, uno de los ayudantes de producción se acercó para decirle que su hijo intentaba contactar con ella pero no la había podido localizar. Kait se había dejado el móvil en la caravana de Maeve cuando fue a verla, a primera hora de la tarde. Le sorprendió mucho que Tom la llamara. Había hablado con él, con Maribeth y las niñas hacía solo dos días. Tenía intención también de llamar a Stephanie, pero había estado demasiado ocupada, y hacía una semana que no tenía noticias de Candace, aunque sabía que pronto estaría de regreso en Londres. Llamó a su hijo desde el teléfono fijo que había en su caravana.

—Hola, ¿qué pasa? —dijo en cuanto contactó con Tom en su despacho—. Lo siento, me he dejado el móvil en la caravana de Maeve. —Él permaneció un rato en silencio, y cuando habló Kait se dio cuenta de que su hijo estaba llorando—. Tommy, ¿qué ocurre? —El corazón casi se le detuvo en el pecho al pensar que algo malo podría haberle pasado a alguna de sus nietas—. ¿Son las niñas?

—No —respondió, tratando de recomponerse. Le había llevado cerca de una hora armarse de valor para llamarla—. Es Candy —dijo utilizando su nombre de la infancia—. Mamá, no sé cómo decírtelo... Candy murió anoche en un bombardeo... Una de las bombas cayó en el restaurante en el que se encontraba. Murieron treinta personas, y Candy fue una de ellas. Su jefe de la BBC acaba de ponerse en contacto conmigo. Te han llamado al móvil pero no han conseguido localizarte, así que me han llamado a mí. Era el siguiente en su lista de contactos de emergencia. Es terrible. Hoy la llevarán de vuelta a Londres.

Kait se sintió como si hubiera recibido un disparo en el pecho. En ese momento Maeve entró en la caravana con el móvil de Kait en la mano. Al verle la cara, no supo si quedarse o marcharse.

—¿No...? ¿Estás seguro? ¿No está solo herida? —dijo agarrándose a un clavo ardiendo, con el rostro contraído por el dolor.

Maeve se acercó y le puso un brazo sobre los hombros. No podía dejarla sola en aquel estado.

—No, mamá, ha muerto. Hoy trasladan su cuerpo a Londres. Voy a ir en el avión de Hank para traer su cuerpo a casa.

Durante un momento Kait se quedó sin habla sintiendo que el dolor la desgarraba por dentro, y luego rompió a llorar incontrolablemente mientras Maeve la sostenía.

—Llevará algunos días arreglar todo el papeleo para poder repatriarla —añadió Tom, también llorando.

—Voy para Londres ahora mismo —dijo Kait, como si eso pudiera cambiar algo. Pero esta vez no sería así. Lo peor había ocurrido. Ya no había salvación posible para Candace. Era demasiado tarde.

—No vayas, mamá. Ya no se puede hacer nada. Maribeth me acompañará y nos reuniremos contigo en Nueva York. —Kait asintió, incapaz de pronunciar palabra—. Estaremos de vuelta dentro de pocos días.

—Te quiero mucho, hijo. Lo siento tanto... Siempre le decía que lo dejara. Pero ella no me escuchaba.

—Ella quería vivir así, mamá. Quería ayudar a cambiar el mundo, y tal vez lo hizo. Tenía derecho a elegir cómo quería vivir —dijo Tom recobrando la compostura.

—No, si eso la iba a matar —musitó Kait—. ¿Has llamado a Steph?

—Acabo de hacerlo. Irá a casa en cuanto pueda. Y cuando vuelva de Londres, te ayudaré con todo.

—Puedo prepararlo antes de tu llegada —dijo Kait, muy aturdida. Al mirar en torno a la caravana y ver a Maeve se sintió totalmente desorientada—. Gracias por llamarme —añadió con un hilo de voz.

—Te quiero, mamá. Lo siento muchísimo, por todos nosotros. Me alegro mucho de que nos tomáramos aquellas vacaciones juntos.

—Yo también —dijo Kait, y tras colgar se derrumbó en los brazos de Maeve y rompió a llorar—. Cayó una bomba en el restaurante en el que estaba. Hoy trasladan su cuerpo a Londres.

Maeve no preguntó en qué país se encontraba, ni quién había sido el responsable de la matanza. Eso ya no importaba. En ese momento su ayudante asomó la cabeza por la puerta y, al ver la escena, se retiró inmediatamente. Tras un largo rato tratando de consolar a Kait, Maeve salió y fue a buscar a Agnes para contárselo. Al cabo de unos minutos la trágica noticia había corrido por todo el set y se detuvo el rodaje.

Maeve volvió luego a la caravana de Kait, acompañada por Agnes. Después se les unió Nancy, y un poco más tarde Abaya. Las cuatro mujeres se turnaron para abrazarla y consolarla, y decirle lo mucho que lo sentían, pero Kait no paraba de sollozar y asentir. Solo podía pensar en lo hermosa y dulce que era Candace, su segundo retoño, la primera niña. Resultaba inimaginable, inconcebible, que hubiera dejado este mundo.

El resto del equipo había abandonado el set mucho antes de que Kait saliera de la caravana seguida por las cuatro mujeres y fueran juntas al hotel en coche. Por un momento Kait pensó en volver esa misma noche a Nueva York, pero luego decidió que estaría mejor en compañía de sus amigas. En Nueva York no había nada, salvo un apartamento vacío. Ya habían llegado al hotel cuando Tom la telefoneó de nuevo para decirle que lo tenía todo listo para volar a Londres. Acto seguido Kait llamó a Stephanie desde su habitación, y sus amigas salieron de ella para que pudiera hablar y llorar a solas con su hija. Stephanie le comunicó que iría a Nueva York al cabo de dos días.

Agnes le dijo que se quedaría esa noche con ella.

—Solo tratas de compensarme por haberme quedado contigo tras tu recaída —bromeó Kait entre lágrimas, y Agnes se echó a reír.

—No, lo que pasa es que tu hotel me gusta más. Y el televisor es más grande —repuso Agnes.

Las cuatro amigas le hicieron compañía hasta bien entrada la medianoche, y Kait se sintió como si estuviera en familia. Zack la llamó y estuvieron hablando un rato, pero cuando colgó ella no logró recordar nada, salvo que le había dicho que lo sentía muchísimo y que él también estaba llorando. Todo a su alrededor estaba como envuelto en bruma. Ya amanecía cuando finalmente se quedó dormida, y Agnes permaneció sentada a su lado, velando su sueño.

El rodaje previsto para el día siguiente se suspendió, con el permiso de Zack, quien le dijo a Nancy que no le importaba lo que les costara. Podían permitirse una jornada de descanso. Kait no salió del hotel en todo el día, acompañada en todo momento por alguna de aquellas mujeres a las que sentía tan cercanas, y Tom la llamó para decirle que ya estaba en Londres y que regresaría a Nueva York al cabo de un par de días.

Cuando le llegó a Kait el momento de marcharse, todos los miembros del reparto se congregaron en silencio para despedirla, algunos con lágrimas en los ojos. Tenía pensado tomarse una semana libre, hasta después del funeral, pero Zack le dijo que se tomara el tiempo que necesitara.

Resultó muy duro para todos reanudar el rodaje sin Kait. Su ausencia resultaba terriblemente dolorosa. Sentían como propio el pesar de la coproductora, pero aun así sus interpretaciones fueron conmovedoras y maravillosas. Toda la compasión que sentían por Kait se reflejó en su manera de actuar. Maeve y Agnes, en especial, ofrecieron una de las mejores secuencias que habían rodado hasta la fecha.

Al llegar a casa, Kait llamó a una funeraria y empezó a organizarlo todo. Oficiarían el servicio fúnebre en una pequeña iglesia que quedaba cerca del apartamento. Cuando estaba redactando el obituario, llegó Stephanie, que se lanzó a los brazos de su madre y rompió a llorar desconsoladamente.

El avión de Tommy aterrizó sobre las doce de esa misma noche con el cuerpo de Candace, o lo que quedaba de él, en un ataúd. Kait había enviado un coche fúnebre al aeropuerto para trasladar los restos a la funeraria. Habían decidido que el servicio fuera privado. Kait no soportaría ver a los amigos de infancia de su hija. Tommy y Maribeth llegaron al apartamento hacia la una de la madrugada. Se sentaron todos alrededor de la mesa de la cocina y eran casi las cuatro cuando se fueron a la cama. Kait no podía conciliar el sueño, y Stephanie tampoco. Al final se acostaron juntas en la cama de la madre, y aún seguían despiertas cuando despuntó el sol.

Por la mañana Kait envió el obituario al *New York Times*, y la BBC se encargaría de hacer lo mismo con los periódicos británicos. La propia cadena pública anunció su muerte y rindió a la joven reportera un emotivo tributo, que después mandaron a Kait por correo electrónico.

El servicio religioso organizado por Kait fue un breve momento de pesar en comparación con todo lo demás. La conmoción provocada por su muerte había sido terrible. La familia pasó junta todo el fin de semana. Y el lunes, sin apenas fuerzas para separarse, Stephanie regresó a San Francisco, Tom y Maribeth volaron de vuelta a Dallas, y Kait se quedó sola en su sala de estar, totalmente perdida y con la sensación de que su vida se había acabado. Ya nada le importaba.

En ese momento todo el equipo de rodaje estaba de vuelta en la ciudad. Planeaban empezar a filmar en Long Island el miércoles, pero Kait se sentía demasiado alejada de la realidad para hablar con ellos y para volver al trabajo. Sus compañeras de *Woman's Life*, Carmen y Paula Stein, vieron el obituario en la prensa y la llamaron completamente devastadas por la pérdida. Jessica y Sam Hartley le mandaron flores, y también lo hicieron Maeve, Agnes y Nancy. Zack había hecho llegar a la funeraria un enorme arreglo floral de orquídeas blancas, en su nombre y en el de todo el equipo.

Kait sentía que una parte de su vida había muerto con Candace. Tommy lo había organizado todo para que empaquetaran sus pertenencias y las enviaran a casa de su madre. Kait no soportaba la idea de tener que revisarlas cuando llegaran. Sentía un hondo desgarro en lo más profundo de su alma. No solo habían hecho añicos la vida de Candace, sino también la suya.

Agnes la llamó por la tarde para asegurarse de que estaba bien, y Maeve lo hizo poco después. Sentían alivio por estar de vuelta en Nueva York, y en cierto modo Kait también. Las actrices se ofrecieron para ir a hacerle compañía, pero ella les dijo que prefería estar sola. No tenía fuerzas para ver a nadie. De repente todo salvo Candace parecía irrelevante.

Al cabo de dos días, estando Kait sentada en la cocina, sumida en sus pensamientos, de pronto le entraron ganas de ver a sus amigas. Ahora ellas también eran su familia. Se puso unos tejanos, una camiseta y unas sandalias y, sin molestarse siquiera en maquillarse ni arreglarse el pelo, cogió el coche y se dirigió a Long Island. Ese día rodaban en la pista de aterrizaje. Era la escena final de Phillip Green en el papel de Loch. Todo el equipo se quedó muy impactado al verla llegar y se dirigieron presurosos hacia ella para darle la bienvenida. Hacía solo una semana de la muerte de Candace, pero para Kait era como si llevara meses sin verlos.

Agnes se acercó a ella cuando el resto del equipo volvió al trabajo, y le sonrió.

—Buena chica. Sabía que vendrías. Te necesitamos aquí. Por cierto, ese cabrón ha vuelto a engañar a Abaya —dijo, devolviendo a Kait a la realidad y haciéndola reír.

Estaba destrozada por dentro, como si al arrebatarle a Candace le hubieran arrancado una parte de su ser y solo hubiera quedado un cascarón vacío en torno a la profunda herida. Pero se sentía a gusto con su nueva familia. Se había llevado una bolsa de viaje para poder quedarse en algún hotel cercano si no le apetecía volver a Nueva York por la noche. Y después de ver la última intervención de Phillip Green en la serie, y antes de que este se marchara, le dio las gracias por su trabajo.

—Nick Brooke llegará mañana —le recordó Maeve mientras paseaban por la pista de aterrizaje durante un descanso.

—Oh, vaya, lo había olvidado.

Kait tenía la sensación de que había pasado una eternidad desde que se conocieron.

—Solo se quedará dos días para rodar su papel en el episodio final.

Habían conseguido encontrar un hueco en su apretada agenda, y cuando se fuera continuarían filmando las escenas que aún faltaban por rodar.

—¿Cómo está Charlotte? —preguntó Kait con cierta inquietud.

—Sigue siendo un incordio, pero la incipiente maternidad la ha dulcificado un poco —comentó Maeve con una sonrisa maliciosa.

No le caía nada bien, pero era una buena actriz y necesitaban que hubiera una chica mala en la serie, al igual que necesitaban a Dan.

—Agnes me ha contado que Dan ha vuelto a engañar a Abaya. ¿Detrás de quién va ahora?

Hablar de esas cosas le servía de distracción.

—De una de las ayudantes de Lally. La que tiene los pechos del tamaño de mi cabeza.

—¿Y Abaya no sospecha nada?

Para Kait era un alivio poder comentar los problemas que surgían en el plató, en lugar de pensar día y noche en Candace.

—Aún no. Está convencida de que Dan ha cambiado y sigue locamente enamorada de él. Cuando descubra la verdad, se llevará una sorpresa muy desagradable.

Más tarde, Maeve se fue a casa para comprobar cómo estaba Ian. Eso era lo que más le gustaba de rodar en Long Island. Le alegraba poder relevar a sus hijas durante un rato para que pudieran salir con sus amigos. Agnes y Nancy cenaron con Kait en el hotel. No le mencionaron en ningún momento a Candace, conscientes de que estaba destrozada por su pérdida. Aún no era ella misma.

A la mañana siguiente, antes de ir al set, Kait dio un largo paseo sola por la playa. Al volver vio a una pequeña multitud alrededor de un coche, del que salió un hombre con sombrero vaquero. A menudo solía haber fans merodeando por el perímetro exterior de la zona de rodaje por si podían ver a sus actores favoritos. Al cabo de un momento despejaron un pasillo para que el hombre pasara, y Kait vio que se trataba de Nick Brooke. Tenía el mismo aspecto de cuando fueron a su rancho en Wyoming. Nick sonrió al divisarla un poco más allá de la multitud, se acercó a ella con expresión grave y esperó hasta que los fans les concedieron cierta privacidad.

—Siento muchísimo lo de tu hija, Kait. Lo leí en el *New York Times*. Me alegro de haberla conocido.

Kait asintió con los ojos llenos de lágrimas. No pudo responder nada, y él le tocó suavemente el hombro.

—Gracias —acertó a decir al fin, y luego lo acompañó a su caravana para que pudiera dejar algunas cosas.

—Me gustaría escribir a Tom y Stephanie, si me das sus direcciones de correo electrónico.

Kait volvió a asentir y después entraron en la caravana. Nick echó un vistazo a su alrededor con gesto de aprobación, aunque lo que más deseaba en realidad era ver los aviones antiguos. Le preguntó dónde estaban, y Kait lo condujo al hangar. Caminaron en silencio hasta que Nick lanzó una exclamación de asombro al ver los aeroplanos.

—¡Los aviones me gustan casi tanto como los caballos! —exclamó.

Los fue examinando uno a uno, se quedaron un buen rato en el hangar y cuando se fueron Kait ya había recobrado la calma y se sentía como si se hubiera reencontrado con un viejo amigo. Significaba mucho para ella que Nick hubiera conocido a Candace durante sus vacaciones en Wyoming. Kait esbozó una sonrisa al recordar que su hija había querido emparejarlos, pero prefirió no contárselo. Sin embargo, el cálido y afectuoso vínculo que habían establecido en Jackson Hole permanecía intacto en Long Island.

Kait presentó a Nick al resto del reparto. Estuvo charlando un rato con Maeve, y luego le dijo a Agnes que era todo un honor para él conocerla. Abaya le cayó bien al momento, y él se mostró encantador con todo el mundo. Durante el almuerzo, Kait les contó a todos que le había visto montando un potro salvaje y Nick se echó a reír.

—Hará un par de semanas, un bronco de los buenos me hizo besar bien el polvo. No estoy seguro, pero puede que me rompiera una costilla —dijo, llevándose un dedo cautelosamente al torso—. Más vale que Maeve me trate con dulzura en nuestra escena de amor, de lo contrario, me pondré a gritar de dolor.

Todos rieron. Maeve estaba de buen humor porque por la mañana había visto a Ian y se encontraba bastante bien.

Lally tomó las medidas para el vestuario de Nick y rápidamente se lo cosió, y a la una de la tarde, después de montar las luces para la secuencia, todo quedó listo para el rodaje. Se trataba de la escena en que él se presentaba ante Maeve. Ambos estuvieron fantásticos en el primer encuentro, en el cual Nick interpretaba a un viejo amigo de su difunto marido que iba a pedirle trabajo como piloto. El momento fue electrizante, y ya desde el comienzo se auguraba la pasión que los arrebataría hacia el final del episodio. Un instante mágico que acabó en cuanto Nancy dio la orden de cortar y pasaron a filmar la siguiente toma. Eran los mejores actores que Kait había visto en su vida, aparte de Agnes, que dejaba a todo el mundo sin aliento cada vez que rodaba una escena. Sin embargo, aquel día toda la acción tenía lugar entre Nick y Maeve. Trabajaron hasta las seis de la tarde, con solo una breve pausa para descansar, y Kait y Becca permanecieron entre bastidores siguiendo el guion. Ninguno de los dos se equivocó en una sola línea de diálogo.

—Son asombrosos —le susurró Becca a Kait, que asintió para mostrar su acuerdo.

Por un momento se le ocurrió pensar que quizá en el pasado habrían tenido una aventura amorosa, ya que sus interpretaciones eran absolutamente convincentes y la química entre ambos hacía saltar chispas. Era un auténtico placer ver cómo sus personajes cobraban vida, tanto cuando se peleaban como cuando se enamoraron. Todos los años de soledad de Anne Wilder acabaron estallando en un arrebato de pasión en su escena de amor con Nick.

—Ha sido un día fantástico... ¡Fantástico! —los felicitó Nancy, y luego Maeve se encaminó hacia su caravana para quitarse el maquillaje.

En ese momento llegó corriendo el jefe de producción y les comunicó a gritos que tenía que anunciarles algo muy importante. Todo el mundo dejó lo que estaba haciendo para escuchar de qué se trataba.

—Zack acaba de llamar desde Los Ángeles. ¡La cadena ha dado luz verde para una segunda temporada! —Estaba eufórico. Sin duda eran muy buenas noticias—. Ni siquiera esperarán a ver cómo va la audiencia. ¡Quieren que acabemos de rodar los primeros veintidós episodios cuanto antes!

Eso significaba que la cadena estaba entusiasmada con lo

que estaban haciendo y que pensaban que la serie sería un gran éxito. Becca y Kait ya estaban trabajando en los guiones de la segunda temporada e incluso tenían algunos listos para rodar.

—¡Felicidades a todo el mundo! —concluyó el jefe de producción.

Se alzó un murmullo de satisfacción entre los integrantes del equipo, que conversaban entre sí y se abrazaban unos a otros. Kait también estaba encantada, aunque por dentro se sentía como si la hubiera golpeado una bola de demolición. Aquello también implicaba que Nick continuaría con ellos durante la segunda temporada.

Por la noche el actor cenó con el resto de los miembros principales del reparto. Fueron a una marisquería cercana y bebieron vino en abundancia, excepto Agnes y Kait. La primera seguía con su régimen estricto de abstinencia, y la segunda no creía que pudiera aguantar bien el alcohol, dado su frágil estado emocional. Nick se sentó junto a ella y no le quitó ojo en toda la noche, y luego la acompañó hasta su hotel. Los demás se habían adelantado un poco o se habían quedado un tanto rezagados, así que Nick y Kait se encontraron caminando solos.

—He estado pensando mucho en ti después de vuestro viaje a Jackson Hole —le dijo él en voz baja—. Pasé una velada magnífica contigo y con tu familia.

—Nosotros también —respondió ella, recordando lo buen anfitrión que fue cuando los invitó a su rancho.

—Pronto habrá una pausa en el rodaje, tal vez podrías pasar unos días en Wyoming. Está precioso en otoño. —Pero en esos momentos Kait no tenía el ánimo para viajes. Quería estar cerca de casa, y había prometido a Stephanie y a Tom que los visitaría en San Francisco y Dallas, respectivamente—. Me gustaría volver a verte. Y no solo por razones de trabajo. —Nick le estaba dejando muy claro su interés por ella—. Cuando reanudemos el rodaje estaremos todos muy ocupados, así que te iría bien tomarte un tiempo de descanso.

—Ahora mismo me encuentro bastante perdida —contestó ella con sinceridad—. Algo se rompió en mi interior hace tan solo una semana. —Él asintió y la miró con ojos rebosantes de afecto y comprensión—. Superar esto me va a llevar un tiempo.

Kait se preguntó cuánto tiempo haría falta, teniendo en cuenta que Agnes seguía destrozada cuarenta años después de la pérdida de su hijo.

—De vez en cuando tengo cosas que hacer aquí, en Nueva York —comentó Nick—. La próxima vez que venga podríamos quedar. Y si te apetece hacer una escapada, la invitación a mi rancho sigue en pie —añadió mientras otros miembros del grupo les daban alcance. Dan caminaba junto a Abaya, con el brazo sobre sus hombros. Nick le preguntó a Kait en voz muy baja—: ¿De qué va ese tipo? Me da muy mala espina. Me parece más falso que un billete de tres dólares.

—Has dado en el clavo —le respondió ella, también susurrando—. Él la está engañando y ella es la única que no lo sabe. Está perdidamente enamorada de él.

—Pues dejará de estarlo en cuanto lo descubra.

Entonces Kait se acordó de la historia que él le había contado sobre la esposa que le había roto el corazón. Era algo por lo que pasaba mucha gente al menos una vez en la vida, si no más.

Nick se alojaba en el mismo hotel que ella. La acompañó hasta la puerta de su habitación y le deseó buenas noches con una cálida sonrisa. Kait era consciente de que le quedaban largas horas de insomnio por delante. No había dormido una sola noche entera desde la muerte de Candace.

—¿Damos un paseo de buena mañana por la playa? —le propuso Nick—. Es algo que me ayuda a despejar la mente antes de iniciar la jornada de trabajo.

Kait asintió y luego entró en su habitación. Fue otra noche de zozobra y angustia, pero al menos consiguió dormir unas pocas horas antes de que amaneciera. Él la llamó a primera hora para recordarle lo del paseo. Al cabo de diez minutos, Kait estaba en la entrada del hotel esperándole, y ambos se encaminaron hacia la playa.

—¿Una mala noche? —le preguntó Nick, y ella asintió. A él no le sorprendió—. ¿Te sientes culpable como si pudieras haber hecho algo para evitarlo?

—No, la verdad es que no. Solo me siento triste. Ella vivió la vida como quería, era consciente de los riesgos que corría, pero su vida acabó prematuramente. Creo que Candace no habría renunciado a su trabajo aunque hubiera sabido cuál sería su final. He estado reflexionando mucho sobre eso y he llegado a la conclusión de que Tom tenía mucha razón en lo que me dijo. Ella tomó su decisión, aunque a mí no me gustara. Los hijos son quienes son desde el mismo momento en que nacen. Y desde que nació, Candace quería cambiar el mundo.

—¿Es eso lo que tratas de hacer tú también con la serie? He leído todos los guiones. Y el mensaje es muy potente y alentador.

—Te agradezco mucho tus palabras. Solo pretendo rendir tributo a la valentía de algunas mujeres, a lo duro que tienen que luchar para hacer lo que creen que es justo, en un mundo que no las comprende y las rechaza.

—¿Acaso no es eso lo que Candace intentaba hacer? —le preguntó él con delicadeza.

—Nunca lo había visto desde esa perspectiva —respondió ella pensativa—. Mi abuela pertenecía a esa clase de mujeres.

—Y tú también. Las mujeres tenéis que luchar mucho más duro que los hombres para conseguir lo que queréis. Es injusto, pero así son las cosas. Debéis reunir las fuerzas necesarias para abrir las puertas que queréis cruzar, y una vez abiertas, tener agallas para cruzarlas. En muchos aspectos seguimos viviendo en un mundo de hombres, aunque la mayoría no quiera reconocerlo. He estado leyendo tus columnas y sabes dar buenos consejos. —Le sonrió—. Tal vez Candace intentaba hacer lo mismo que hizo tu abuela, aunque de un modo distinto. Y quizá tú también. Has sacado adelante a una familia maravillosa, Kait.

Pero ahora faltaba una parte esencial de esa familia. Candace ya no estaría nunca más con ellos, y eso era lo que dolía tanto. Nunca más volvería. Se había ido para librar sus batallas y había muerto en el intento.

—La historia de las mujeres Wilder trata sobre la victoria cuando ni siquiera os dejan participar en el juego —prosiguió él.

Kait estaba maravillada por la profunda percepción que Nick tenía de su relato.

—Mi abuela tuvo que luchar muy duro para salvar a su familia, y creo que nos legó ese increíble don. No solo el dinero, aunque eso también estuvo bien, sino además el ejemplo de que nunca hay que rendirse y dejarse destruir. Y gracias a eso nos salvó a todos nosotros, no solo a sus hijos, sino a las tres generaciones posteriores de la familia. Aunque lo cierto es que no tuvo mucha suerte con sus propios hijos.

—A veces ocurre —dijo Nick cuando emprendían el regreso. Tenía que pasar por peluquería y maquillaje—. Pero tus hijos son fantásticos. Todos ellos. Candace también lo era.

Kait asintió y siguieron caminando en silencio hasta que divisaron el hotel.

—Gracias por decirme eso —dijo ella en voz baja.

—Gracias por elegirme para este proyecto —repuso él sonriendo.

—Gracias por aceptarlo.

—Estuve a punto de rechazarlo. Pero algo me dijo que tenía que hacerlo. Tal vez mi intuición.

Subieron a sus respectivas habitaciones a recoger lo que necesitaban para el día, y luego fueron al set de rodaje en el coche que él había alquilado.

Cuando dejó a Nick en peluquería y maquillaje, Kait se dirigió a su oficina; le sorprendió encontrar a Abaya esperándola en la caravana. Estaba llorando. Kait sospechó lo que se avecinaba. Algo que debería haber ocurrido hacía tiempo.

—Creo que Dan me está engañando. Anoche encontré unas bragas rojas en el suelo de su coche. Trató de fingir que no sabía cómo habían llegado allí. Debe de creer que soy idiota.

—Tal vez llevaban allí mucho tiempo y no te habías fijado.

Kait no quería confirmar ni negar nada. Era Abaya quien debía enfrentarse a su realidad, y la prueba era flagrante.

—¿Un tanga rojo? ¿Crees que no lo habría visto antes, allí tirado bajo mis pies? Me parece que está con esa zorra de maquillaje con la que se acostaba antes. Y creo que él es un mentiroso, y que siempre lo ha sido.

—Yo también lo creo —convino Kait.

—¿Qué debo hacer? —preguntó Abaya.

Parecía tan perdida como la propia Kait se sentía por dentro.

—Mantén los ojos y los oídos muy abiertos, Abaya. Analiza bien cómo se comporta. Los actos dicen mucho más que las palabras. No seas demasiado confiada, y no pienses en él como tú querrías que fuera. Averigua quién es realmente. Entonces sabrás qué hacer.

Era ella quien tenía que tomar la decisión.

Abaya asintió y poco después se marchó. Fue directa a la caravana de peluquería y maquillaje para enfrentarse a la joven a la que en ese momento tanto odiaba. Esperó a que acabara de maquillar a Nick, y cuando este salió Abaya sacó el tanga rojo de su bolsillo y se lo plantó en la cara.

—¿Es tuyo esto?

La chica se puso muy nerviosa al principio, pero luego se encogió de hombros. No tenía ningún sentido negarlo. Después de todo, Dan no estaba casado.

—Sí, es mío. Me lo dejé en el coche de tu novio.

El corazón de Abaya latía desbocado.

—¿Cuándo?

—Ayer, mientras tú estabas rodando.

Abaya pensó que iba a desmayarse, pero aguantó. Dio media vuelta y se marchó. La ayudante de maquillaje era tan zorra como Dan, pero al menos no era una mentirosa. Diez minutos más tarde, después de que la chica le hubiera contado lo que había pasado, Dan entró en la caravana de Abaya. El pánico se reflejaba en su rostro.

—¡Sal de aquí ahora mismo! —le gritó Abaya hecha una furia—. No tengo nada que hablar contigo.

Por fin había abierto los ojos y entrado en razón.

—Espera, tenemos que hablar. Puedo explicártelo.

—No, no puedes. Ayer te acostaste con ella. Yo tenía razón desde el principio, respecto a ti.

—Yo estoy enamorado de ti, Abaya.

—No, no lo estás, y además me has hecho quedar como una tonta delante de todo el mundo. ¡Y ahora vete!

—Tenemos que rodar una escena importante juntos dentro de una hora. No puedes dejarme así.

—Sí puedo. Sal ahora mismo de mi caravana... ¡y de mi vida!

En su mirada Dan leyó que de un momento a otro iba a arrojarle algo a la cabeza, así que dio media vuelta y se marchó. Al alejarse y notar como si le faltara el aire, el actor se dio cuenta de lo idiota que había sido. Ella era la única mujer que había conocido que merecía realmente la pena y lo había fastidiado todo por su costumbre de acostarse con cualquiera que se le pusiera a tiro. Siempre le pasaba lo mismo, pero es que ellas se lo ponían tan fácil... Podía poseer a cualquier mujer que se propusiera. Al dirigirse a su caravana se cruzó con Becca, que le miró con expresión de disgusto.

—Eres un imbécil —masculló por lo bajo.

Él no respondió. Entró en su caravana, cerró la puerta y se echó a llorar.

Nick y Maeve rodaron una nueva escena del episodio final y la magia volvió a surgir en el plató, bajo la atenta mirada de Kait. Todos quedaron fascinados por sus actuaciones en una secuencia en la que la ira se transformaba en pasión y luego en amor, una sucesión de emociones que se reflejaban en la pantalla de forma tan convincente como descarnada. Ambos eran unos actores asombrosos. Sus interpretaciones resultaban poderosas y profundamente conmovedoras, y Kait recordó las cosas que él le había dicho acerca de Candace y de ella misma aquella mañana en su paseo por la playa. Nick tenía una profunda comprensión no solo de sus personajes, sino también de la vida. Había algo increíblemente genuino en él, sin artificios de ningún tipo, y por esa razón su actuación rebosaba verdad. Solo fue necesario realizar tres tomas, y cuando acabaron todos los presentes tenían lágrimas en los ojos.

Solo quedaba una última secuencia que rodar esa tarde, y Kait lamentó que Nick no saliera en más escenas y no se quedara más tiempo. Tendrían que esperar a la siguiente temporada.

Cuando salía del set, Nick se detuvo junto a la silla de Kait y la miró a los ojos.

—¿Qué te ha parecido?

—Ha salido todo perfecto —respondió ella sonriéndole.

—Bien. Eso es lo que quería, también para mí ha ido todo muy bien.

Kait no sabía si estaba hablando de ellos dos o de la escena que acababa de rodar con Maeve. Podría haberse referido a cualquiera de las dos cosas. Fuera como fuese, ella estaba de acuerdo.

14

Todo el equipo lamentó tener que despedirse de Nick cuando finalizaron sus dos días de rodaje. El actor se había interesado por conocer a los técnicos de sonido e iluminación, y les había dedicado un par de palabras, un apretón de manos o unas palmaditas amistosas en la espalda. Siempre había sido muy apreciado en todos los platós en los que había trabajado, y Agnes comentó que era todo un caballero. Le dijo que había sido un gran honor conocerla, aunque todavía no había trabajado con ella. Todas las escenas que había rodado las había compartido con Maeve, y solo una con Abaya. Por un instante, Kait creyó que había química entre Nick y la actriz, pero después de lo que él había visto de Dan, y de lo que Kait le había contado por encima sobre la relación de los dos jóvenes, comprendió que Nick solo estaba siendo agradable con ella.

Más adelante, después del parón tras el rodaje de los primeros veintidós episodios, seguirían filmando las escenas de Nick para la segunda temporada. Aquella última noche el actor iba a cenar con Kait, y luego pensaba ir a Nueva York para reunirse con un agente literario, antes de regresar a Wyoming. Tenía intención de comprar los derechos de una novela que le había encantado y que quería llevar al cine. Aunque siguiera trabajando en la serie, él, al igual que los demás, tendría tiempo para participar en otros proyectos durante el descanso entre temporadas. Todos los actores contaban con ello, no solo por el dinero que eso les proporcionaría, sino también porque no querían quedarse encasillados en un papel, lo que solía pasar con las series de larga duración. Sin embargo, este era un problema que a ninguno de ellos le importaría afrontar, en el caso de que *Las mujeres Wilder* se prolongara muchas temporadas.

No hablaron mucho durante la cena, que fue sencilla y tranquila. Kait se sentía aún muy abatida y alterada por la pérdida de Candace. Había vuelto enseguida al trabajo, pero seguía sin ser ella y se preguntaba si alguna vez volvería a serlo. Se sentía fatigada todo el tiempo y apenas podía dormir por las noches, atormentada por el recuerdo de su hija. A veces pensaba que debería haberse mostrado más dura para intentar detenerla, insistirle para que dejara su trabajo en la BBC. Sin embargo, sabía que Candace nunca lo habría hecho. Estaba demasiado comprometida con su misión de informar sobre las injusticias e intentar cambiar el mundo. Nadie ni nada podría haberla detenido. Nick percibía la zozobra en los ojos de Kait, y no esperaba que se mostrara muy locuaz o animada, dadas las circunstancias. Le bastaba solo con estar con ella. Kait también parecía más calmada cuando estaba con él. Nick emanaba un aura de serenidad que le daba la sensación de que la protegía, aunque ella no sabía bien de qué. Lo peor ya había sucedido. No había nada que él pudiera hacer, salvo estar con ella y respetar su silencio.

Lo poco que hablaron fue acerca de los próximos episodios de la segunda temporada. Kait y Becca habían esbozado las líneas generales de casi todos los capítulos y hasta habían escrito algunos de ellos, que tanto a Zack como a la cadena les habían encantado. Todo indicaba que *Las mujeres Wilder* estaba destinada a convertirse en una serie importante, y esperaban que durara muchos años. Kait quería que la segunda temporada fuera aún mejor que la primera.

—¿Le caigo bien a la abuela Hannabel? —preguntó Nick en tono de broma.

Estaba ansioso por trabajar con Agnes, tan solo para poder alardear de ello. Pensaba que era una mujer admirable, la gran dama de una época dorada del cine anterior a la suya.

—Al principio no —respondió Kait sonriendo—. Tienes un fuerte enfrentamiento con ella y eso hace que vuestra relación dé un giro de ciento ochenta grados. Becca acaba de reescribir la escena para el tercer episodio. Después de esta discusión, Hannabel cae rendida a tus pies. Al principio piensa que eres demasiado arrogante... en la serie —se apresuró a corregir—, y en ocasiones lo eres, pero tú estás allí para ayudar a su hija y para protegerla de los tipos que intentan echarla del negocio. Todo cambia a raíz de tu llegada. Tú contribuyes a que la empresa de Anne triunfe y, con el tiempo, Hannabel acaba dándose cuenta de ello.

Nick asintió. Estaba entusiasmado con el personaje, con los actores con los que trabajaría, y también con los aviones. Tenía todo lo que le gustaba en un papel.

—Bueno, todavía se podría meter algún caballo por alguna parte —apuntó en tono jocoso, y ella se echó a reír.

—Pensaré en ello —le prometió, sabiendo que Nick solo estaba bromeando—. Pero los aviones antiguos son algo muy sexy, y los hombres que los pilotan también.

—Sí, lo son —convino, y luego la miró muy serio—. ¿Podré volver a verte antes de que yo vuelva a trabajar en la serie?

Había una inexplicable conexión entre ambos, como si se conocieran desde hacía mucho tiempo. Sin necesidad de palabras, él entendía lo que ella pensaba, cómo reaccionaría en cada momento y por qué. La protegía de forma instintiva. Nick era plenamente consciente de las circunstancias por las que había pasado y cuánto le pesaba, de lo mucho que se preocupaba por sus hijos y de todo lo que acaecía en sus vidas. Quería conocerla mejor y pasar más tiempo con ella fuera del terreno profesional. Su paseo matinal por la playa le había llegado al corazón.

Kait era la clase de mujer con la que le hubiera gustado tener hijos, si se hubiera cruzado en su camino en el momento oportuno. Las mujeres que había conocido a lo largo de su vida no le habían dado la impresión de que pudieran ser buenas madres, como no lo había sido la suya y tampoco la de Kait, ya que a ambos los habían abandonado. En esos momentos no quería tener hijos; sentía que ya era demasiado tarde y tampoco pretendía llenar el vacío afectivo que él había sufrido. Pero sí quería tener una mujer en su vida con la que hablar, a la que respetar, con la que compartir momentos de calidez y afecto, y también los difíciles. Kait pertenecía a esa clase de mujeres, aunque al parecer, por el momento, no quería a ningún hombre en su vida. Eso era lo único que le provocaba cierta indecisión: no saber si ella le dejaría entrar en la intimidad de su mundo privado. Kait se sentía insegura y en esos momentos estaba devastada. Pero en algún momento deberían empezar su relación, y Nick no quería esperar meses para volverla a ver. Él creía que las buenas oportunidades había que aprovecharlas y explorarlas, con independencia de su trabajo en la serie.

En noviembre o diciembre ya sabrían cómo había funcionado la audiencia y si tenían una baza triunfadora entre manos. Estaban todos sobre ascuas esperando los resultados, pese a que los augurios eran muy buenos y la cadena tenía mucha fe en ellos, lo cual era un excelente indicador de un probable éxito.

—¿Qué vas a hacer cuando acabe el rodaje? —la presionó.

—Intentaré viajar al oeste para ver a Tom y Stephanie —respondió Kait con vaguedad. Wyoming no estaba en su plan de vuelo—. No sé, supongo que estaré muy ocupada con la posproducción, todo esto es nuevo para mí. Quería esperar a ver cómo iba la audiencia antes de dejar la columna, pero me está resultando muy duro aguantar el ritmo, y últimamente he estado pensando en dejarla. Siempre surge alguna crisis imprevista en el set, y no solo por la presión para cumplir el plan de rodaje, que era lo que en un principio más temía.

—Es lo que suele ocurrir cuando se trabaja con personas —repuso Nick sonriendo.

—Charlotte nos lo puso realmente difícil cuando nos dijo que estaba embarazada. Y piensa tener al bebé con ella en la caravana mientras le esté dando el pecho. Eso probablemente nos retrasará —le dijo Kait a modo de disculpa, aunque él no pareció preocupado en absoluto. Ya había trabajado antes con madres lactantes y había visto casi de todo en los platós—. Y si la salud de Ian empieza a empeorar, Maeve lo tendrá bastante mal para seguir el ritmo de rodaje. Debemos estar preparados para eso.

—No creo que Maeve llegue a estar nunca preparada para eso —dijo él en tono compasivo—. Va a resultar muy duro para ella.

Kait asintió al pensar lo duro que había sido para ella perder a Candace. Esas eran las tragedias que ocurrían en la vida real.

Le gustaba charlar con Nick sobre la serie. Por lo general hablaba de ello con Zack, pero últimamente no habían tenido tiempo de hacerlo. Él también estaba muy ocupado. Desde que empezaron a rodar había estado en Los Ángeles la mayor parte del tiempo, trabajando en otros proyectos, organizando con la cadena la estrategia publicitaria y comercial de *Las mujeres Wilder* y cerrando los acuerdos para la segunda temporada.

En septiembre lanzarían una gran ofensiva promocional. Ya habían empezado la campaña y los vaticinios eran muy buenos. La presencia de Nick seguía manteniéndose en secreto, pero al final de la primera temporada colocarían grandes carteles y vallas publicitarias con la imagen de él y Maeve.

Habían tomado las fotografías mientras Nick estaba en el set, y formaban una pareja espectacular. Contratarlo para el papel del nuevo amor de Anne había sido todo un acierto.

Mientras hablaba con Nick vislumbraba cómo sería compartir la vida con el hombre apropiado, como les ocurría a Ian y Maeve. Ella nunca había tenido algo así, y en los últimos años había pensado que ya era demasiado tarde. Pero entonces empezaba a plantearse esa posibilidad. ¿O tan solo se estaba haciendo ilusiones porque él era un hombre muy atractivo, una estrella de cine? Se sentía insegura, y no lo conocía lo suficiente para decidirse. Ella intuía que eso era precisamente lo que Nick quería de ella, tiempo para averiguar si entre ellos podía surgir algo serio, eso era lo que él tenía en mente.

—¿Sabes? Candace pensaba que deberíamos salir juntos —dijo ella tímidamente—. Y Steph también. —Sonrió—. Tommy solo te quiere para él. Ha estado rodeado de mujeres toda su vida: una madre, dos hermanas, y ahora una mujer y dos hijas. Por eso adora a su suegro.

—Hank es un tipo estupendo. —Nick lo conocía, aunque no demasiado bien. Habían coincidido varias veces en subastas de caballos. El magnate poseía algunos ejemplares magníficos—. Quizá deberíamos cumplir los deseos de Candace —dijo con delicadeza, adentrándose con cautela en lo que sabía que era terreno sagrado. No quería ofenderla—. Ya veremos qué pasa —añadió, y ella asintió.

Nick no quería forzar ni precipitar las cosas. Con sus palabras dio a entender que tenían todo el tiempo del mundo.

Después de la cena Nick tenía que marcharse a Nueva York, y ella lo acompañó al coche.

—Mañana echaré de menos pasear contigo por la playa —le dijo él, y Kait volvió a asentir. A ella también le había encantado compartir juntos la salida del sol con los pies descalzos sobre la arena, con la guardia y las defensas bajas, antes de que la jornada empezara y otros irrumpieran en ella—. Me gusta cabalgar por las colinas a primera hora de la mañana. Transmite la misma sensación que el océano. Te das cuenta de lo pequeño que eres y que no importa los planes que tengas: Dios siempre tiene uno mayor, y no eres tú quien decide.

Sin embargo, Kait no alcanzaba a comprender cuál había sido su plan al arrebatarle a Candace, no entendía por qué había tenido que morir. Seguía sin encontrarle sentido. Aunque tal vez no lo tenía. Tan solo debía aceptar las cosas como eran, lo cual era la parte más dura, y asumir que Candace jamás regresaría, que nunca volvería a verla. Kait lo miró con una expresión anhelante en sus ojos.

—Siempre estaré cuando me necesites —le dijo Nick en voz baja—. Solo tienes que llamar o enviarme un correo. O un mensaje de texto. No quiero agobiarte, pero si me llamas iré.

Nadie le había dicho eso nunca, y Kait experimentó la misma sensación de bienestar que había sentido con su abuela cuando era pequeña: tener a alguien en quien confiar y que estaría siempre ahí para protegerla.

—Estoy bien —dijo Kait, tratando de aparentar fortaleza.

—Lo sé —respondió él, mostrando su plena confianza en ella—, pero nunca está de más tener un amigo a mano, o en tu mismo equipo.

Eso era lo que Zack había representado para ella cuando empezaron a trabajar en el proyecto, pero con Nick era distinto. Con él había algo acechando bajo la superficie, algo que era imposible ignorar. Candace lo había intuido, y Kait también, aunque se lo había negado a sí misma desde el principio y lo había atribuido a su imaginación. Nick la contempló fijamente, luego le acarició la mano, subió al coche y le dijo adiós con la mano mientras el vehículo se alejaba. No habían planeado volver a encontrarse cuando no estuvieran trabajando, pero Kait tenía la sensación de que lo harían. Regresó caminando al hotel, sin dejar de pensar en él. Luego el recuerdo de Candace invadió de nuevo sus pensamientos y Kait pasó una larga, solitaria e insomne noche. A la mañana siguiente, al amanecer, salió a pasear sola por la playa.

Al día siguiente todo el mundo hablaba de Nick en el set. A todos les había caído bien, lo cual no era de extrañar, y Nancy comentó que era un actor fabuloso al que resultaba muy fácil dirigir, al igual que a Maeve y Agnes. Eran personas con un enorme talento y con las que era un gran privilegio trabajar.

A la mañana siguiente Dan y Abaya tenían que rodar su escena final, y fue una auténtica pesadilla. Se enzarzaron en una fuerte discusión en medio del plató, y Nancy ordenó una pausa para comer. Les dijo que resolvieran sus asuntos en su tiempo libre, ya que sus problemas personales le estaban costando mucho dinero a la cadena. Todo lo que necesitaba era que cumplieran su trabajo en esa última secuencia juntos. Tras oír la seria advertencia de la directora, Dan siguió a Abaya hasta su caravana, pero ella no le dejó entrar.

—Ya te lo dije, se ha acabado. No vas a continuar jugando conmigo a ese jueguecito de a ver con quién la engaño hoy. Te odié desde el primer momento en que te vi, y entonces tenía razón. Eres escoria, eres lo peor. Coge tu tanga rojo y lárgate. Y ni se te ocurra llamarme cuando hayas dejado de trabajar en la serie.

Dan se dio cuenta de que hablaba muy en serio y comprendió el tremendo error que había cometido. Ella no le daría una nueva oportunidad, y no podía culparla por ello. Su rechazo acrecentó aún más su deseo. Siempre había engañado a las mujeres con las que salía, pero en ese momento se daba cuenta de que Abaya era diferente y el hecho de que ella rompiera con él le hacía sentirse aún más enamorado de ella. Aunque, por lo visto, ya era demasiado tarde. Abaya había dejado de creerle y no quería saber nada más de él.

—Tengo cosas mejores que hacer en mi vida.

Todo eso la había hecho madurar como persona, había aprendido a respetarse más a sí misma. Se había comportado como una ingenua al principio, pero por fin había abierto los ojos.

—No sé qué me ha pasado, Abaya. Pero la verdad es que estoy perdidamente enamorado de ti. Lo que hice estuvo mal, muy mal —trató de explicarse, en vano.

—Si te diera una nueva oportunidad, volverías a hacerlo —replicó ella, totalmente convencida de que eso sería lo que ocurriría.

—Te juro que no volverá a pasar. Dame otra oportunidad. Y si vuelvo a fastidiarlo todo, me marcharé.

Ella negó con la cabeza y le cerró la puerta en las narices.

Por la tarde, su actuación en la última escena juntos mejoró ligeramente las cosas, pero no mucho. Ambos estaban exhaustos, frustrados y emocionalmente abrumados. Abaya deseaba con todas sus fuerzas que la participación de Dan en la serie acabara de una vez por todas para no tener que volver a trabajar con él. Su personaje iba a morir, así que no lo vería más, y él sabía que así sería. Después del incidente del tanga rojo, Abaya no dejaría que se acercara a ella. Su intervención en la serie moriría con su personaje. Y como Nancy no filmaba las secuencias en orden temporal, ya habían rodado todas las escenas en las que aparecían juntos. Dan la había perdido justo al final, cuando ya no había tiempo para intentar recuperarla.

Durante las vacaciones, él tenía previsto ir a esquiar a Europa, luego desfilaría en la semana de la moda de París y también trabajaría en una película. Abaya se iría a Vermont con su familia. Quería pasar tiempo con sus padres y sus hermanos, y esquiar un poco. Estaba cansada del estilo de vida hollywoodiense, y sobre todo estaba más que harta de Dan. Nunca podría respetar a un hombre como él, y así se lo hizo saber. Nancy no estaba precisamente encantada con su actuación en la escena final de ambos, pero sabía que era lo mejor que podía conseguir de ellos dadas las circunstancias. Así fue como la participación de Dan en la serie tocó a su fin, para gran alivio de Abaya.

Esa noche Maeve fue a casa para estar con su marido. A la mañana siguiente llamó para informar de que Ian tenía fiebre y que tendrían que posponer las escenas en las que ella aparecía, de modo que reorganizaron el plan para adelantar algunas secuencias con Brad y Charlotte. Ella ya estaba de cinco meses y el embarazo resultaba bastante visible. Lally había hecho algunos ajustes en su vestuario y grabaron los planos de forma que no se le notara mucho la barriga. Habían empezado a rodar los nuevos guiones, en los que Chrystal y su familia debían afrontar la desgracia que les había caído encima.

Charlotte había aparecido en los diarios sensacionalistas junto al batería que ella pensaba que era el padre. Cuando ella le pidió que la ayudara a mantener a su hijo, él le había exigido una prueba de ADN. Ya estaba pagando la manutención de dos hijos de dos mujeres distintas, a raíz de las demandas de paternidad que ellas habían interpuesto contra él, y no le hacía mucha gracia tener que hacer frente a los gastos de un tercero, sobre todo porque ni el batería ni Charlotte estaban completamente seguros de que él fuera el padre. Aun así, la joven estaba de muy buen humor, las molestias de las primeras semanas habían desaparecido. No había provocado ningún retraso en el rodaje y Kait opinaba que el estado de buena esperanza le sentaba muy bien, incluso se la veía más guapa. Ya habían empezado a hablar de los castings para los bebés que aparecerían en la segunda temporada. Buscaban unos gemelos idénticos, como hacían en la mayoría de las series para ahorrar tiempo. Eso permitía sesiones de rodaje más largas y ofrecía una alternativa en el caso de que uno de ellos se pusiera enfermo.

En septiembre filmaron la última secuencia de la temporada, en un hermoso y cálido día del veranillo de San Martín. Se trataba de una escena muy emotiva entre las tres protagonistas, pero de pronto se dieron cuenta de que Lally no estaba en el set. Hacía un rato la habían llamado para comunicarle que su pareja había roto aguas. El gran momento había llegado por fin, y Lally había regresado a toda prisa a la ciudad. Todas las noches había dormido en Brooklyn por si su pareja se ponía de parto. Habían decidido que no querían saber el sexo con antelación, querían que fuera una sorpresa. A las seis de la mañana del día siguiente, Lally envió un mensaje al productor asociado diciendo únicamente que el bebé había nacido y que pesaba cuatro kilos y medio.

—¡Uauuu! —exclamó Maeve al oírlo—. Por suerte mis niñas no eran tan grandes al nacer. Tuve que estar un montón de meses haciendo reposo, y Thalia nació sietemesina. No llegó al kilo y medio.

—Stephanie también fue un bebé muy grande —dijo Kait, y luego se puso triste pensando en Candace.

Todo le recordaba a su hija. Se esforzaba por superar aquel dolor tan devastador, y agradecía la distracción que le proporcionaba la serie. Sin ella habría estado totalmente perdida, y no sabía qué haría ni cómo se sentiría durante la pausa. Kait temía que llegara, consciente de que los recuerdos dolorosos por la pérdida de Candace seguirían atormentándola y no tendría nada con que llenar su tiempo.

Aún no había decidido ningún plan para los meses de parón. Sus dos hijos estaban demasiado ocupados para que ella fuera a visitarlos, aunque tenía muy claro que iría a verlos cuando a ellos les viniera bien. Stephanie acababa de ascender, y Tommy estaba negociando la compra de otra cadena de restaurantes en nombre de su suegro. E incluso sus nietas tenían infinidad de actividades extraescolares. Puesto que ninguno de sus seres queridos disponía de tiempo, Kait y Agnes habían decidido ir juntas al teatro y ponerse al día viendo algunas de las últimas obras de Broadway. Maeve, por su parte, pasaría todo el tiempo que pudiera con Ian. En las últimas semanas su estado se había ido agravando lentamente, y para ella era un alivio que el rodaje hubiera acabado.

Lally se presentó en la pausa de la comida con expresión radiante y jubilosa. «¡Es un niño!», gritó, y empezó a repartir puros entre todos los miembros del equipo. Kait se emocionó al verla y recordó como si fuera el día antes el momento en que nacieron sus hijos. Fueron los días más felices de su vida. A Charlotte le aterrorizaba la idea de tener un bebé de cuatro kilos y medio, que además había venido al mundo de parto natural y sin anestesia. Ella quería que le practicaran una cesárea para no tener que sufrir el menor dolor, y Kait opinaba que era mucho peor. Para más inri, la joven actriz tenía pensado que, cuando acabara de amamantar al bebé, se sometería a una operación para subirse los senos. No iba a permitir que el embarazo arruinara su espectacular figura ni sus pechos perfectos.

—No doy crédito a lo que hay que oír a veces —le dijo Kait a Maeve mientras caminaban hacia la caravana de esta.

—Los actores y las actrices son increíblemente narcisistas —comentó Maeve—. Nunca dejan de asombrarme. Charlotte está más interesada en sus tetas que en su bebé. La verdad es que no me la imagino ejerciendo de madre.

—Yo tampoco —convino Kait.

—¿Cuáles son las últimas noticias sobre Romeo y Julieta? —preguntó Maeve refiriéndose a Dan y Abaya.

—Han roto. Su intervención en la serie ha finalizado, así que su historia ha llegado a su fin. Ella se irá a Vermont con su familia dentro de unos días, después de rodar algunos contraplanos. Dice que no piensa darle otra oportunidad.

—Se lo merece —dijo Maeve, pragmática y contundente—. Es otro de esos tíos egocéntricos. El único habitante del Planeta Dan. Gracias a Dios, yo he tenido mucha suerte con Ian —añadió con un suspiro. No se lo quitaba de la cabeza en ningún momento, y su corazón se detenía cada vez que le sonaba el móvil—. ¿Has sabido algo más de Nick Brooke? —preguntó con discreción, sin ánimo de entrometerse. Todos se habían fijado en lo afectuoso y atento que se había mostrado con ella—. Es un gran actor y una excelente persona. Ian lo adora, dice que quiere verle cuando vuelva para rodar la segunda temporada. Mientras Nick estuvo aquí tuvo un par de días bastante malos, si no habría venido.

—Ahora está en Wyoming —dijo Kait.

Nick le había enviado un par de mensajes y un correo electrónico, y ella se alegraba de recibir noticias de él.

—Sería un hombre estupendo para ti —observó Maeve con delicadeza. Sabía que Kait era muy celosa de su privacidad y que su mundo se había trastocado por completo tras la muerte de su hija, pero en unos meses se sentiría mejor y tal vez pudiera plantearse la posibilidad de rehacer su vida sentimental.

—Mis hijas me dijeron lo mismo cuando estuvimos en Jackson Hole a principios de verano. —Kait sonrió al recordarlo—. No lo sé —profirió con un suspiro—. Es un hombre muy agradable y atractivo, pero no estoy segura de que me convenga lidiar con los quebraderos de cabeza que conlleva embarcarse en una relación. En muchos aspectos, me siento muy cómoda estando sola.

—La comodidad no siempre es algo bueno —le recordó Maeve—. A veces necesitamos que alguien nos dé un empujoncito, aunque yo tampoco me imagino volviendo a tener citas con hombres. Cuando Ian no esté no volveré a salir con nadie. Nunca encontraré a un hombre como él, y tampoco pienso buscarlo.

—Lo mío es distinto. Responde más bien a ese viejo proverbio que dice: «A veces echo de menos tener un marido, pero no a los que ya he tenido».

Las dos amigas se echaron a reír mientras Maeve recogía sus pertenencias y las guardaba en dos grandes bolsas de viaje. Un poco más tarde, tras despedirse de todo el mundo, volvió en coche a la ciudad y acompañó a Agnes a su casa. Con una inmensa tristeza, Kait emprendió también el regreso a su apartamento. Se sentiría muy sola sin ver a sus amigas hasta que volvieran a rodar de nuevo, en caso de que la audiencia fuera buena y la serie funcionara. Zack estaba seguro de que así sería, y Kait confiaba en que tuviera razón.

15

Tras escribir la columna, Kait se puso a revisar todo el papeleo que se amontonaba en su escritorio. Se sentía como en los viejos tiempos, como si los últimos meses no hubiesen sido más que un sueño, especialmente los tres que había durado el rodaje. En ese momento le sonó el móvil, y al cogerlo vio que se trataba de Stephanie. No se habían visto desde el funeral de Candace, en agosto. Kait quería ir a visitarla a San Francisco, pero ella y Frank siempre estaban muy ocupados, al igual que Tom y Maribeth, en Dallas. Nunca era un buen momento para ellos. Kait quería aprovechar esos meses de descanso para hacer un viaje, pero no le apetecía la idea de viajar sola.

Estaba empezando a asimilar la realidad de lo que había ocurrido. Todavía seguía esperando que Candace la llamara desde Londres, incluso en algún momento dado cogía el teléfono para llamarla, y de pronto recordaba que su hija ya no estaba.

—Hola, cariño —saludó a Stephanie.

—¿Cómo estás, mamá?

—Estoy bien —dijo en tono tranquilizador.

—¿Duermes mejor?

—No siempre. Así tengo más tiempo por la noche para hacer cosas y ponerme al día —respondió con cierta ironía. Desde la muerte de Candace pasaba las noches intranquila, consumida por el dolor. La gente le decía que eso era normal, pero aun así el dolor por la pérdida era brutal—. Y tú, ¿cómo estás? ¿Qué tal el ascenso? —le preguntó, sintiéndose tan orgullosa de ella como siempre.

—Está bien. Implica algunos cambios, pero el dinero me vendrá muy bien. Estamos pensando en comprarnos una casa.

Kait frunció el ceño al oírlo. La idea no le hacía mucha gracia. No era partidaria de que las parejas que no estaban casadas compartieran las cuentas ni de que hicieran grandes inversiones conjuntas. Ni Tom ni Candace se habían visto en esa situación. A sus veintinueve años, Candace nunca había tenido una pareja seria que durase mucho tiempo. Y, como regalo de bodas, Hank había obsequiado a Tom y Maribeth con una casa de mil metros cuadrados en su misma finca. Estaba a nombre de los dos, así que en realidad no habían tenido que tomar ninguna decisión, y Kait no tenía que preocuparse por su hijo. Stephanie, por su parte, aún poseía el pequeño fondo fiduciario legado por su bisabuela que le permitió costearse su educación, muy cara, por cierto, ya que estudió en las mejores universidades. Con lo que aún le quedaba, podría dar la entrada para una casita, pero comprarse una vivienda ahora significaría vaciar la cuenta del fideicomiso, en el caso de que los administradores le dieran permiso. No correspondía a Kait tomar la decisión, Stephanie lo sabía, pero aun así quería pedirle consejo a su madre. Siempre se lo consultaba todo antes de tomar grandes decisiones, lo que en cierto modo halagaba a Kait.

—Ya sabes qué opino. Me parece un asunto muy delicado invertir en una casa con alguien, si no estás casada. ¿Por qué no la compras tú sola? Podrías adquirir un apartamento en propiedad.

—Queremos comprar algo fuera de la ciudad, que sea al menos como la casa de alquiler en la que vivimos ahora, y juntos incluso podríamos conseguir una mejor. El padre de Frank ha dicho que nos ayudará.

Kait guardó un momento de silencio. Seguía sin gustarle la idea. Frank era un chico estupendo y parecían hechos el uno para el otro, pero si por lo que fuera rompían su relación, la separación resultaría más fácil si no tenían propiedades en común. Comprar una casa entre los dos complicaría mucho la situación en el caso de que uno de los dos tuviera que dejarla. Stephanie estaba convencida de que eso no sucedería, pero nunca se sabía, Kait ya lo había experimentado. Aunque ella y Adrian se habían divorciado en términos amistosos, y fue él quien la abandonó, tras su breve matrimonio Kait tuvo que pagarle una pensión compensatoria durante un año. Nunca conoces realmente a una persona hasta que te separas o te divorcias de ella.

—El padre de Frank nos dijo más o menos lo mismo que tú. Así que lo hemos estado hablando y hemos decidido que vamos a casarnos. Te he llamado para contártelo, mamá. Ninguno de los dos cree realmente en el matrimonio, pero en términos financieros parece la decisión más sensata.

Kait se quedó conmocionada al oírlo.

—Dicho así suena bastante frío, muy poco romántico, ¿no crees? —dijo un tanto decepcionada por la actitud de su hija.

—El matrimonio nos parece una institución anticuada. Hay un sesenta por ciento de probabilidades de que no funcione. Estadísticamente, resulta poco atrayente.

Kait no podía discutírselo, pero detestaba que su hija tuviera una opinión tan displicente y negativa al respecto.

—Sin embargo, parece que casarse tiene cierto sentido si lo que quieres es comprar una propiedad inmobiliaria —prosiguió Stephanie en tono práctico.

Eso mismo era lo que le había dicho Kait, pero no para convencerla de que contrajera matrimonio.

—¿Quieres casarte con él? —le preguntó.

—Claro, ¿por qué no? —contestó Stephanie con aire despreocupado—. Nos llevamos muy bien. —Llevaban cuatro años juntos—. Firmaremos un acuerdo prenupcial, claro, y un contrato para la casa. Y tampoco queremos una gran boda.

—¿Y eso por qué? —quiso saber Kait, lamentando oírla hablar de forma tan pragmática, motivada únicamente por la compra de una casa.

—Me sentiría como una tonta vestida con un gran traje de novia, después de llevar tanto tiempo viviendo juntos. Además, a ninguno de los dos nos gusta emperifollarnos mucho. Hemos pensado en casarnos en el ayuntamiento hacia el mediodía.

—¿Podré asistir a la boda, al menos? —preguntó Kait en tono vacilante.

Aquel plan nupcial se le antojaba deprimente. No es que en esos momentos tuviera el ánimo muy festivo, pero quería que la única hija que le quedaba celebrara una buena boda. Sin embargo, Stephanie vivía fuera de Nueva York desde hacía mucho tiempo y apenas se veía con sus viejas amistades. Y ella y Frank parecían disfrutar de una vida social muy reducida en San Francisco, limitada sobre todo a sus compañeros de Google.

—Pues claro. Podríamos casarnos en el ayuntamiento de Nueva York, si lo prefieres. Quizá por Acción de Gracias. —Ese año, Tom y Stephanie tenían previsto ir tanto por Acción de Gracias como por Navidad, a fin de pasar esas fechas tan señaladas con su madre. Eran conscientes de que, tras la pérdida de Candace, esas festividades serían muy duras para ella. La idea había sido de Tom—. Hablaré con Frank. Justo el domingo pasado, cuando dábamos un paseo en bicicleta, encontramos una casa que nos gusta. La venden a buen precio y está en bastante buen estado.

Para ella todo giraba en torno a la casa. El resto carecía de relevancia, y eso inquietaba a Kait.

—Steph, ¿lo amas? ¿Es el hombre con el que quieres pasar el resto de tu vida? ¿Quieres tener hijos con él? —no pudo evitar preguntarle. Eso era muchísimo más importante que tener una casa bonita.

—Por supuesto que lo amo, mamá. No viviría con él si no lo amara. Pero yo no veo el matrimonio como tú, como algo para toda la vida, con garantías de que dure eternamente. No quiero tener hijos, mamá, y él tampoco quiere. Nuestro trabajo es más importante para nosotros. —Stephanie era muy sincera sobre ese asunto, siempre lo había sido, y había encontrado a un hombre que pensaba como ella—. Los hijos exigen un nivel de compromiso que no estoy segura de poder alcanzar. Requieren demasiada atención y te consumen por dentro. Mira lo que ha pasado con Candace, el dolor tan terrible que te ha causado su pérdida.

A Kait le dolió que Stephanie viera de esa manera el hecho de tener hijos, como un compromiso que no valía la pena asumir porque algún día una podía perderlos.

—No me arrepiento ni un solo momento de haberla tenido, ni a ti ni a tu hermano.

—Me parece muy bien, mamá, pero eso no es para Frank ni para mí.

Kait sabía que Candace opinaba lo mismo que Stephanie. Había estado muchísimo más entregada a su trabajo para la BBC que a la posibilidad de tener hijos algún día. Se alegraba de que al menos Tommy no compartiera la opinión de sus hermanas.

—Bueno, mamá, ¿qué piensas?

—Pienso que perteneces a una generación completamente distinta de la mía, que ve las cosas desde una perspectiva muy diferente. Pero te quiero, y quiero que seas feliz.

—Soy feliz, y además nos encanta la casa —volvió a repetir.

—¿Te casarías con él si no fuerais a comprar la casa?

Stephanie se lo pensó durante unos momentos antes de responder.

—Sí, creo que sí lo haría. Pero todavía no. Seguramente dentro de unos años, cuando tuviera los treinta.

Iba a cumplir veintisiete años, y Frank era de la misma edad. A Kait le parecía que aún eran demasiado jóvenes, aunque Scott y ella eran aún más jóvenes cuando se casaron y tuvieron hijos. Pero de aquello hacía ya una eternidad, y el mundo había cambiado mucho. El matrimonio no parecía significar lo mismo entonces que hacía unas décadas.

—Aun así, prefiero comprar ahora —prosiguió Stephanie—, porque los intereses están muy bajos y porque hemos encontrado una casa que nos gusta mucho.

No había manera. Por encima de todo era una mujer de negocios, sin el menor romanticismo.

—¿Debo incluir lo de los tipos de interés en el anuncio del compromiso? —bromeó Kait.

Stephanie se quedó un poco descolocada, pero enseguida se echó a reír.

—Entonces, ¿qué te parece lo de Acción de Gracias, mamá? ¿Te parece bien?

Kait era consciente de que la boda podría restar cierta dosis de tristeza a la festividad, pese a que Candace hacía años que no iba por esas fechas.

—Me parece estupendo. ¿Vendrán también los padres de Frank?

Kait aún no los conocía.

—No, no pueden por esas fechas. Pero más adelante celebraremos una fiesta en San Francisco. Ya están al corriente, y vendrán en enero.

Stephanie parecía satisfecha con el plan, y comentó que Frank también lo estaba.

—Tendrías que empezar a buscar ya el vestido —sugirió Kait—. ¿Quieres que vaya y lo compramos juntas?

Confiaba en que le dijera que sí. Sería un buen pretexto para ir a verla.

—No puedo, mamá. Ahora mismo estoy muy ocupada. Nos veremos el día de Acción de Gracias. Ya pensaré en qué ponerme para la boda. No quiero el típico traje blanco de novia, buscaré algo por internet.

Las compras y la moda no significaban mucho para Stephanie. Lo cierto era que no podían importarle menos.

Después de colgar Kait permaneció un buen rato sentada, pensando en la conversación que acababa de mantener con su hija. No era lo que hubiese querido para Stephanie, pero sabía que lo que ella pensara era irrelevante. Sus hijos debían hacer las cosas a su manera. Tal como había hecho Candace, hasta el final. Quizá ese era el mensaje: sus hijos eran individuos adultos, personas con sus propias ideas y estilos de vida, y no tenían por qué ser como los de su madre. A Kait le hubiera gustado que su hija viera la vida de una forma más romántica, pero Stephanie no era así, y tenía que hacer las cosas como ella creía que debía hacerlas.

Lo que Stephanie quería era que todos pasaran juntos el día de Acción de Gracias y, al día siguiente, casarse en el ayuntamiento con la única presencia de su familia y vistiendo lo que le apeteciera ponerse. Tom y Maribeth habían celebrado una gran boda con ochocientos invitados, organizada por el padre de su nuera en una inmensa carpa con lámparas de araña colgando del techo, tres orquestas y un cantante procedente de Las Vegas. Y ahora le tocaba a Stephanie hacer las cosas a su manera, sin importar lo que Kait pensara ni lo que hubiera soñado para la boda de su hija. Al menos la había llamado para comunicárselo y quería que asistiera al enlace, algo que Kait le agradecía enormemente. Al reflexionar sobre ello, se dio cuenta de que, si una madre hubiera escrito a su columna sobre un problema similar, ella le habría aconsejado que se amoldara a los deseos de su hija. De modo que decidió seguir su propio consejo.

Stephanie era una chica joven y moderna con su propia manera de pensar. De eso era de lo que trataba la serie que había escrito Kait, de mujeres modernas que rechazaban seguir los cánones tradicionales y que hacían aquello en lo que creían según sus principios. Eso era lo que había hecho su abuela, aunque fuera llevada por la necesidad. La diferencia era que las mujeres de ahora lo hacían por decisión propia. Mientras pensaba en todo ello comprendió que, si eso era lo que en teoría pensaba, debía llevarlo a la práctica y apoyar a su hija. No se trataba de lo que quisiera Kait. Este era un mundo nuevo para mujeres valientes.

Kait llamaba con frecuencia a Maeve para preguntarle por el estado de salud de Ian. Desde que acabaron el rodaje, el agravamiento de su enfermedad parecía haberse precipitado de forma alarmante. Lo llevaron al hospital con una infección respiratoria, y después de administrarle dosis masivas de antibióticos por vía intravenosa para impedir que contrajera una neumonía, tuvieron que conectarlo a un respirador. Ian manifestó que quería volver a casa, un deseo que Maeve pudo cumplir gracias a un aparato de respiración asistida, turnos dobles de enfermeras y la ayuda de sus hijas. Cuando Kait hablaba con ella, la notaba terriblemente angustiada. Le decía que Ian dormía casi todo el tiempo, que su vida se iba apagando poco a poco y que no se podía hacer nada para evitar lo inevitable. Maeve permanecía junto a su lecho noche y día, tratando de pasar con él todo el tiempo posible. Había instalado una cama en su habitación para no separarse de él por las noches. La cosa no pintaba nada bien, Kait era consciente de ello. Maeve ya se había preparado para lo peor. En cierto modo era un alivio para ella que hubiera una pausa en el rodaje. Era como si Ian hubiera esperado a que llegara ese momento para emprender la partida.

Unos días después de su última conversación telefónica,

Maeve la llamó a las seis de la mañana. Kait tuvo un mal presentimiento al responder.

—Ian se ha ido en paz, hace dos horas —dijo Maeve, que parecía extrañamente calmada, como si aún no hubiera asimilado del todo la realidad de su fallecimiento.

Tras haber perdido a Candace, Kait comprendía muy bien todo el dolor por el que estaba pasando Maeve y cómo se sentía. Aunque su familia había tenido tiempo de prepararse para la muerte de Ian, la pérdida no resultaría más fácil de lo que lo había sido para Kait. La súbita ausencia de un ser amado, lo inconcebible de no verlo más, de no volver a hablar con él, su voz y su risa silenciadas para siempre... Maeve nunca volvería a sentir los brazos de su marido a su alrededor.

Aquella misma mañana anunciaron la muerte de Ian en todos los informativos y todos los periódicos le rindieron tributo enumerando la extensa lista de logros en su distinguida carrera. El obituario redactado por su agente de prensa decía que había fallecido tras una larga enfermedad y que el servicio fúnebre y el sepelio serían privados. La muerte se había llevado a un hombre de gran talento, un director brillante y un marido y padre amantísimo. El funeral se celebraría al cabo de tres días, con el objeto de disponer de tiempo suficiente para organizar todos los preparativos. No se revelaba el lugar, a fin de evitar la asistencia de sus numerosos admiradores. Maeve había dispuesto que lo incineraran, siguiendo los deseos de Ian, ya que este sentía que su cuerpo le había traicionado.

Esa misma noche Nick llamó a Kait desde Wyoming, después de haber hablado con Maeve, quien lo había invitado al funeral, ya que era un viejo amigo de su marido. Maeve había enviado también un correo a Kait para decirle que sería bienvenida en la ceremonia de despedida.

—Mañana volaré a Nueva York —le dijo Nick.

—¿Cómo crees que está Maeve? —le preguntó Kait, muy preocupada.

—Es una mujer increíblemente fuerte, pero esto va a ser muy duro para ella. Llevaban mucho tiempo casados y estaban locos el uno por el otro. Era la única de todas las parejas que conozco que me hizo sentir deseos de casarme. El hermano de Ian, que es mayor que él, ya está de camino. Le he ofrecido a Maeve llevarla al funeral, pero me ha dicho que irá con la familia de él. ¿Quieres que te acompañe?

Kait se quedó pensando un momento y comprendió que le vendría muy bien sentirse acompañada. La pérdida de Candace era todavía muy reciente y pasar por ese trance resultaría muy doloroso también para ella. Sentía una pena infinita por Maeve y sus hijas, pese a que ellas llevaban tiempo preparándose para el fatal desenlace, pero Maeve le había dicho que no se esperaba que todo sucediera tan rápido. En el fondo había sido un final piadoso para él, ya que, de otro modo, hubiera tenido que estar conectado a un respirador el resto de su vida, prisionero de su propio cuerpo y con la mente totalmente lúcida. Kait no podía concebir una forma peor de morir, pero Maeve le dijo que el final había sido muy plácido y que Ian había muerto entre sus brazos. Al oírlo, a Kait se le rompió el corazón.

Nick le dijo que se alojaría en el Pierre, un hotel no muy lejos de su apartamento, y que después del funeral se marcharía a Europa. Se encontraría con algunos amigos en Inglaterra y tenía pensado echar un vistazo a unos caballos que quería comprar. Estuvo a punto de pedirle que fuera con él, pero, pese a que la muerte de Ian era un recordatorio para todos ellos de que la vida era corta e impredecible, no se atrevió. Le prometió llamarla en cuanto llegara al día siguiente, y le propuso salir a cenar por la noche. Le entristecía el motivo de su visita, pero se alegraba mucho de poder volver a verla.

Más tarde Kait habló con Zack, quien le dijo que no iba a ir al funeral, ya que Maeve no le había invitado. El productor la admiraba inmensamente, pero su relación no era tan íntima. Después recibió una llamada de Agnes, quien le dijo que iría por su cuenta.

Al día siguiente Nick la llamó a última hora de la tarde, una vez instalado en su suite. Alguien había puesto sobre aviso a algunos paparazzi al ver su reserva en el Pierre, y le estaban esperando en la entrada del hotel. Aunque eso no le hizo ninguna gracia, pasó por su lado educadamente y se refugió en su habitación.

—Debe de ser muy cansino —comentó Kait al contárselo Nick—. Cuando salgo a comer con Maeve, la gente no para de abordarla para pedirle autógrafos.

—Aprendes a convivir con eso —respondió Nick con resignación, y le dijo que pasaría a recogerla a las siete y media para ir a cenar al 21, su restaurante favorito en Nueva York.

Kait le recibió a la puerta de su edificio con un vestido azul marino y un abrigo a juego. Se sentía muy adulta y respetable, después de meses de llevar tejanos y camisetas en el set de rodaje, que era como Nick siempre la había visto. El vestido era lo suficientemente corto para mostrar sus piernas, y llevaba tacones altos. Él vestía un traje azul oscuro y parecía un banquero.

—¡Uau, vaya cambio de imagen! —dijo Nick sonriendo cuando ella entró en el coche.

Al llegar al restaurante, los trataron a cuerpo de rey, lo que le recordó a Kait que estaba con una gran estrella de cine, cosa fácil de olvidar en el rodeo o durante el rodaje. Cuando se sentaron, Kait se acordó de la intentona de Nick de cabalgar un potro salvaje y se le escapó una sonrisa.

—¿Qué te hace tanta gracia? —preguntó él, tras pedir dos cócteles Bullshot, que básicamente consistían en caldo de carne con un chorro de vodka.

—Por un momento te he visto en el rodeo montando el bronco.

Nick se echó a reír.

—Las costillas ya no me duelen tanto —dijo, y luego se puso más serio para contarle que Maeve le había pedido que cantara en el funeral «Amazing Grace», que era el himno favorito de Ian y que también habían escuchado en el de Candace.

La cena transcurrió de forma tranquila. Los habían acomodado en un rincón del fondo, un tanto apartados del resto de los clientes. Hablaron de las películas que él había protagonizado, y también de los hijos de Kait, de la revista y de su columna. Ella le dijo que estaba planeando dejarla si la audiencia de la serie iba bien.

—Voy a echarla de menos, pero este verano me ha resultado muy difícil compaginar ambas cosas. Espero que encuentren a alguien que siga escribiéndola. Detesto la idea de decepcionar a los lectores. Mucha gente confía en esa columna.

—Hay un tiempo para todo lo que se hace bajo el cielo —dijo Nick, citando un pasaje de la Biblia, y le sonrió—. Has empezado un nuevo capítulo de tu vida, Kait, y tienes que lanzarte a él sintiéndote absolutamente libre. No puedes dejarte arrastrar por el pasado.

—Pero es que no me gusta la idea de dejar la columna, y me han pedido que siga escribiéndola hasta final de año. Quería cumplir mi compromiso con los lectores, pero no preví que sería tan duro. *Las mujeres Wilder* me ocupaban mucho tiempo. Lo que ocurre en el set es demasiado absorbente.

Nick asintió. Lo sabía por experiencia propia.

—Estoy ansioso por empezar a rodar la siguiente temporada —dijo sonriéndole cálidamente. Lo dijo como si aún faltase una eternidad—. La verdad es que ya siento que formo parte de la serie —añadió en tono complacido y satisfecho.

La aparición de Nick iba a ser una gran sorpresa para los espectadores, ya que hasta el momento habían conseguido mantener el secreto. Zack estaba muy contento de que no se hubieran producido filtraciones a la prensa. Después de que se divulgara la noticia, Nick y Maeve darían una rueda de prensa, y previamente habría una conjunta con Charlotte, Dan y Abaya, a modo de presentación. Con ello darían un gran impulso publicitario a la serie, que sin duda haría subir la audiencia. Kait se acordó en ese momento de *Downton Abbey*. Había estado tan ocupada que hacía meses que no veía ningún episodio. Reconoció ante Nick su pasión por la serie británica, y él se echó a reír.

—A mí también me encanta —confesó, y luego mencionó otras tres que también le gustaban, más cargadas de adrenalina y orientadas a un público masculino: un drama policíaco, una sobre un agente de narcóticos encubierto y otra que era pura ciencia ficción. Las tres eran muy populares, sin duda competirían con *Las mujeres Wilder* por la audiencia.

Después de cenar Nick la acompañó de vuelta a su apartamento, y ella no le pidió que subiera. Ambos estaban cansados, él había tomado un vuelo a primera hora de la mañana y tenían por delante dos días muy difíciles. Nick iría a ver a Maeve al día siguiente y le había prometido invitarla a comer para intentar distraerla un poco de los preparativos del funeral.

—¿Quieres venir a cenar mañana por la noche? —le propuso Kait—. Soy una cocinera espantosa, pero puedo encargar algo de comer. No he vuelto a cocinar desde que los chicos se marcharon, excepto por Acción de Gracias y Navidad.

—Me parece estupendo —dijo Nick, complacido ante la idea de volver a verla. Se despidió de ella con un abrazo y un beso en la mejilla, y luego se dirigió a su hotel.

La noche siguiente Nick se presentó en su apartamento a las siete. Kait, vestida con pantalones y un jersey, había dispuesto en la mesa de la cocina un menú a base de pollo asado, verduras y ensalada. Él se quitó la chaqueta y se arremangó la camisa para sentarse a cenar, y luego le contó cómo estaba Maeve. El funeral era al día siguiente.

—Creo que está funcionando con el piloto automático

puesto, pero es una mujer admirable. Las chicas están destrozadas. Aunque, teniendo en cuenta lo que le esperaba a Ian, esto es lo mejor que podía pasar —dijo Nick con gesto grave.

—Lo sé. Maeve nos advirtió que quizá tendríamos que empezar a rodar sin ella. No se esperaba que ocurriera tan pronto.

Durante la cena, Nick le habló de los caballos que pensaba comprar en Inglaterra y del fin de semana de caza que pasaría con unos amigos británicos, una tradición de la que disfrutaba mucho. Sabía pasárselo bien cuando no trabajaba, y siempre deseaba regresar a su rancho para gozar del estilo de vida que más le gustaba. Eso le había quedado muy claro a Kait. En el fondo seguía siendo un chico de Texas, a pesar de haber vivido en Nashville, Los Ángeles, Wyoming y ocasionalmente en Nueva York. También le contó que en algún momento había intentado actuar en Broadway, pero descubrió que las tablas no eran lo suyo. Prefería el cine al teatro. La actuación escénica se le antojaba muy rígida y limitada.

—No le diré a Shakespeare que has dicho eso —comentó ella bromeando.

No prolongaron mucho la velada, ya que el funeral era al día siguiente. Nick pasó a recogerla por la mañana, ataviado con traje y corbata negros y camisa blanca. Ella también llevaba un vestido negro, con medias del mismo color y zapatos de tacón. Apenas hablaron en el coche de camino a la iglesia donde se oficiaría el servicio fúnebre, un pequeño templo situado cerca de la casa de Ian y Maeve. Esta había contratado una pequeña escolta de policías fuera de servicio, por si acaso eran necesarios, pero la ceremonia fue exactamente como Ian había querido, solo asistió la familia y unos pocos amigos íntimos para darle la última despedida. Tamra y Thalia pronunciaron unas palabras para recordar a su padre y, tal como había prometido, Nick cantó «Amazing Grace» sin que su potente y hermosa voz le temblara y con lágrimas rodándole por las mejillas. Luego, en una pequeña procesión, transportaron la urna a la puerta de la iglesia y contemplaron cómo la introducían en el coche fúnebre, al que siguieron hasta el cementerio donde iba a ser enterrado. Maeve y las chicas habían elegido una parcela rodeada por una valla junto a un pequeño jardín. Estaba situada bajo un árbol y tenía espacio suficiente para que los restos de Ian reposaran junto a los de su esposa y sus hijas cuando les llegara la hora; también había una estatua de un ángel velando la tumba. Cada una de ellas depositó una rosa blanca sobre la lápida y, antes de abandonar el cementerio, Maeve leyó el poema favorito de Ian.

En el trayecto de vuelta con Nick, Kait guardó silencio durante un buen rato. No podía hablar. Ver a Maeve y sus hijas despedir a Ian había sido conmovedor, doloroso y desgarrador, y el pesar por la pérdida de Candace todavía resultaba demasiado intenso. Todo aquello había reabierto una herida que aún no había sanado, Nick lo comprendía. Permanecieron sentados juntos en el coche, cogidos de las manos, y Kait sintió la fortaleza que Nick le transmitía a través de su brazo.

Nick y Kait permanecieron un par de horas en el apartamento de Maeve, hablaron un rato con Agnes y luego se marcharon. Maeve estaba exhausta, hubiera sido una falta de sensibilidad quedarse mucho tiempo en la casa. Necesitaba tiempo para estar a solas o con sus hijas. Nick acompañó a Kait de vuelta a su apartamento y, cuando se sentaron en el sofá, ella exhaló un hondo suspiro. Había sido una jornada cargada de emociones y ambos estaban extenuados. Nick se marchaba aquella misma noche a Londres en su avión privado, dormiría durante el vuelo.

No volvieron a hablar del funeral. Resultaba demasiado doloroso para Kait, Nick era consciente de ello. Charlaron tranquilamente durante un rato y luego él se marchó. Kait lo acompañó hasta la puerta y le dio las gracias por haber estado junto a ella en un día tan difícil.

—Pásalo bien en Inglaterra —le dijo sonriendo, y él la miró y le acarició suavemente la cara.

—Cuídate mucho, Kait. Y buena suerte con la serie.

Faltaba una semana para el estreno y la tensión de la espera resultaba insoportable.

Él se inclinó y la besó en los labios, y ella le rodeó el cuello con los brazos. No se lo esperaba, pero se alegró mucho de que lo hubiera hecho.

—Continuará... —dijo él sonriéndole—. En la segunda temporada.

—Creo que me has confundido con Maeve —dijo ella con una cálida expresión en los ojos.

—No, en absoluto. Sé exactamente quién eres, señora Whittier.

A él le gustaba Kait tal como era. Acto seguido llamó al ascensor, y al cabo de un momento ya se había ido.

Kait caminó de vuelta a su apartamento con una amplia sonrisa en los labios.

16

Una semana después del funeral de Ian, Kait, Maeve y Agnes quedaron en el apartamento de la primera para ver juntas el estreno de la serie. Maeve todavía estaba destrozada y no le apetecía estar con nadie salvo con sus dos amigas. Ninguna de ellas quería ver sola el primer episodio, sería más divertido si estaban juntas. *Las mujeres Wilder* se emitía a las nueve de la noche, y Maeve y Agnes llegaron una hora antes. Kait había dispuesto un pequeño refrigerio para acompañar el visionado, que por supuesto incluía un surtido de las galletas 4 Kids de su abuela, algo que nunca faltaba ni en su casa ni en la mayoría de los hogares, y que encantaba a todo el mundo. Las dos actrices sonrieron al ver los dulces, estaban demasiado nerviosas para comer nada, pero también muy emocionadas. Zack y Nick habían llamado a Kait justo antes de que llegaran las invitadas. Tom y Stephanie le dijeron que también iban a ver el episodio.

Así pues, a las nueve en punto de la noche, las tres amigas estaban sentadas en el sofá de la sala de estar de Kait, mirando atentamente la pantalla del televisor y sin intercambiar una sola palabra mientras la serie daba comienzo. Había mucho en juego, las tres estaban muy ilusionadas pero también aterradas. La audiencia de la primera noche marcaría la pauta. El bombardeo publicitario había sido masivo durante las dos semanas precedentes. Las críticas habían sido positivas, todas ellas elogiaban de una manera especial el reparto. Después de la noche del estreno sería muy importante el boca a boca, que la gente hablara y comentara si le había gustado o no la serie. El arranque del episodio inicial resultaba trepidante, lleno de grandes momentos dramáticos en los que intervenían todos los personajes principales, a fin de presentarlos al público ya de entrada. Los créditos iniciales constituían una auténtica constelación de grandes estrellas, en ellos aparecían los nombres de todos los protagonistas salvo el de Nick, que se reservaba como la gran sorpresa para el final de temporada.

Kait estaba segura de que esa noche todos los miembros del reparto estarían viendo el estreno, ansiosos por saber cómo irían las críticas y la audiencia, y sus hijos le habían enviado mensajes deseándole toda la suerte del mundo. Las tres amigas contemplaron como hipnotizadas el inicio del episodio piloto, como si no supieran de qué iba y lo estuvieran viendo por primera vez. No se oyó un solo ruido en la sala hasta la pausa publicitaria, ya que la serie se emitía en una cadena de televisión por cable.

—¡Dios, parece que tenga ciento dos años! —comentó por fin Agnes, y luego dio un sorbo a su Coca-Cola y cogió una galletita 4 Kids—. ¿De verdad parezco tan vieja?

—¡Pareces más vieja aún! —bromeó Maeve, y Agnes soltó una risotada—. Pero llevas una peluca fantástica, y tu interpretación y tu tempo son impecables.

—Tú me has hecho llorar en la segunda escena —repuso la anciana actriz, devolviéndole el cumplido—. Detesto tener que admitirlo, pero Charlotte está increíble en pantalla. No me extraña que todos los hombres del planeta quieran acostarse con ella.

—Pues últimamente no creo que sea así —comentó Maeve sarcástica, y las tres se echaron a reír—. Además, solo tiene veintitrés años. A esa edad todos querían acostarse también con nosotras.

—Habla por ti —replicó Agnes—. En este momento todos los centenarios de las residencias de ancianos están fantaseando conmigo.

El trío de amigas siguió riendo hasta que acabaron los anuncios y se reanudó el capítulo. Todas coincidieron en que el ritmo y la planificación eran excelentes, y que el guion de Becca era fantástico, incluso mejor de lo que Zack esperaba. Había pulido y perfeccionado los diálogos hasta hacer que brillaran.

Contemplar el episodio por televisión al mismo tiempo que el resto del país les hizo darse cuenta de que había algo mágico en la serie. El desarrollo argumental fluía de forma natural y hermosa, y el elenco estaba impecable. Todos los actores estaban perfectamente creíbles en sus papeles, era un auténtico recital interpretativo. Kait miró a sus dos amigas y deseó que alguien tomara una foto del pequeño grupo. Las tres iban en tejanos, con el pelo sin arreglar y sin rastro de maquillaje. Agnes y Kait llevaban gafas; Maeve, lentillas. No parecían nada glamurosas esa noche, solo eran espectadoras de cierta edad totalmente absortas en su serie favorita, muy atentas para no perderse ni el más mínimo detalle.

El primer episodio de *Las mujeres Wilder* transcurrió como una exhalación y acabó con un gran clímax dramático, dejando al espectador con el suspense de saber qué ocurriría la próxima semana. En cuanto acabó la emisión, los teléfonos de Kait y Maeve empezaron a sonar. Eran sus hijos, las llamaban entusiasmados por lo que acababan de ver. Agnes, mientras tanto, se sirvió una Coca-Cola y más galletas.

Tommy le dijo a su madre que estaba muy orgulloso de ella. Le comentó que a Maribeth le había encantado la serie y que ya estaba totalmente enganchada, y que a él le habían gustado los personajes masculinos y los actores que los interpretaban. Opinaba que Charlotte estaba espectacular, pese a su pinta un poco de golfilla, y que Abaya era todo un descubrimiento, una actriz asombrosa que estaba destinada al estrellato. Según él, todo funcionaba a la perfección en la serie. En cuanto colgó la llamó Stephanie, quien le dijo que a ella y a Frank también les había encantado. La misma opinión tenían las hijas de Maeve. Carmen le envió un mensaje de texto, y Zack volvió a llamarla para decirle que tenían un éxito seguro entre manos y que estaba ansioso por leer las críticas y tener datos de audiencia.

Tras las llamadas, las tres mujeres charlaron animadamente sobre la serie, mostrándose críticas respecto a algunos pequeños detalles que deberían intentar mejorar en la próxima temporada. Pero en conjunto estaban muy satisfechas con el resultado, aunque sabían que, en la franja horaria en que se emitía, la competencia era muy dura. Unos minutos después Nick le mandó un mensaje a Kait. Ya se encontraba de vuelta en su rancho tras su breve escapada a Inglaterra. Le dijo que estaba orgulloso de formar parte de aquel proyecto y que estaba convencido de que se prolongaría durante años. «Vamos a envejecer juntos con esta serie», escribió, y ella sonrió al leerlo.

Siguieron conversando durante una hora más o menos, luego Maeve y Agnes se marcharon. Estaban tan nerviosas como cuando habían llegado, ya que la audiencia y las críticas que dictaminarían cómo había funcionado la serie no saldrían hasta el día siguiente. Les quedaba por delante una larga noche de tensa espera.

A las nueve de la mañana, las seis en Los Ángeles, Zack llamó a Kait.

—Escucha esto —dijo sin saludar siquiera—: «*Las mujeres Wilder* irrumpió anoche en nuestras pantallas en primer lugar como mejor estreno de la temporada, ya sea de una serie nueva o antigua, con un cartel plagado de grandes estrellas de ayer y hoy: Maeve O'Hara, Agnes White, los guapísimos y sexis Dan Delaney y Charlotte Manning, el sorprendente descubrimiento de la talentosa Abaya Jones, Brad Evers y un cameo de Phillip Green. Aparte del reparto estelar, la serie cuenta con un impecable guion de Becca Roberts y una conmovedora historia escrita por Kait Whittier sobre unas mujeres en la aviación durante la Segunda Guerra Mundial y los años siguientes. La predicción de este crítico: siete temporadas como mínimo, tal vez ocho o diez. Véanla una vez y les enganchará. Y una seria advertencia para la competencia: este año *Las mujeres Wilder* se lo va a poner muy pero que muy difícil. ¡Felicidades a todos!». ¿Qué te parece esta primera crítica? Y anoche conseguimos un *share* del setenta y uno en la primera media hora y del ochenta y dos en la segunda. ¡Hemos noqueado a la competencia!

Kait le escuchó con lágrimas en los ojos y le agradeció que la hubiera llamado para comunicárselo. Cuando telefoneó a sus amigas para contárselo, Agnes se puso a soltar risitas jubilosas y la voz de Maeve volvió a sonar como siempre. Estaba inmensamente contenta, solo lamentaba que Ian no estuviera allí para poder disfrutar del éxito. Él creyó en el proyecto desde el primer momento y convenció a Maeve para que aceptara el papel, después de su entrevistara con Kait.

Durante todo el día no cesaron las llamadas de felicitación, entre ellas la de Sam Hartley, que fue quien le presentó a Zack en la fiesta de Nochevieja. Y Kait telefoneó a la revista para hablar con Paula Stein, que respondió con tono abatido.

—Me figuré que tendría noticias tuyas. Anoche vi la serie, y es fabulosa. Supongo que para ti ya somos historia.

Después de veinte años...

—Sí, Paula, pero ha sido una historia preciosa. Voy a echar muchísimo de menos la columna, aunque no te voy a engañar: desde que empezamos a rodar me resultó muy difícil compaginar ambas cosas. No quiero que el consultorio se pierda, pero no podría hacer bien los dos trabajos. Y no sería justo ni para ti ni para la revista.

Kait tenía por delante algunos meses de descanso entre rodajes, pero ya había tomado la decisión y estaba dispuesta a dejar la columna.

—Te agradezco mucho que lo hayas intentado —dijo Paula con generosidad—. ¿Cuándo quieres dejarlo definitivamente?

—Si te parece puedo continuar escribiéndola hasta finales de año, como te prometí, pero no más allá; podría escribir la columna de despedida coincidiendo con las fiestas navideñas, con todo el dolor de mi corazón.

—Me parece más que justo —repuso Paula llena de gratitud. La avisaba con dos meses de antelación, y Kait ya llevaba compaginando ambos trabajos desde febrero, incluyendo tres meses de intenso rodaje.

—¿Qué pensáis hacer con la columna?

Kait no quería que la cancelaran, pero era muy consciente de que existía esa posibilidad.

—Nos imaginamos que acabarías dejándola, así que hemos tomado la decisión de ponerle fin. No podría haber otra «Cuéntaselo a Kait». Por tanto, vamos a sustituirla por un consultorio de belleza. Carmen se muere por escribir «Cuídate con Carmen».

—¡Lo hará maravillosamente bien! —exclamó Kait, alegrándose sinceramente por su amiga.

—En fin, buena suerte con la serie. Tienes un triunfo seguro en tus manos. Estamos muy orgullosos de ti.

Kait sonrió. Aquello significaba mucho para ella. Se había arriesgado a escribir la biblia para la serie, Zack había creído en ella y luchado por el proyecto hasta lograr que el sueño se hiciera realidad.

Más tarde Kait le envió un correo electrónico a Carmen para comunicarle que iba a dejar la columna y desearle toda la suerte del mundo con su nuevo consultorio. Prometieron quedar algún día para comer, pero en aquel momento ambas estaban demasiado ocupadas y apenas disponían de tiempo.

La avalancha de elogios y buenas reseñas se prolongó durante toda la semana. Después de leer aquellas excelentes críticas, Kait comenzó a comprender que lo que le estaba sucediendo era real: había empezado un nuevo capítulo en su vida, tal como había vaticinado Nick. De la noche a la mañana tenía una nueva carrera profesional, un nuevo talento que desarrollar, un montón de nuevos amigos y una existencia de lo más emocionante. E, inevitablemente, todo ello se entremezclaba con los acontecimientos de la vida real. Había sufrido la más dolorosa de las tragedias, perder a su hija, al igual que Maeve había perdido a Ian. Pero junto con los terribles golpes que le había deparado la vida también había alegrías, y en ese momento Kait estaba recibiendo una dosis más que generosa de ellas. Siempre era bueno encontrar un equilibrio entre lo amargo y lo dulce que ofrece la existencia, y Kait debía reconocer que se hallaba en un momento muy dulce de su vida. Con una dolorosa punzada en el pecho, comprendió que también Candace estaría muy orgullosa de ella.

17

Nick la llamó prácticamente a diario tras la emisión del primer episodio. El segundo funcionó incluso mejor. Gracias a las magníficas críticas publicadas tras el estreno, la audiencia aumentó y ya no dejaría de hacerlo semana a semana. Los comentarios elogiosos también siguieron lloviendo, pero lo más importante era que el público del país entero no paraba de hablar de la serie y que esta gustaba a todo el mundo. Eso también se reflejaba en el bullir incesante de las distintas redes sociales.

Acababa de planificar el día de Acción de Gracias con su familia cuando Nick la llamó para ver cómo estaba. Kait también había invitado a Agnes porque la anciana actriz no tenía adónde ir, y a Maeve y sus hijas, para que su primera festividad sin Ian no fuera tan triste. Así que, cuando Nick la telefoneó, decidió pedirle que fuera a Nueva York para unirse a ellos en esa fecha tan señalada. A él le entusiasmó la idea. Kait le advirtió que al día siguiente estaría muy ocupada, ya que Stephanie y Frank se casaban en una ceremonia civil a la que solo asistiría la familia, pero la noche del mismo viernes los recién casados volverían a California y Tom, Maribeth y las niñas a Texas, de modo que ella estaría libre el fin de semana.

—Me parece muy buena idea —dijo él, un tanto intrigado por la proposición—. Había pensado en ir a esquiar a Aspen, pero prefiero pasar el día de Acción de Gracias contigo. No les importará a tus hijos que vaya, ¿verdad?

—Qué va. Les encantará.

Sin Candace, la celebración también supondría un doloroso trance para ellos. Muchos habían sufrido alguna pérdida aquel año, por lo que la asistencia de algunas caras nuevas podría ayudar a levantar los ánimos. Kait estaba segura de ello.

—Mejor pregúntaselo. No quisiera meterme donde no me llaman.

Nick era muy considerado y no quería entrometerse en la vida de la familia. De modo que cuando volvió a hablar con sus hijos Kait se lo preguntó y todos estuvieron de acuerdo en que sería divertido que fueran todos sus nuevos amigos. Tal como señaló Tom, tenían que celebrar el gran éxito de la serie, lo cual sin duda era una perspectiva mejor que estar lamentando el fallecimiento de Ian y Candace, que era lo que Kait se temía. Así que le hizo mucha ilusión que Nick se les uniera. También a Maeve le encantó la idea, ya que Ian y Nick habían sido viejos amigos. En total serían doce a la mesa, un número perfecto. Kait encargó un servicio de catering para la cena, y el viernes irían al Mark, el restaurante favorito de Stephanie en Nueva York, para celebrar el pequeño banquete nupcial. Serían unos días de lo más ajetreados.

Cuando llegó el día de Acción de Gracias ya se habían emitido seis episodios, todos ellos con un enorme éxito. A lo largo de ese mes Kait había estado trabajando muy duro con Becca en los guiones para la segunda temporada. No podían dormirse en los laureles; ahora más que nunca tenían que estar a la altura. Los únicos que podían descansar realmente eran los actores del reparto, ya que Kait y Becca estaban enfrascadas en la escritura de los guiones y Zack siempre estaba ocupado lidiando con aspectos de la producción.

En vísperas del día de Acción de Gracias, Kait recibió un nuevo golpe emocional, al llegar de Inglaterra los muebles y los objetos personales de Candace. Había llevado bastante tiempo empaquetarlo todo, enviarlo por barco y superar el lento trámite de aduanas. A Kait casi se le rompió el corazón cuando fue al almacén para revisar las pertenencias de su hija: su ropa, su escritorio, algunos ositos de peluche de su infancia que se había llevado con ella; cajas con fotografías de sus viajes y algunas cartas que Kait le había enviado antes de empezar a comunicarse por correo electrónico. Le resultó muy duro ver todos sus objetos personales, y antes de permitir que aquello la destrozara aún más prefirió dejarlos en el almacén para revisarlos con calma más adelante. Aún no estaba preparada para enfrentarse a tantos recuerdos y no quería estropear la celebración familiar. Estaba conmocionada.

Frank y Stephanie llegaron el martes para obtener la licencia matrimonial, y por la noche cenaron tranquilamente con Kait. Tom y su familia aterrizaron en Nueva York el miércoles a última hora. Nick voló en su avión privado, en esta ocasión se alojó en el Four Seasons. Los invitados estaban convocados el jueves a las cuatro de la tarde, la cena empezaría a las seis. A Kait siempre le había gustado celebrar esas fiestas en familia, y todos lucían un aspecto elegante e impecable cuando llegaron los invitados. La mesa del comedor relucía con la vajilla de cristal y los cubiertos de plata dispuestos sobre un mantel bordado que perteneció a su abuela, con un arreglo floral de tonos ocres y siena en el centro. Los aromas que la cocina emanaba eran deliciosos.

Maeve y sus hijas fueron las primeras en llegar. Tamra y Thalia congeniaron enseguida con las nietas de Kait. Les parecieron unas niñas adorables y estuvieron jugando con ellas mientras esperaban al resto de los invitados. Entre tanto, los adultos se entretuvieron charlando y degustando los aperitivos que el restaurador del catering les iba sirviendo en una bandeja de plata de Kait.

Agnes fue la siguiente en llegar, vestida con un traje de Chanel de terciopelo negro con cuello alto y puños blancos. Nick se presentó el último, con un enorme ramo de rosas de colores otoñales. El encargado del catering ayudó a Kait a ponerlas en un enorme jarrón con agua, que ella colocó en una mesita auxiliar, mientras los demás hablaban animadamente y los hombres se escabullían al dormitorio de Kait para ver el partido de fútbol americano hasta que llegara la hora de la cena. El ambiente tenía todo lo que una celebración tan entrañable debía tener. Cuando por fin se sentaron a la mesa, Kait dio las gracias por la comida y recordó en su breve parlamento a Ian y Candace, tras lo cual se enjugó suavemente los ojos con la servilleta, al igual que Maeve. El resto de la cena transcurrió de forma distendida y jovial, y el pavo y las guarniciones estaban exquisitos.

Nick habló de su reciente viaje a Inglaterra. Tom y Maribeth comentaron que en primavera querían hacer un safari fotográfico en Sudáfrica, sin las niñas. Y Nick les propuso que el próximo verano fueran todos a pasar unos días en su rancho.

—No es tan elegante como el Grand Teton —le dijo a Kait con una amplia sonrisa—, pero haré cuanto esté en mi mano para que vuestra estancia resulte lo más agradable posible.

Tom asintió con avidez en dirección a su madre, quien respondió que le parecía una magnífica idea.

Después de cenar, Maribeth acostó a Merrie y a Lucie Anne, y los adultos se quedaron charlando hasta las diez, cuando por fin todos lograron ponerse en pie después de tan opípara cena y los invitados empezaron a marcharse. Antes de irse, Nick deseó a Stephanie y Frank una preciosa boda y una feliz vida juntos. Ambos se conmovieron y le dieron las gracias por sus palabras. Durante la cena habían mencionado que pensaban cerrar la compra de su nueva casa en cuanto regresaran a San Francisco, y Kait se había fijado en que a lo largo de la velada se tomaban constantemente de las manos. Frank le había regalado un anillo de compromiso antiguo, el mejor que él se podía permitir, y a ella le encantaba.

Hubo muchos besos y abrazos antes de acostarse, y Kait le tomó el pelo a Frank diciéndole que debía permanecer toda la noche con los ojos cerrados, ya que no podía ver a la novia antes del enlace, y que le pondrían una venda en los ojos a la hora del desayuno.

—¿En serio? —preguntó mirando con expresión aterrada a Stephanie, que se echó a reír.

—No le hagas caso a mi madre.

Frank se sentía un poco apabullado después de haber compartido la mesa del día de Acción de Gracias con grandes estrellas de cine y con su futura suegra, y también por la perspectiva de pasar unos días el próximo verano en el rancho de Nick Brooke, quien también había invitado a Maeve y sus hijas. Había más que espacio suficiente para todos.

—Ha sido una velada estupenda —felicitó Tommy a su madre, mientras servía una copa de brandy y se la ofrecía a su futuro cuñado.

Kait estaba agotada, pero muy feliz de haber pasado el día de Acción de Gracias con su familia y sus amigos. Había echado de menos muchísimo a Candace, aunque en cierto modo no había sido muy distinto de los otros años, ya que no solía ir. Había intentado engañarse pensando que su hija estaba en Londres, en algún momento había sido lúcidamente consciente de la realidad, y había percibido que a Maeve también le sucedía lo mismo con respecto a Ian. Había visto lágrimas en sus ojos en más de una ocasión, aunque se había esforzado por mantener la compostura. Y Nick había hecho lo posible por animarlos a todos contando divertidas anécdotas. Quería que Kait pasara un buen día de Acción de Gracias y creía haber ayudado a conseguirlo.

Nick la llamó cuando ella ya se había acostado. Volvió a

agradecerle que le hubiera permitido compartir la velada con su familia y le recordó que se verían el sábado siguiente. Le dijo que había alquilado un coche y que irían a pasar el día a Connecticut. Allí buscarían algún hostal pintoresco donde almorzar, y el domingo él regresaría a Wyoming en avión. A Kait le emocionó que hubiera hecho un viaje tan largo solo para pasar el día Acción de Gracias con ella y los suyos, y él le dijo una vez más que había disfrutado mucho.

El día de la boda amaneció fresco y despejado. Stephanie y Frank se despertaron antes que el resto de la familia y salieron a correr alrededor del estanque de Central Park. Cuando volvieron, con el rostro colorado y aspecto revigorizado, Kait estaba sirviendo café en las tazas de los adultos y leche en los tazones de cereales de las niñas, que estaban jugando con sus iPads. En aquel momento Tommy entró en la cocina con el *New York Times* bajo el brazo.

—¿A qué hora es la boda? —preguntó en tono relajado, mientras los corredores se retiraban al cuarto de Stephanie con sendos vasos de zumo de naranja.

—Tenemos que salir de aquí a las diez y media —respondió Kait—. La ceremonia es a las once y cuarto.

No se lo había comentado a Stephanie, pero la madre, que ni siquiera había visto el vestido de su hija, había encargado un pequeño ramo de orquídeas mariposa que acababa de llegar. A todas luces se trataba de un enlace nada convencional.

A las diez se juntaron todos en la sala de estar. Las niñas llevaban los mismos vestiditos de terciopelo verde oscuro de la noche anterior, con cuello de organdí blanco y medias del mismo color, y unas merceditas de piel negra iguales a las que las hijas de Kait calzaban a su edad. Tommy había optado por una americana y pantalón grises, y llevaba un abrigo azul marino colgado del brazo, mientras que Maribeth lucía un traje Chanel beige. Kait había escogido un vestido de color azul oscuro, un tono que creía muy adecuado para la madre de la novia. Al cabo de solo cinco minutos, Stephanie entró en la sala con un vestido de lana blanco, el modelo más tradicional y elegante que su madre le había visto lucir en años, mientras que Frank, con la barba perfectamente recortada, llevaba un traje oscuro que su futura esposa le había ayudado a elegir. Kait fue a buscar la caja que había llegado de la floristería y entregó a Stephanie el precioso ramo de orquídeas, prendió una ramita de lirio del valle en la solapa de Frank y les dio a sus nietas dos diminutos ramilletes de color rosa. Parecían un grupo de lo más respetable cuando bajaron en el ascensor, se montaron en el monovolumen con chófer que Kait había contratado para la ocasión, y se dirigieron al ayuntamiento. Stephanie le preguntó a Frank si había cogido la licencia matrimonial que habían solicitado el martes, y él le confirmó que la llevaba en el bolsillo. Entonces Stephanie se giró hacia su hermano.

—¿Me harás el honor de entregarme al novio? —le preguntó, como si fuera una idea que se le acabara de ocurrir.

Tom asintió, emocionado, y le dio unas palmaditas en el hombro.

—Si mamá me hubiera dejado, te habría entregado hace ya mucho tiempo. Sobre todo cuando tenías catorce años —respondió, y todos rieron ante el jocoso comentario.

A la entrada del ayuntamiento formaron la comitiva, encabezada por Kait con sus nietas de la mano, y las dos parejas detrás.

A las once y cuarto en punto, después de que Tom hiciera el gesto de entrega de Stephanie a Frank, los novios se plantaron ante el escritorio del funcionario municipal, pronunciaron sus votos matrimoniales y fueron declarados marido y mujer. Kait sostuvo el ramo mientras los novios intercambiaban las alianzas, Frank besó a la que ya era su esposa y la sencilla boda llegó a su fin. Tomaron algunas fotografías del enlace, que enviaron inmediatamente a los padres de Frank, y al salir posaron en la escalinata del ayuntamiento. Después se dirigieron al norte de Manhattan para el banquete, en el Mark. Kait miró a su hija henchida de orgullo. Había sido una ceremonia muy breve, pero lo cierto era que Stephanie era ya una mujer casada, un pensamiento que hizo brotar lágrimas de sus ojos. Tom le dio unas palmaditas cariñosas en el hombro mientras ella se sonaba la nariz.

Estuvieron en el restaurante hasta las tres de la tarde, bebiendo champán y sin parar de hablar y reír. Los recién casados se veían radiantes de felicidad. En un momento dado, Tommy volvió a sacar el tema de la invitación de Nick.

—Me encantaría volver al rancho el verano que viene, mamá. ¿Crees que lo dijo en serio?

—Eso parece —respondió Kait, a quien también le hacía mucha ilusión ir, al igual que a Stephanie y a Frank.

A las tres y media estaban ya de vuelta en el apartamento. De pie en el umbral, Stephanie lanzó el precioso ramo por encima de su hombro y Kait lo cogió al vuelo, más como un acto reflejo que por voluntad propia.

—¡Eres la próxima, mamá! —exclamó entre risas.

—Más te vale esperar sentada —replicó su madre.

En cuanto entraron en el apartamento, los recién casados fueron a cambiarse de ropa. Como de costumbre, se habían alojado en el antiguo cuarto de Stephanie, situado detrás de la cocina, junto a la habitación de sus sobrinas.

Kait depositó cuidadosamente el ramo sobre la mesa. Quería conservarlo como un recuerdo para su hija. Cuando Stephanie y Frank regresaron a la sala volvían a parecer los de siempre. Él llevaba una vieja chaqueta militar forrada con piel de borreguito, unos tejanos agujereados, sus botas de montaña favoritas y un jersey que había conocido mejores tiempos. Stephanie se había puesto la parka morada que llevaba desde la época universitaria, tejanos y un par de botas a juego con las de Frank. Se la veía feliz y a gusto consigo misma. Kait sonrió al observar las dos alianzas doradas en ambas manos izquierdas, flamantes y relucientes, sin la pátina envejecida que dan los años.

Los recién casados se quedaron en el apartamento hasta las seis y luego pusieron rumbo al aeropuerto para tomar el vuelo de las ocho hacia San Francisco. Stephanie dio las gracias a su madre por haber organizado una boda perfecta, y le dijo que era exactamente lo que ella y Frank querían. Le emocionaba que su madre hubiera respetado todos sus deseos, tan solo había añadido algún pequeño detalle de cosecha propia, como el ramo de la novia y la flor en el ojal. Toda la familia salió a la puerta para despedir a la pareja, que se montó en el ascensor para marcharse.

—Todo ha salido a pedir de boca —dijo Kait dejándose caer sobre una silla, mientras Maribeth se llevaba a las niñas para ponerles una ropa más cómoda para el viaje.

Kait les preparó unos sándwiches para que comieran algo antes de marcharse y, a las nueve en punto, Tom y su familia salieron en dirección al aeropuerto para volar de regreso a Dallas. El gran acontecimiento había llegado a su fin. Habían celebrado el día de Acción de Gracias y la boda de Stephanie, y cuando la puerta se cerró tras el último miembro de la familia, Kait se puso el pijama y se dispuso a hacer algo que llevaba deseando hacer desde hacía semanas: ver un episodio de *Las mujeres Wilder* que había grabado, al igual que durante años había hecho con *Downton Abbey*. Antes de medianoche vio tres episodios seguidos de su propia serie y disfrutó de cada minuto, incluso más que la primera vez. Entonces Nick, temeroso de llamarla, le envió un mensaje de texto en el que se limitaba a preguntar: «¿Cómo ha ido todo?».

Kait le llamó y le contó cómo había ido la boda. Le confesó que apenas sentía los pies después de un día tan ajetreado, pero que estaba deseando verle a la mañana siguiente.

—¿Sigues queriendo que vayamos a Connecticut o prefieres que nos quedemos aquí?

Ella quería ir a Connecticut, pero el tiempo tomó la decisión por ellos. Al día siguiente llovía a cántaros, así que optaron por quedarse en su apartamento y ver algunas películas mientras comían palomitas. Kait le obligó a ver dos viejas cintas en las que él había trabajado y que ella no había visto. Nick protestó, pero se sentó con ella en el sofá y, en la penumbra de la sala, se giró hacia ella y sonrió.

—Siempre lo paso muy bien contigo, Kait. No me gusta ver mis propias películas, pero me gusta verte a ti.

Tras pronunciar estas palabras se inclinó hacia ella y la besó. Kait lo atrajo hacia sí hasta que quedaron tendidos en el sofá. Permanecieron allí tumbados, besándose, y entonces ella lo tomó de la mano y lo condujo hasta su dormitorio, que era lo que él había deseado hacer todo el día. No se había atrevido por si ella no estaba preparada.

Se desvistieron el uno al otro en la habitación a media luz y luego, arrebatados por la pasión, se deslizaron entre las frías sábanas e hicieron el amor. Perdieron toda noción del espacio y el tiempo, después durmieron abrazados y no se despertaron hasta horas más tarde. El dormitorio estaba a oscuras, él se giró para encender la luz de la mesita de noche y se quedó contemplando a Kait.

—¿Tienes la más remota idea de lo mucho que te amo? —le dijo, y ella le sonrió.

—Tal vez la mitad de lo que yo te amo a ti.

—Ni por asomo —repuso él.

Volvieron a hacer el amor, y al cabo de un buen rato se levantaron y prepararon algo de cenar. Él la miró con una gran sonrisa.

—Creo que mis viejas películas nunca habían ejercido ese efecto sobre nadie —comentó, y se echó a reír—. Tendremos que ver muchas más juntos.

—Cuando usted quiera, señor Brooke —dijo ella, y luego volvieron a la cama, donde estuvieron hablando en susurros en la oscuridad hasta que se quedaron dormidos.

Mientras se adormecía entre los brazos de Nick, Kait comprendió cuán importante era él en su nueva aventura vital. En un solo año su existencia había cambiado por completo, y ella estaba encantada con su nueva vida.

18

Diciembre fue un mes de locos para Kait y Becca, anduvieron atareadísimas ultimando y puliendo los guiones de la segunda temporada. Aún disponían de tiempo y querían que quedaran perfectos. Ya tenían veintidós episodios listos para empezar a rodar a finales de enero. La cadena había ratificado la confirmación de la nueva temporada en cuanto comenzó a emitirse la serie y la audiencia se disparó. En las redes sociales se habían abierto numerosas páginas de fans dedicadas a *Las mujeres Wilder* y sus estrellas.

La semana anterior a la Navidad Kait dejó de escribir su columna. Supuso un enorme alivio para ella, ya que eso la ayudaría a aligerar un poco su apretadísima agenda durante lo que quedaba del período de descanso entre rodajes y le permitiría trabajar en el desarrollo de nuevas líneas argumentales.

Kait ya había comprado los regalos navideños para su familia y para las actrices a las que se sentía más unida, así como pequeños detalles para los demás miembros del reparto y del equipo: un divertido reloj de plástico rojo y un gran Santa Claus de chocolate. Ahora tenía que centrarse en preparar su apartamento para las fiestas.

Compró el árbol navideño en el mercadillo y pidió que se lo enviaran a casa. Cuando llegó lo adornó con los ornamentos que utilizaba todos los años. Decoró la repisa de la chimenea, colocó la corona en la puerta y la noche antes de la llegada de su familia, prevista como siempre para la mañana del día de Nochebuena, envolvió los regalos. Tommy, Maribeth y las niñas se marcharían al día siguiente por la noche para reunirse con Hank, como de costumbre, en algún lugar del Caribe. Frank y Stephanie habían decidido disfrutar de una luna de miel tardía y se irían a Florida para pasar unos días con unos primos de él. Ese año, sin embargo, Kait tenía sus propios planes para la noche del veinticinco: había invitado a los principales miembros del reparto a una pequeña fiesta en su apartamento. Maeve iría con Agnes. Zack se encontraba en la ciudad, así que también lo invitó. Abaya preguntó si podría asistir con un acompañante, y Charlotte también aceptó la invitación, aunque advirtió a Kait de que estaba a punto de explotar. Lally y su pareja irían con su bebé, que justo el día de Navidad cumpliría tres meses. Tenían que llevarlo porque Georgina, «Georgie», le estaba dando el pecho. También acudiría Nick, por supuesto, y Kait le había invitado a quedarse en el apartamento cuando su familia se fuera.

Aquel grupo de actores y actrices se había convertido en su segunda familia, de modo que en lugar de sentirse abandonada porque sus hijos se marchaban de vacaciones, Kait disfrutaría de su compañía. Y al cabo de dos semanas volaría con Nick a Wyoming, y luego pasarían una semana en Aspen esquiando antes de regresar a Nueva York para retomar el trabajo.

Cuando terminó de envolver los regalos para sus hijos, Kait no pudo evitar pensar en Candace, que una vez más se perdería pasar las Navidades con su familia. Kait se esforzaba por reconciliarse con la idea de que su hija ya nunca volvería a estar con ellos, y apagó la música navideña para no dejarse arrastrar por la nostalgia. A medida que fueron llegando los miembros de su familia, por la mañana del día de Nochebuena, todo fueron elogios por lo preciosa que había quedado la casa y lo impecable que estaba el árbol. Y por la noche, durante la cena, volvieron a hablar de la serie y de las entusiastas críticas que había recibido. La gente estaba totalmente enganchada a la serie, y Maribeth comentó que todos sus amigos de Dallas la veían y les gustaba muchísimo.

—Pues la segunda temporada es incluso mejor —dijo Kait con orgullo—. Y además Nick tiene un papel importante en ella.

—¿Cómo van las cosas entre vosotros? —preguntó Tommy con expresión inquisitiva.

Nick era la primera pareja que le había visto a su madre en muchos años y era evidente que estaban locos el uno por el otro.

—Lo pasamos muy bien juntos —dijo ella en tono recatado.

—¿Por qué no lo has invitado esta noche?

A Tommy le caía estupendamente, y además Nick era un tipo muy divertido.

—Porque esta es una celebración familiar —respondió pensando en Candace—. Pero he organizado una fiesta para el equipo de la serie mañana por la noche y Nick también asistirá a ella.

—¿Así que has dejado que pase la Navidad solo? —bromeó Stephanie.

El matrimonio le sentaba bien, se la veía muy feliz. Ya habían comprado la casa y al regresar de su viaje a Florida se mudarían a ella.

—La pasará con unos amigos. Me dijo que lo entendía y que no le importaba. Dentro de dos semanas me reuniré con él en Wyoming, y luego iremos a esquiar a Aspen. Y su ofrecimiento de que vayamos todos a su rancho el próximo verano sigue en pie.

—¡Yo me apunto! —exclamó Tommy con entusiasmo, secundado por Maribeth; Stephanie y Frank también asintieron. Luego le preguntó—: ¿Vais en serio, mamá?

—No sé lo que significa eso a mi edad —respondió ella con sinceridad—. Pasamos tiempo juntos y vamos a trabajar juntos. Ya veremos lo que sucede. Él es una gran estrella de cine y le gusta disfrutar de su soltería. Y yo me siento muy a gusto con la vida que llevo. Lo que pueda ocurrir, solo el tiempo lo dirá. Vosotros tenéis vuestras ideas sobre lo que es una relación, y nosotros tenemos las nuestras. Ya nada es como antes —concluyó.

Tom y Maribeth formaban un matrimonio tradicional, pero el de Stephanie y Frank no lo era tanto. En los últimos tiempos se habían abierto las puertas para que cada uno creara la relación que quisiera.

—Me alegro mucho de que disfrutes de la vida, mamá —dijo Tom en tono cariñoso.

Poco después, Kait fue a la cocina con las niñas para preparar las galletas y la leche para Santa Claus, y las zanahorias y la sal para los renos. A todos les encantaba cumplir los rituales y las tradiciones. A medianoche, cuando Kait estaba ya en su habitación, Nick la llamó para darle las buenas noches y decirle que la quería.

—Feliz Navidad —dijo ella dulcemente.

Nick le comentó que habría deseado estar con ellos, pero sabía que ella no se hubiera sentido muy cómoda, y él tampoco, sobre todo porque la pérdida de Candace era todavía demasiado reciente. Tal vez el próximo año. Era normal pasar el día de Acción de Gracias con amigos, pero la Navidad era una celebración más íntima y familiar.

—Feliz Navidad —le deseó Nick—. Nos vemos mañana —se despidió, anhelante de expectación, pues aún no podía creer lo afortunado que era por haber encontrado a una mujer como ella.

Por la mañana, Kait, sus hijos y sus nietas abrieron los regalos, y las niñas desenvolvieron también los paquetes que les había dejado Santa Claus. Más tarde disfrutaron del tradicional almuerzo en pijama a base de restos del banquete de la noche anterior. Después se vistieron y se arreglaron y, tras despedirse entre besos y abrazos, todos partieron hacia sus destinos vacacionales.

Al quedarse sola, en vez de sentirse abandonada como le había ocurrido tantos años, Kait se puso a arreglar a toda prisa el apartamento, tiró el papel arrugado y las cintas de los envoltorios y encendió las luces del árbol. Luego se dio una ducha rápida antes de que Nick, cargado con una pequeña maleta, llegara para pasar el resto de la tarde con ella. Hicieron el amor y después intercambiaron sus presentes desnudos en la cama. Ella le obsequió con un Rolex, potente y robusto, que podría usar a diario. Y él le regaló un brazalete de oro y unas botas de cowboy de piel de cocodrilo negra, que le quedaban perfectas. Se ducharon y se vistieron juntos, y a las siete y media empezaron a llegar los invitados. Kait los recibió con un glamuroso conjunto de pijama de terciopelo negro y zapatillas de satén del mismo color. Y Nick llevaba una americana, tejanos y unas botas de piel de cocodrilo, ya muy gastadas.

Charlotte fue la primera en llegar, precedida por su inmensa barriga. Kait pensó que nunca había visto una mujer tan embarazada.

La joven trató de acomodarse como pudo en el sofá, y a Kait le recordó al personaje de Agnes Gooch en la comedia *Auntie Mame*.

—Nos hicimos la prueba del ADN y el bebé no es suyo —dijo, refiriéndose al batería del que había sospechado en un principio—, de modo que ahora no sé quién es el padre de la criatura —añadió, aunque no parecía muy preocupada por ello. Una prueba más de lo mucho que había cambiado el concepto de maternidad.

Maeve y Agnes llegaron juntas, y la primera comentó que sus hijas se habían marchado esa misma tarde a New Hampshire, a esquiar. Becca también estaba fuera, en México, donde pasaría las fiestas. Y cuando llegó, Zack le dio un enorme abrazo a Kait. Nick, que había estado charlando tranquilamente con Maeve, se acercó a ellos.

—¿Sabes? —le dijo el productor a Nick—. Al principio, cuando oí rumores sobre vosotros dos, me puse muy celoso. Kait y yo nos conocimos la pasada Nochevieja, y durante unos cinco minutos pensé que podría surgir algo entre nosotros. Pero luego ella escribió la historia para la serie, empezamos a trabajar juntos, nos hicimos amigos y dejé escapar ese tren.

Kait escuchó aquellas palabras con cierta curiosidad, ya que en un primer momento ella también había sentido la corriente subyacente que hubo entre ambos. Sin embargo, aquella pequeña llama se había extinguido casi al momento; el hecho de que Zack estuviera siempre en Los Ángeles había contribuido a ello. Ahora lo consideraba un gran amigo, casi como un hermano, y un magnífico compañero de trabajo.

—Me alegro de que dejaras «escapar ese tren» —respondió Nick, dirigiendo una mirada ligeramente posesiva en dirección a Kait—. Me habría disgustado mucho que no lo hubieras dejado escapar.

Zack los miró a ambos con gran alivio, y Kait se echó a reír mientras Nick le rodeaba la cintura con el brazo, marcando su territorio por si el productor necesitaba que se lo recordaran.

Lally y Georgie llegaron cargadas con una montaña de enseres para el bebé, que dormía profundamente en su sillita. Era igualito a Lally, así que quedaba claro a cuál de las dos pertenecía el óvulo fecundado, ya que ambas habían hecho su aportación. Y Abaya dejó a todos boquiabiertos cuando se presentó del brazo de Dan Delaney. Parecía un tanto avergonzada, pero les dijo que Dan se había «reformado». Después de que cortaran, él había ido a Vermont y le había suplicado que le diera otra oportunidad, a lo que ella había acabado cediendo.

—Ahora bien, un solo desliz más y se acabó para siempre —afirmó mirándolo muy seria, y todos se echaron a reír.

Estaban en Navidad, dijo Agnes, y todo el mundo merecía una segunda oportunidad, pero no más. Y aunque todos estaban convencidos de que Dan volvería a engañarla, deseaban lo mejor para Abaya. Él ya no estaba en la serie, pues solo había firmado para la primera temporada: Bill, el personaje que interpretaba, el hijo mayor de Anne Wilder, ya había muerto. Dan les comentó que estaba haciendo audiciones para intervenir en otra serie.

En ese momento el bebé se despertó y Georgie fue al dormitorio de Kait para amamantarlo. Mientras tanto, Lally se afanaba montando la cunita portátil donde lo acostarían después de darle el pecho.

Nick ayudó a Kait a servir el ponche de huevo y el vino. Había contratado al mismo encargado de catering que el día de Acción de Gracias. Había dispuesto un bufet en el comedor, y la misma vajilla de la cena familiar de Nochebuena. Los invitados charlaban y reían en un ambiente distendido. Kait puso música navideña, y Nick le sonrió y la besó cuando coincidieron por un momento en la cocina.

—Bonita fiesta —le dijo él en tono apreciativo—. Y preciosa anfitriona.

—Un gran reparto —replicó ella—. Y un protagonista increíble. Solo espero que no te enamores de Maeve en vuestra próxima escena de amor. Creo que ya estoy un poco celosa —admitió.

—Pues yo no me fío de Zack ni un pelo. Más vale que te mantengas alejado de él —bromeó Nick entre risas.

—No tienes de qué preocuparte —le aseguró Kait.

—Ni tú tampoco —repuso él, y la besó de nuevo.

A Nick le gustaba mucho el elenco con el que iba a trabajar y se sentía a gusto con ellos, eran todos muy buena gente y estaba disfrutando de la velada. Aun así, deseaba que se marcharan, ansioso por hacer el amor con Kait.

Pasada la medianoche los invitados empezaron a retirarse. Alguien dijo que había allí más talento reunido que en una gala de los Oscar, y tenía razón.

—Espero que ganemos un Globo de Oro o un Emmy con la serie —dijo Kait, y Zack corroboró su deseo.

Dan y Abaya fueron los primeros en marcharse, por razones obvias: estaban de lo más acaramelados y no se habían despegado el uno del otro en toda la noche. Maeve acompañó a Agnes a su casa. Zack acudiría a otra fiesta, donde se encontraría con su última novia. Y Lally y Georgie comenzaron a recoger todo el equipamiento infantil y a preparar al bebé para marcharse. Kait tenía la impresión de que Georgie le había estado dando el pecho toda la noche.

De pronto, Charlotte salió del cuarto de baño envuelta en una toalla y con una expresión de pánico y asombro en el rostro.

—¡Acabo de romper aguas! He dejado todo el suelo encharcado. Lo siento mucho, Kait. ¿Qué tengo que hacer ahora? —preguntó a punto de echarse a llorar, y Lally la miró estupefacta.

—¿No lo sabes? ¿No has ido a las clases de preparación al parto?

Charlotte negó con la cabeza.

—No he tenido tiempo. Becca me envió los nuevos guiones y he estado aprendiéndome el papel. En la primera temporada todo el mundo me gritaba cuando me equivocaba o se me olvidaban las frases, así que esta vez he empezado a prepararme con mucha antelación.

—Pero vas a tener un bebé y también deberías haberle prestado un poco de atención, ¿no crees? —le soltó Lally con cierta brusquedad—. ¿Tienes contracciones?

Georgie acabó de ponerle el anorak al pequeño, lo sentó en su sillita y le ajustó las sujeciones. La criatura parecía ebria de tanta leche materna.

—Creo que sí. Son como unos calambres o unos retortijones muy fuertes, ¿verdad? He empezado a notarlos esta mañana, pero pensaba que serían por algo que cené anoche.

—¡Por Dios, estás de parto! Tienes que llamar al médico. ¿Tienes su número aquí?

—Está en la agenda de mi móvil —dijo, pero cuando se puso a buscarlo, el teléfono no aparecía por ningún lado.

Nick y Kait miraron por todos los rincones e incluso retiraron un poco el sofá, hasta que finalmente lo encontraron debajo de una silla. En esos momentos Charlotte parecía una muchacha de catorce años, más que una chica de veintitrés, y a Kait no le entraba en la cabeza cómo podía haber pasado antes por aquello y saber tan poco del asunto; claro que hacía ya ocho años y por aquel entonces no era más que una cría.

—Si quieres, Georgie y yo te llevamos al hospital —se ofreció Lally, tratando de mostrarse un poco más amable—. No quiero que el bebé entre en el edificio, pero podemos dejarte en la puerta. ¿Dónde lo tendrás?

—En la maternidad de la Universidad de Nueva York —respondió Charlotte agarrándose el enorme vientre, que parecía un balón de playa debajo de su vestido.

—Te dejaremos allí de camino a Brooklyn —dijo Lally.

La parturienta luchaba por ponerse el abrigo y tuvo que sentarse en una silla para hacerlo. Kait, que había escuchado muy atenta la conversación entre las dos mujeres, no podía permitir que la dejaran sola en el hospital.

—Yo iré contigo, Charlotte —dijo con voz firme y serena—. Dame el móvil. Llamaré a tu médico. —Le saltó el buzón de voz, pero al menos dejó un mensaje explicándole lo que pasaba—. Voy a por mi abrigo.

Cuando iba a buscarlo, informó al encargado del catering de que tenía que marcharse para llevar a una de las invitadas al hospital.

—¿Ha habido algún problema con la comida? ¿Algún tipo de alergia o intoxicación? —preguntó el hombre presa del pánico.

Kait señaló en dirección a Charlotte, sentada en el borde de la silla con el rostro contraído por el dolor y agarrándose el vientre con las manos.

—No creo que la comida le haya hecho eso —repuso, y el hombre se quedó de piedra.

—¿Se ha puesto de parto?

—Eso parece. Cuando se vaya cierre la puerta de golpe. No creo que tarde mucho en volver. Por cierto, estaba todo delicioso. —Ya le había pagado el servicio antes de la fiesta.

Al girarse, vio a Nick tendiéndole su abrigo y poniéndose el suyo.

—¿Vienes con nosotros? —le preguntó ella—. No tienes por qué hacerlo.

—Este es nuestro primer bebé —dijo muy serio—. No permitiré que vayáis solas al hospital —añadió, y Kait no pudo evitar soltar una carcajada.

Kait y Nick ayudaron a Charlotte a entrar en el ascensor, la joven se aferró con fuerza al brazo de él. Lally y Georgie se habían marchado cuando Kait se ofreció a acompañar a la parturienta, y el portero ya tenía un taxi esperando en la puerta. De camino al hospital, Kait fue controlando la frecuencia de las contracciones, que se producían a intervalos regulares de dos minutos. Nick alzó una ceja con gesto interrogativo. Todo aquello era nuevo para él.

—Vamos a llegar por los pelos —le susurró al oído, mientras Charlotte gemía y apretaba con fuerza el brazo de Kait a cada contracción.

—¡Oooh, esto es horrible! —gimió apretando los dientes—. No recuerdo que la otra vez fuera tan espantoso... ¡Esto duele horrores! —Kait no quiso decirle que seguramente este bebé sería mucho más grande, ya que tenía una barriga inmensa—. ¿Podemos ir más deprisa? —le suplicó Charlotte al taxista.

—¿Va a tenerlo en mi coche? —preguntó el hombre, lanzando a Kait una mirada aterrada por el retrovisor.

—Espero que no —respondió Kait.

Las contracciones eran ya cada minuto y medio, y aún faltaban diez manzanas para llegar al hospital.

—¿Voy a tener que asistir al parto? —le preguntó Nick—. En una película interpreté a un médico y se me dio bastante bien. Además ayudo constantemente a parir a las yeguas.

Charlotte ya estaba llorando y, en la última contracción, soltó un tremendo alarido. El taxista se saltó dos semáforos en rojo y, tres minutos más tarde, frenaba delante de la entrada de emergencias.

—Ve a buscar a una enfermera y una camilla... ¡Deprisa! —le dijo Kait a Nick, y luego se asomó a la ventanilla y añadió a gritos—: ¡Mejor que sea un médico!

Al cabo de un minuto apareció un celador con una silla de ruedas. Kait ayudó a la joven a sentarse y entraron en el hospital a toda prisa.

—¡Ya llega... ya llega! —no paraba de chillar Charlotte.

La condujeron hasta una sala de observación, donde le quitaron el vestido y la ropa interior. Nick se quedó fuera, pero Kait permaneció a su lado en todo momento. De pronto, Charlotte soltó un grito interminable y desgarrador, digno de una película de terror. La enfermera cogió a la pequeña, que salió deslizándose de entre sus piernas y la sostuvo en alto. La criatura empezó a llorar, y Charlotte también.

—¡Oh, Dios! —le dijo a Kait—. Pensaba que me moría...

—Has tenido una niña preciosa —le anunció la enfermera, envolviendo al bebé en una mantita y colocándolo entre los brazos de su madre, que la miró con asombro maravillado.

—¡Es tan bonita! —susurró—. Se parece a mí.

Acto seguido, dos médicos y otra enfermera entraron en la sala para examinar a la madre y a la pequeña, y cortaron el cordón umbilical. Kait dio un beso a Charlotte en la frente y le sonrió.

—Has hecho un gran trabajo —la felicitó.

—Gracias por haberme acompañado —respondió Charlotte. Estaba muy guapa, pese al rímel corrido por las lágrimas que surcaban sus mejillas.

Kait asintió y salió discretamente, Nick estaba esperándola en el pasillo.

—¡Dios, ha sido espeluznante!, era como si la estuvieran matando —exclamó, todavía muy alterado.

—La niña debe de pesar más de cuatro kilos. Aun así, lo ha conseguido. A saber quién es el padre, pero ella ya tiene a su pequeña, y nosotros podremos irnos enseguida —dijo Kait, abrazándolo.

Charlotte iba a llamar a su madre para que fuera cuanto antes desde el sur de California, donde vivía, mientras tanto estaría muy bien atendida en el hospital.

Nick estaba fuertemente impresionado por lo que había visto hacer a Kait esa noche. En un santiamén se había comportado como la ayudante perfecta en las labores de parto, casi había ejercido de comadrona. Kait le contó entre risas lo que había dicho Charlotte al ver al bebé, lo preciosa que era y cuánto se parecía a ella.

—Típico de una actriz —dijo él—. Cuando crezca, la niña se convertirá también en actriz... o en asesina en serie.

Kait seguía riendo cuando miró a Nick a los ojos.

—Esto es como tener cincuenta niños pequeños. A menudo decía que echaba de menos a mis hijos, pero ahora no dispongo de tiempo para ello —exceptuando a Candace—: tengo toda una prole.

—Eres una mujer muy paciente, o una madraza. O ambas cosas. ¿Dónde estabas cuando aún quería tener hijos?

—Atareadísima con los míos. Y no me pidas que tengamos uno ahora, ya he cerrado el chiringuito. Además, tenemos un reparto entero del que ocuparnos.

—No quiero tener hijos, en realidad nunca he querido ser padre. Me gustan las cosas como son —le dijo él, rodeándola con un brazo.

Kait fue a despedirse de Charlotte y contempló embelesada a la pequeña, que ya se había enganchado al pecho de su madre. Esta le volvió a decir que, en cuanto dejase de amamantar, se sometería a una operación para subirse los pechos.

Cuando llegaron al apartamento, el encargado del catering ya se había marchado y lo había dejado todo impoluto. Kait y Nick se desvistieron y se acostaron, estaban exhaustos después de aquella velada tan intensa y cargada de emociones. Ella le sonrió.

—Ha sido una Navidad estupenda, aunque haya tenido tan poco tiempo para estar a solas contigo. Te quiero, Kait —dijo Nick.

—Yo también te quiero —susurró ella mientras apagaba la luz.

La noche había sido maravillosa también para Charlotte y para su hijita, a la que llamaría Joy, «alegría». Un nombre perfecto para un día perfecto.

19

Nick y Kait acudieron a la fiesta de Nochevieja que todos los años daban Sam y Jessica Hartley, en la que hacía tan solo un año Kait conoció a Zack. El productor no asistió ese año porque se encontraba en Sun Valley, con la nueva novia que se había echado. Conocerle había cambiado la vida de Kait. Los invitados se quedaron estupefactos al verla entrar en la sala en compañía de Nick Brooke. Lo reconocieron enseguida y a todos les quedó muy claro que tenían una relación sentimental. Transmitían esa intimidad serena y tácita propia de las parejas que se llevan bien y que están en perfecta sintonía. Jessica le dijo a Sam al oído que se los veía muy enamorados.

Cuando los comensales estuvieron sentados a la mesa, el anfitrión dijo que Kait había escrito la historia en que se basaba *Las mujeres Wilder*, y todos comentaron lo mucho que les gustaba la serie y lo enganchados que estaban a ella desde que se estrenó, en octubre.

—Nick será la estrella de la segunda temporada —explicó ella, orgullosa. Como ya se había anunciado de forma oficial y había dejado de ser un secreto, pudo confesarlo abiertamente.

La velada era muy entretenida, y Nick y Kait se quedaron el tiempo suficiente para besarse a medianoche y dar la bienvenida al año nuevo, pero luego se fueron al apartamento; deseaban estar a solas y hacer el amor serena y apasionadamente. Al día siguiente se marchaban a Wyoming, a Kait le encantaba la vida que habían iniciado juntos y estaba muy ilusionada con los planes que habían hecho: irían a esquiar a Aspen, pasarían una noche en San Francisco con Stephanie y Frank, y el fin de semana se acercarían a Dallas para ver a Tom, Maribeth y las niñas. Durante el período de descanso, los miembros del reparto podían dedicarse a las actividades y proyectos que quisieran, luego retomarían su trabajo en la serie. Kait confiaba en que continuara siendo un gran éxito y en que la audiencia se disparara aún más, entre otras cosas porque Nick se incorporaría al reparto.

En cuanto tuvieran un descanso en el rodaje, aprovecharía para ir con él a Wyoming. Esa era la idea que Kait tenía en mente, aunque la realidad siempre se encargaba de alterar los planes.

Antes de partir, Kait telefoneó a Maeve y a Agnes, y les prometió que las llamaría desde Wyoming. Luego se dirigieron al aeropuerto de New Jersey, donde se encontraba el avión privado de Nick. Al cabo de media hora estaban listos para despegar, cómodamente instalados en sus asientos. Nick estaba guapísimo, ataviado con su ropa de cowboy. A Kait, que se había puesto las botas vaqueras que él le había regalado por Navidad, le costaba creer que ella formara parte de su vida. En sus ojos veía reflejado todo lo que él sentía por ella.

Su mundo era entonces completamente diferente. El pasado había quedado atrás y se encontraba ante un horizonte distinto, todo había cambiado a su alrededor. Estaba en el primer capítulo de una nueva vida, y no podía creerse lo afortunada que era. Todo era tan diferente de lo que ella había vivido, y mucho mejor de lo que nunca hubiera imaginado. Se preguntó si su abuela habría sentido lo mismo.

Al pensar en su abuela, sacó de su bolso un paquete de galletas 4 Kids. Siempre que viajaba llevaba provisiones. Le tendió una a Nick, que miró a Kait y sonrió. Ambos sabían que Constance Whittier le había enseñado que la vida era apasionante y que todos los días ofrecían nuevos retos y posibilidades. No había que dejarlos escapar, y Kait no quería hacerlo. Quería experimentarlo todo, junto a Nick o por sí sola. Era lo que hacían las mujeres valientes. Abrazar la vida tal como venía.

Kait le dio otra galleta a Nick y él la besó. Compartir sus destinos era una aventura que ambos estaban dispuestos a vivir plenamente. Unos minutos después, el avión despegó, rápidamente cobró altitud, viró por encima del aeropuerto y puso rumbo al oeste. Kait sonrió, consciente de cómo la historia que había empezado a escribir hacía justo un año había cambiado el rumbo de su vida.